Ronso Kaigai
MYSTERY
254

ヘル・ホローの惨劇

P. A. Taylor
Figure Away

P・A・テイラー

清水裕子［訳］

論創社

Figure Away
1937
by P.A.Taylor

目次

主要登場人物

アゼイ・メイヨ……………………………探偵
ウェストン・メイヒュー…………………ビリングスゲート行政委員
ジェフ・リーチ……………………………ビリングスゲート行政委員
J・アーサー・ブリンリー………………ビリングスゲート行政委員
サラ・リーチ………………………………ジェフの妻
ベッシー・ブリンリー……………………J・アーサーの妻
ジェーン・ウォレン………………………ランドール家で暮らす身寄りのない娘
ゼブ・チェイス……………………………食品加工業者の跡とり息子
メアリー・ランドール……………………骨董品商
エロイーズ・ランドール…………………メアリーの娘
マイク・スレイド…………………………ビリングスゲート職員で画家
カミングス…………………………………医師
レーン………………………………………州警察官
ハミルトン…………………………………州警察官
マダム・モウ（エミリー・スレイド）……ソプラノ歌手
ターシャス・プリティマン………………保険販売業者
ケイ・セイヤー……………………………新聞記者
ウィン・ビリングス………………………ホームレスの老人

ヘル・ホローの惨劇

ケイへ

第一章

「アゼイ、話を、聞けよ！」ウェストン・メイヒューは一語ごとに強調し、机を叩いた。「アゼイ・メイヨ、聞けったら！　大事な話なんだ！　人の話はちゃんと――」

その続きは、何日もビリングスゲート町役場を取り巻いている雑多な音の渦に飲み込まれていった。騒音の総和が容赦なく耳に入ってくる状況にあって、個々の要素の識別は難しいとアゼイは思った。しかし、騒音のおおもとは町役場の仰々しい植民地風エントランス前から始まっているようで、そこでは大勢の男たちが完成間近の正面観覧席を慣れた手つきで強打していた。また騒音は婦人会の特設パーラーのほうでも勢いを増し、壁は延々と続く万国旗、クレープペーパー（ちりめんのような細かいしわ・伸縮性があり、色鮮やかでペーパークラフトや装飾に使われる）、平鋲で覆われつつあった。一番の大音量は、集会場から聞こえてくる掃除機やワックスマシンの稼動音に対抗するようなポップスに合わせてスイングするアップジョンズ・メリーメイカーズ楽団の演奏練習だった。そしてそれらすべてが行政委員室前（行政委員会は町の方針などを決める合議制の行政組織）で頂点に達していた。そこでは、ボストンからこのために呼ばれた肝の座ったソプラノ歌手が、グレーンジ合唱団員四十名とともに『美しきビリングスゲート』のリハーサルをしていたからだ。

むろんそれ以外にもさまざまな音がしていたが、アゼイにそれらをいちいち分析する気力はなかった。

「しかめっつらで耳を塞いでないで、話を聞けよ！」ウェストンが怒鳴った。「これは大事な話なんだ、いいか？　しっかり聞いてくれ――」

アゼイ・メイヨは窓下の席から立ち上がり、頭に乗せたヨットを帽をひょいとうしろにずらすと、いとこに向かってにんまりした。

「この耳はしっかり塞がせてもらうよ、なんと言われようが」一瞬、騒音が弱まった隙を縫ってアゼイは穏やかに言った。「でないと鼓膜が破けちまう。こんなやかましいのは初めてだ。おまえさんが狂ったように歩き回っているのも無理はない。どこか静かなところへ避難して、おまえさんを悩ませているものがなんなのか、始めから聞かせてもらうよ。さあ」アゼイはウェストンの腕をつかんだ。

「そうすりゃ――」

ウェストンはあとずさった。「無理だよ！　うるさくたってしかたがないだろ。おれはここを離れられない。アゼイ、わかるだろう？」

「無理なわけあるか。そんなにりっぱな足がついてるじゃないか」アゼイはたたみかけるように言った。「わけのわからんことを言うのはよせ、ウェストン。怒鳴ったり、そわそわしたり、おまえさんらしくもない。さあ行こう――」

「無理なんだって」ウェストンは自分の席に着いた。「そんな勇気はない。だからこの部屋のドアに鍵をかけたんだ。だれもかれもがおれを探してる。時間が迫れば迫るほど連中は――今朝なんかもみくちゃにされて、シャツが破れたんだぞ！　みんなが――」

また騒音が始まった。

アゼイが顔をしかめるのと同時に、外では四小節目に向けて音を上げ、高音を響かせるソプラノ歌手の声と、それを追いかけるように続く聖歌隊のまとまりのない声が聞こえた。

「あの歌、あの忌々しい歌！」いつもは感情を表に出さないウェストンが額に手を押しあて、ミツバチの群れに襲われた男のような甲高い悲鳴を上げた。「あの最低な歌！　万国旗！　アイスクリーム！　あのラジオの男ときたら矢継ぎ早に聞いてくる。メイヒューさん、パレード用のたいまつはどうなってますか？　旗竿は？　花火は？　審査員や品評会は？　知事はだれがお迎えするんですか、だと！　あのでぶの知事を！　だれがもなにも――アゼイ、なにをする、アゼイ？　おい――」

ウェストンの抵抗には構わず、アゼイは自分のハンカチを縦長に折りたたむと、いとこの頭に無理やり包帯のように巻きつけた。親族の者がヒステリーを起こしそうになっているときには、なにか手を打たねばならない。

「なんでこんなものを巻く？」ウェストンが叫んだ。「おい――そのドアの鍵を開けるんじゃない！　やめろ――なんてことするんだ！　これでみんな――」

ドアが開いた瞬間、人々が部屋になだれこんできた。ウェストンが目を閉じると同時に、質問が始まった。

「ウェス、外の万国旗が――」

「ウェストン、プログラムはだれが持ってる？　ジェフはあんただと言うし、ブリンリーは――」

「メイヒューさん」ヴィンセント・トリップの美しい声が他を圧倒した。「マイクがまだ――」

ちらりとウェストンに目をやると、アゼイは咳払いをして即席の包帯を指差しながら、船の甲板にいるときのような大声を張り上げた。ヴィンセント・トリップが感心したように息を吞み、別のフロアにいたアップジョンズ・メリーメイカーズ楽団が急に演奏を止めた。

「事故なんだ！」アゼイが怒鳴った。「通してくれ！　ここにはまた戻ってくる。さあ、どいたどいた！」

　アゼイは気をもむ男たちや、気付け薬やアンモニア水を掲げる心配そうな女たちのあいだを引っ張るようにしてウェストンを通らせた。婦人会特設パーラーの前を通りながら、アゼイは町の住人半分ほどから実のおばのように愛されている八十歳のサラ・リーチを見つけた。彼女の訳知り顔のウインクに励まされたアゼイは、廊下の人ごみをかきわけて、外にある自分の車に向かった。

　十分後、町役場から十五マイルほど行ったところで、アゼイは流線型の青いオープンカーを止め、パイプを取り出した。

「さあ、ウェス」アゼイは言った。「いったいなにに頭を悩ませてる？」

「ふるさと祭り《オールドホームウィーク》のことさ」ねじれたネクタイを真ん中に戻しながら、ウェストンは苦々しげに言った。「ふるさと祭り《オールドホームウィーク》だよ」

　アゼイはため息をついた。ときどき、ビリングスゲート在住の親戚がこんなに間抜けじゃなければいいのにと思う。間近に迫ったこの町のお祭りはニュースでもなんでもない。少なくとも、ケープコッドで暮らし、耳や目をごくあたりまえに使っている者にとっては。ビリングスゲートふるさと祭りのポスターは、事実上ありとあらゆるバージニア松に貼られていた。また、ふるさと祭りのニュースはラジオからも拡声器つきのトラックからも流れており、少なくともここ八ヶ月ほどはだれもがつねにそれを話題にしていた。

「なるほど」アゼイは言った。「知ってるよ。それについては散々、耳にしているんでね。ビリングスゲート創立三百周年記念とその歴史というやつだろう。砂糖衣《フロスティング》に開拓者たちに——そういや、あのウィンズロー・ビリングスをごしごし洗って、酔いをさましたらしいな。だが、ビリングス家の末裔を見世物扱いするのには慎重になるべきだと思うね。あれはのんびりしているようで、ものすごく気が短い血筋だからな」

「ブリンリーの発案さ」ウェストンが言った。「アゼイ、聞いてくれ。おれは州警察を要請した。いま、町には州警察官たちがあふれている。交通整理や群衆整理用の警察官を増員しているし、消防監督者、消防ボランティア、沿岸警備隊、救急救命士も増員している。ボーイスカウト、退役軍人会にも協力を要請しているし、優秀で頼りになる知り合いの男たちが十名以上、武器を持って、準備万端でスタンバイしている。これなら」彼は考えこんだ様子で続けた。「プロビンスタウンから駆逐艦にさえ来てもらえるんじゃないだろうか。あらゆるコネを利用しさえすれば。おれは――」

「具体的に」アゼイは笑いながらたずねた。「いったいなにを恐れている？　火事か、暴動か、それとも戦争か？」

「いいか」ウェストンは真面目な口調で続けた。「あの間抜けのブリンリー――J・アーサー・ブリンリーがこのふるさと祭り《オールドホームウィーク》を思いつき、ジェフ・リーチとおれはそれをいい考えだと思った。それで、行政委員である我々三人が無理やり実現させたんだ。それはいい思いつきだったし、いまでもそうだ。ただ、いささか話が大きくなりすぎて、おれたちの手には負えなくなってしまった。だからおまえを呼んだんだ、アゼイ。おれはもう気が変になりそうだし、怖いんだよ」ウェストンは口ごもった。「つまり――その、怖くてたまらないんだ」

アゼイはいとこの顔を見つめ、くわえていたパイプを手に持って火皿（パイプのタバコの葉を詰めるところ）に注意を向けた。

親族のだれか、つまり自分の親戚からなにかが怖いと打ち明けられたとき、空疎なあいづちを打ったり、役に立たない質問をしたりして時間を無駄にしても意味がない。ウェストン・メイヒューやそれ以外のビリングスゲート在住の親戚たちは名字の綴りをかつてのままにしているかもしれないが、それでも同じメイヨ家の人間なのだ。彼らの体つきはみな、はっきりと一族の特徴を示している。十五年間も行政委員をつとめていてなお、ウェストンの腹はたるんではいない。他のメイヨ家の人間と同じく、長身で痩せている。また、性格も似ている。みな頭の回転が速く単刀直入なのだ。たやすく情に流されたりはしないが、ことが決まればすぐに行動を起こす。アゼイの知る限り一族に腰抜けはほぼいないし、むろんウェストンも腰抜けではなく、彼のたくさんの従軍記章とフランスでの戦歴がそれを証明していた。

　だが、そのウェストンが暴れたり、怒鳴ったりしている。興奮していて、迷っている。そればかりか、怖くてたまらないと打ち明けているのだ！

「厄介なのは」ウェストンは悲しげに訴えた。「おれには怖がっている暇なんかないということなんだ。このふるさと祭り《オールドホームウィーク》は大成功を収めなければならない。なあアゼイ、おまえの名前が威力を発揮するんだよ。おまえが推理し、数々の事件を解決したことはみんなに知られている。だから、おまえがいてくれるだけで厄介ごとは起こらないかもしれない。それに一週間もかからない。明日火曜から日曜の夜までだ。おれが個人的に謝礼を払うし、おまえには名誉警察署長にでもなってもらって――」

「確認させてもらいたいんだが」アゼイが遮った。「おまえさんが怖がっているのはわかった。だが、その先がわからない。あっしがなにをするって？」

「警察署長になるんだよ」ウェストンが言った。「そうすりゃどんなことにも対処できる。よし！」

ウェストンは青い革のシートクッションにゆったりと身を預けた。「やれやれ、これで一安心だ！　さあ、急いで町役場へ戻ろう。肩の荷が下りて、残りの仕事に立ち向かえるよ。なにを相手にしているかさえわかっていれば対処できるんだ。またな、アゼイ。明日の朝までにやらなきゃならないことがごまんとあるんだよ」

　アゼイは笑い出し、なかなか笑いやまなかった。

「笑い事じゃないんだよ！」ウェストンはいきり立った。「笑い事にされちゃ困る！　これは真面目な話なんだ」

「そうかもしれないが、これはいったいなんの騒ぎだ、ウェス？　なにを怖がってる？　なぜあっしが警察署長にならなきゃならないんだ？　そもそも、これはどういうことなんだ？」

「事務所で説明したのに、なにも聞いてなかったのか？」ウェストンが食ってかかってきた。

　アゼイはそうだと身振りで示した。「最初からずっと、ボイラー工場なみの騒音でなにも聞こえないと言おうとしてた。むろん、おまえさんがかっかしてることはわかったよ。それだけは伝わった」

「つまり、連中が町役場を燃やそうとしたって話も聞いていなかったんだな？　それと――」

「だれが町役場に火をつけようとしたって？」

「わからない。じゃあ、特別観覧席が倒壊するように切断されたって話や、町の鍵を一つ残らず盗まれたという話も――？」

「ウェス、おまえさんそんな話を本気で――」アゼイは言いかけて絶句した。顔を見たら真剣だとわかったからだ。

「じゃあ、消えた散弾銃やそのほかの話も？」

「その」アゼイは自制心を働かせてたずねた。「ほかの話ってのはなんだ?」

「だれかがおれを殺そうとしてるって話やそれ以外も聞いてなかったのか?」

「それ以外?」アゼイが聞き返した。「というと、まだあるのか?」

「ああ」ウェストンが言った。「ほかの行政委員、ブリンリーとジェフも狙われてる。あの二人は鈍すぎてそれに気づいていないが。とにかく、さまざまないきさつがあるんだよ。その対処をおまえに任せる。おまえなら朝飯前さ。さあ、急いで町に戻ろう」

「それだけなんだな」アゼイは皮肉な調子を隠そうともせずに言った。「それで全部か、ウェス?」

「少なくとも、おれが知ってるのはこれで全部だ。車を出してくれ、アゼイ。おれには仕事がある。おれが忙しくしているあいだに、この件を片づけてくれ」

「農業問題の打開案はいらんのか?」アゼイがうんざりしたように言った。「労働問題は? 財政分権化やらなんやらは? ウェス、よく考えろ! いまの話のたとえ十分の一でも真実なら、おまえさんには助けがいる。専門家の助けがいますぐに。州警察を呼ぶべきだ」

「そして新聞に載るのか?」ウェストンが目を細めた。「みんなに知られるのか? ふん、アゼイ、いま言った話は本当だよ。そしてこれ全部をおまえがなんとかするんだ。よく聞いてくれ、ここはおよそ千人が暮らす町だ。それが今週一週間で、およそ五千人がよそから泊まりにやってくる。おまけに日中はさらに数千人の観光客が訪れる。それを毎日ラジオ放送するのに、フィルブリック社から報酬が支払われるんだ。古風な趣のある町としてな」

「それはわかるが——」

「おれたちは期待通りに古風で趣のある町になる。わかるだろ? だれにも邪魔はさせん! この祭りで町の借金を残らず返せるくらい利益を上げて、さらに道路や町役場や新しい埠頭やらの費用を完済できるくらい稼ぎたいんだ。そうすれば町の失業やらその救済問題に、これ以上、頭を悩ませる必要もなくなる。一気に赤字財政を解消し、新たな一歩を――」

「しかし、ウェストン――」

「それだけじゃない」ウェストンのこぶしが車のドアを打った。「それだけじゃないぞ。町は祭りにすごい大金をつぎこんでいるから、これがうまくいかないと、おれたちは永遠に辛酸を舐めることになるんだ！　とにかくいま起こっていることは止めなきゃならない。迅速かつ穏便にな。祭りの成功を邪魔するやつは許さん！　それがなんであれ、おまえが対処するんだ！　いいな」

「ようやくのみこめたよ」アゼイが言った。「五分ほど前にな。簡単に言えば、町の金庫がいっぱいになるまで、ビリングスゲートの祭りは燦然と輝かなけりゃならないってことか。それは地元愛あふれるもっともな主張だよ、ウェストン。数々の妨害工作を片付けてたら、たちまち予算は底をつくからな。だがあいにく、あっしは――」

「おれは一度だって」ウェストンは噛んで含めるような口調になった。「おまえが夏のあいだだけやってくる金持ち連中の事件ばかり喜んで解決するなどという噂を信じたことはない。もちろん、おまえが解決した厄介ごとはみんな金持ち連中のものだし、ポーター一族やらその金持ちの友人たちと親しいうえに、こんな高級車に乗ってビル・ポーターの力になっていたせいで、ケープコッドのことにはぴんと来なくなっているんだろう。迷子の猫やら失せものを見つけるだけで途方もない大金を稼ぐって話だから、週に五十ドルかそこらでこの町を助けるなんて話にそそられないのはよくわかる。だが、おれだって多少の特別債権を持ってる」ウェストンは考えこむようにそう付け加えた。「それにいつでも家を抵当に入れられる。この二百年間、あの家が抵当に入ったことはないが、それでも――」

「いいか、ウェス」アゼイの口調は、ウェストンのことばに気分を害したことをはっきりと伝えていた。「お世辞を言われるのは構わんが、あまりに大げさなことを言われるのは腹が立つぞ！　おまえさんはケープコッドならではの戦術――つまり、身内のよしみでと言う作戦らしいが、それは筋違いだ――」

「おれはただ――」

「わかるよ。だがまず、あっしが地元の人間の事件と関わっていないのは、地元民は避暑にやってくる連中や都会の連中のように厄介ごとに巻き込まれたりしないからだとよくわかっているはずだ。このあたりの連中はだれもあっしに助けなんか求めない。車や、船や、ポンプや、家を直してくれって頼みは別だがな。それにな、あっしはこれまでだれかを助けて金なんかもらったことはない。金なんか要らないんだよ。必要な分はちゃんと持ってるんだから。だが事態がおまえさんの言うほど深刻ならば、あっしなんかに頼んだってだめだということだけははっきりさせておく。もっとちゃんとした助けが必要だ。この町の祭りを成功させなきゃならなくて、どんな失敗も許されないんだろう。だったらその状況を説明すれば、警察は秘密を守ってくれる。あっしは喜んで協力はするが――」

「そうか」ウェストンは嬉しそうに言った。「じゃあなんとかしてくれるんだな？　アゼイ、おまえの腕なら警察なんか必要ないさ。今度の日曜日までなにか悪いことが公になったり、起こったりしないよう見張っているだけでいいんだ。な、やってくれるだろ？」

アゼイはためらった。ここで断って、一族郎党からこっぴどく責めたてられる自分の姿が頭に浮かんだ。

「やれやれ」アゼイはとうとうそう言った。「まあ、やるだけやってみよう。だが言っておくぞ。おまえさんの言う悪人や、観光客や、マイクロホンのせいで困ったことになったり、おまえさんの金脈が底をついても、それを人のせいにするなよ！」

「まさか、そんなことしないよ！」ウェストンが言った。「おまえにはどんな協力も惜しまないし、手伝いの人間も用意する。だが絶対に新聞記事にはならないようにしてくれ。もっとも」ウェストンは言いなおした。「いいことは別だが」

「ふん、まだあるぞ」アゼイは言った。「警察の手助けが必要だと判断したら、警察を呼ぶからな。それに――」

「いや、それはやめてくれ。おまえなら自分の力だけで――」

「それは約束できん！　わかったか、ウェストン？　それぐらいのリスクは負ってもらう。これはおまえさんが責任を持つべき問題だ。あっしもできるだけのことはするつもりだが、なにか深刻な事態が発生したそのときには自分がやるべきだと思うことをやる。おっと！」アゼイは急にことばをとめ、口笛を吹いた。

「どうした？」

「青魚だよ」アゼイが言った。「今朝、青魚がうじゃうじゃ入り江を泳ぎまわってるとシルが言ってたんだ。あっしの大きな船で、今週はいっしょに海の上で過ごすことになってたんだよ。困ったな――」

「そんなのどうでもいいじゃないか」ウェストンがそう言うのと同時に、車は町のほうにくるりと方向転換した。「青魚なんてだれにだってとれるんだから」

第二章

同じ日の午後五時過ぎ、アゼイは裏口からゆっくりと町役場に入っていった。

地階からどしんどしんと言う音がときおり聞こえてくるだけで他の騒音はすでになくなっており、大勢いた人々は数えるほどになっていた。掃除機とワックスマシンの効果は抜群で、フライング気味のワックスのおかげでどこもかしこもぴかぴかだった。ウェストンは自分の仕事に戻っていた。掲示板にはウェストンの几帳面な字でびっしりとスケジュールが書きこまれ、一週間分の委員会の仕事がすべて一目でわかるようになっていた。

アゼイはにやにやしながら立ち止まって歓迎式次第に目を通した。歓迎式メンバーにとって、退屈な時間は一瞬たりともないようだ。楽器を抱えたアップジョン・メリーメイカーズ楽団が、自家用バスに向かって押しあいへしあいしながら通り過ぎていく。沿岸警備隊の署長が、ボーイスカウトの分隊をタイヤの大きなビーチトラックに乗せながら大声で挨拶してきた。

アゼイは手を振って応えると、婦人会特設パーラーのほうへホールをぶらぶら進んでいった。長年、教会のチャリティ食事会やその手のイベントの装飾を見てきた経験から、この部屋はすでに完成していることがわかった。アゼイはなるべく偏見なく観察しようと思ったが、大量のクレープペーパーに対する嫌悪感は拭えず、ビリングスゲートが公式カラーをもうちょっと違う感じの青や黄にしていてくれたらと思わずにはいられなかった。

パーラーに残って鋲打ちハンマーやエプロンを片づけたり、巨大な青と黄色のバラ飾りを鏡の前に取り付けようとしていた数名の女性たちがアゼイの存在に気づいた。

そのなかのひとりに話しかけようとしたとき、見知らぬ娘が廊下にいるアゼイに近寄ってきた。長身で黒っぽい髪と瞳の美少女で、すっきりしたシルエットの青のオーバーオールとジャケットを着ているのを見て避暑客だろうとアゼイは思った。ビル・ポーターの妻ベッツィもこんなのを着ていたことがあり、アゼイとビルは色褪せたオーバーオールのニューヨーク価格にびっくりして叫んだことがあったのだった。

「メイヨさんですか？　サラおばさまからあなたを呼んでくるように言いつかりまして――」

「こっちも探してたんだ」アゼイは言った。「おばさんはもうお帰りかな？」

「ええ。ひょっとしてあなたが用があるんじゃないかとおばさまが気にされていたので、わたしがここで待って、あなたをブライアー通りにお連れすると言ってあるんです」

「それはありがとう。だが、ここまで車で来たから自分で――」

「でも、おばさまから必ずわたしがお連れするようにと言われてるんです」娘は言い張った。「あなたの車は車庫に置いてくるようにと」

アゼイはうなずいた。サラ・リーチはなにか自分に伝えたいことがあるが、自宅前にだれもが持ち主を知っているオープンカーが置いてあっては困るのだろう。

「わかったよ、ありがとう――なあ、あそこにいるご婦人がたはいったいなにをしているんだい？　さっきは壁にキルトを飾っていたのに、今度はそれを引っ張り下ろして、持ち帰るとは！」

娘はにっこりした。「見栄えをよくするために飾ってあったけれど、今度はあれを使うんです。かつての入植者たちが大挙して帰ってきて、観光業で毛布やキルトが大量に不足しているので」

「つまりこう言うことかね」アゼイは言った。「日中は古いキルトを飾り、夜は剥がしてそれを自宅に持って帰っている？」

「そういうことです。展示されている骨董品の半分は流動的なんです。高価な品物を監視する警備員もいませんから、だれでもふらりとやってきて壁からキルトをくすねたり、骨董品の美しい水差しを盗めるというのでメアリーはかっかしています。こんなのは狂気の沙汰だと」

「メアリー？」アゼイがたずねた。

「申し遅れました。ジェーン・ウォレンと申します。ラーキン・ランドール夫人、つまりわたしの名付け親であるメアリーとその娘エロイーズのお宅にお世話になっているんです。さあ、車を車庫に入れてください。そこにわたしの車をつけますから」

車庫でポーター社のオープンカーには一切手を触れないようにと厳命すると、アゼイはジェーンのおんぼろのステーションワゴンに乗り込んだ。

「この町には来たばかりなのかい？」がたがた揺れる車中で、アゼイはたずねた。

「そんなところです。メアリーとエロイーズはここに住んでもう二、三年経ちますけど。ふたりはプレザント・ヴァレーで骨董品店を営んでいるんです。ご存知でしょう」

アゼイはうなずいた。そんな地名を聞いたことはなかったが、ふるさと祭りのために地名変更でもあったのだろう。

「骨董品の商いは好きかい？」アゼイが何気なくたずねた。

「大嫌いです」ジェーンは苦々しげに言った。「やることばかり多くて、全然儲からないんですもの。骨董品自体は悪くないんですけどね。それを手に入れるだけのお金がある場合は。だけどわたしは虫食い穴が壊れたキッチンチェアを美しいものにしてくれるとは思いません。メアリーが言うには」わき道から飛び出してきた車とそれが引くトレーラーとの衝突を避けるためにジェーンが急ブレーキをかけたので、メアリーがなんと言ったのかアゼイにはわからずじまいだった。「観光客なんていなくなればいいのに。そこらじゅう踏み荒して！　ところで、サラおばさまってすごい人ですよね。八十歳だというのにあんなに元気いっぱいで。サラおばさまはここの生まれなのかしら？　以前からそれが気になってて」

「サラはそのあたりの話はしないんだよ」アゼイが言った。「ボストンの学校へ行ってたとか。父親は上院議員だった。元気なのは父親ゆずりだろう」

「おばさまはこのあたりの実力者みたいですね」

「陰のボスさ」アゼイはさらりと言った。「サラはね、ジェフが政治家になると決めた四十年前からこの町を仕切っているんだよ」

「仕切っている？」ジェーンはアゼイを見た。「そうでしょうか——おばさまにお節介焼きなところは少しもないですよね。ブリンリー夫人とは大違い。あの人には本当にイライラさせられるわ！」

「それがサラのいいところさ」アゼイは言った。「だが、彼女はいつも自分の意に沿う多数派のほうに進むようジェフを操っている。サラが賛成していなければ、この祭りが実現することはなかっただろう。ある郵政長官など、かつてサラという世間に敗れたぐらいだ。それはそうと、この祭りは成功すると思うかね？」

「そうなるはずです」ジェーンの口調は歯切れの悪いものだった。「みんな奴隷のように働いているし、ウェストン・メイヒューは時刻表のように綿密な計画を立てていますから。きっと大勢が押し寄せるでしょう。それを打ち上げ花火のごとくラジオが――嫌だ、だじゃれみたい！」

　アゼイはなぜかとたずねた。

「これまでどこにいたんですか。まさか、スポンサーのフィルブリック将軍を知らないわけじゃないですよね？」

「あのロングポイント（プロビンスタウンにある半島状突起でケープコッドの突端）の年老いたうるさ型かね？　あのポーチだらけで、鉄製の鹿と噴水があるあの家の？」

　ジェーンはくすくす笑った。「ええ、あの花火御殿です。あの人がスポンサーなの、ご存知なかったんですか？　どのプログラムも花火に始まり、花火に終わるんです。この町には花火が掃いて捨てるほどあるみたい」

　アゼイは声を上げて笑った。「あの優男が宣言するのが聞こえるようだよ。『放送をお聞きの紳士淑女のみなさん、ビリングスゲートふるさと祭りです』」アゼイはヴィンセント・トリップの美声を真似た。「『花火のフィルブリックの提供でお届けします。玉やー！』それから、例の町歌だ。確かに、この祭りは赤字を埋め合わせてくれるかもしれないし、祭りが嫌なら丘のほうに引っ込んで耳に綿でも詰めときゃいいんだろうな。それで、おまえさんはこの祭りがうまくいくとは思っていないんだね？」

「そうは言ってません。だけど、どういう結果になるかなんてわからないと思いませんか。一箇所に大勢の人が集まるんですよ。食中毒患者が出たり、展示されている骨董品が盗まれたりするに決まってます——あれじゃ、盗んでくれと言わんばかりですもの。それか、交通事故が起きるとか。まあ、あれだけ花火を打ち上げるなら、火傷用軟膏は飛ぶように売れるでしょうね。とはいえお祭りは案外、成功するかもしれません。わたしは予言者じゃありませんけど。さあメイヨさん、着きました。おばさまを呼んできて欲しいとか、なにかご用はありますか？」

「ありがとう。だが、ひとりで大丈夫だ」アゼイは言った。「送ってもらえて助かったよ。おやすみ。それとも『玉やー』と言うべきかな？」

ジェーンは声を上げて笑い、ステーションワゴンは勢いよく走り去った。

白い塩入れ型住宅（前面が二階建て、うしろが一階建て、屋根はうしろが前より長く低い）であるリーチ邸に向かって歩きながら、アゼイは庭の楡の木の向こうにぴんと背筋の伸びたほっそりした人影が立っていることに気がついた。サラがこっちに向かって手を振っている。

「ようやく来たわね、アゼイ・メイヨ！　一週間前から待っていたのよ！」

「あっしは超能力者かね？」アゼイはすかさず言い返した。「そんなことわかるはずがない——」

「あなたってお父さまそっくりね」サラが言った。「あの人はトラブルを察知することにかけてすばらしく勘が働くたちで、たいてい実際に起こる一ヶ月前に嗅ぎつけてたわ。それにしてもアゼイ、あなたの若々しさったらずるいくらい。いったい何歳になったの？」

「そっちこそ」アゼイは笑顔で応じた。「よく言うように、想像の年齢の一・五倍ってとこだろうよ。なあサラ、なにかが起こっているとどうやって知ったんだね？　ウェスは事態を把握しているのは自分だけだと言ってたが」

「ウェストン・メイヒューは」サラが言った。「りっぱな舵取りだったし、いまもそうよ。彼はなにが発端だったと考えてるの？」

「町役場の地階敷物の油染みさ。不注意な作業員のしわざだったのかもしれないがね」

「だけど、その油染みのついた敷物は婦人会特設パーラーの戸棚の、上等なリネンのあいだに押し込んであったのよ。これは不注意な作業員の仕業ではないわ」サラが言った。「ひどい嫌がらせよ」

アゼイはゆっくりうなずいた。「例の特別観覧席のノコギリ事件だが、これについても知っていたかね？　まあ、たいしたことはなかったんだが。おそらく馬鹿な助っ人のせいだろう。ノコギリと釘の見分けもつかんようなありさまだからな。半分しか切ってない板でも使ったのかもしれん。そうじゃないのかもしれないが。だが、鍵を盗まれ、散弾銃を盗まれ、だれかが散弾銃でウェストンを攻撃するに至り、男ってのはしょうがないという話じゃなくなったんだろう？」

「ジェフとわたしが土曜の夜に銃撃されたとき」サラは枯れたヒャクニチソウを二本ぽきりと折った。「ジェフはだれかがスカンクを撃っていたんだろうって。ブリンリーは若者たちか、マスクラット撃ちの仕業だと言っていたわ。なぜそうなるのかわたしにはさっぱりだけど」

「ウェスのやつは、アライグマだと思ったらしい」アゼイは言った。「でもなんだか気になりだして、あっしに電話してきたんだ。ほかになにか知ってるかね？　あっしもさっぱりだ。唯一の予想がウィージットのしわざだったんだが、それも尻すぼみだ。ウィージット町はこちらを妬むどころか、観光業のおこぼれにあずかれるってんで大喜びしてる」

「支出ゼロで利益があるんですものね」サラが言った。「わかるわ。わたしの予想も尻すぼみよ。予想と言うよりも、ぼんやり考えていただけだけど。芸術家のスレイドのことが頭に浮かんで――」

「一年前にここで税金免除を訴えてたあの共産主義者《コミュニスト》かね？　だがサラ、歓迎委員会に彼の名前があったぞ。だからあっしは――」

「ええ、彼は委員のひとりよ。白いフランネルズボンに青い上着を着て、きちんと散髪もしてる」サラはにっこりと微笑んだ。「彼もいまじゃすっかりおとなしいわ。わたしがジェフに言って、彼を給料付きで企画委員会の常任委員長にしてからはね。下水に対しては意見がたびたび変わるけど、住宅供給に関してはしっかりしているわ。将来は共和党員として骨をうずめるんじゃないかと思うくらい」

「彼に意見を発表する場を与えたってわけかい？」アゼイがたずねた。

「そんな感じね。彼のことは前から気に入っていたの。熱意があるんだからそれをくすぶらせておくのはもったいないわ。彼には町の芸術委員会も作らせたの。ねえ、町の新しい植林と装飾に気づいた？」

「あっしが気づいたのは」アゼイが言った。「婦人会特設パーラーだけだ。彼があれをやったのなら――」

「違うわ。あれはブリンリー夫人。彼女をなだめるために仕方なかったのよ。とにかく、そのときのわたしにはスレイドを疑う気持ちはまったくなかったけど、アーティストコロニーの人たちや郡の発電所のために呼ばれた職人とかが関係しているのかもしれないと思ったの。それで、日曜日にここにスレイドを呼んで話しをしたわ」

「彼はなんと言っていたのかね？」

「最初はすっかり腹を立てて、話しどころじゃなかった」サラは言った。「次に話しが止まらなくなった。最後にようやく腰を落ち着け、わたしといっしょに思いつくかぎりろくでなしの名前をリストアップした。それをスレイドが調査をしたの」

アゼイはどんなふうにやったのかたずねた。

「簡単な方法よ。発砲騒ぎがあったのはいずれも土曜の夜、八時十五分から八時四十五分にかけてだったから。実際のところ、名前が挙がった人たちは全員、その時間は映画館でグレタ・ガルボを見ていたか、あの粗末なコテージで起こった火事を見ていたわ。スレイドはそれ以外についても詳しく説明してくれた。本当に怒り狂いながら。ゼブ・チェイスも怒っていたわ――ゼブはこの夏うちで暮らしてるの。ゼブは――アゼイ、車がやってくる音がするから急いで話すわ。これはジェフの耳には入れないでちょうだい。あの人はすでに山ほど心配事を抱えているのよ。なにが起きているにせよ、わたしたちが止めなければ。なんとしても」

「ウェスに警察署長かなにかに任命されたよ」アゼイが言った。「今週だけの名誉署長だが」

「いいじゃない。そうと知っていたらあなたの車に気を回す必要はなかったわ。アゼイ、今夜はなるべく目立つように住宅街を散策するといいわ。あなたが何者であるかや、今週ここで過ごすことをみんなに知らせるの。そうすればもしかしたら――」

「ひと芝居打つってことかね？」

「その通りよ」サラは折り取った花を拾い集めると、家に向かって歩きだした。「あなたがそんなことしたくないのはわかってる。だけど、これが単なる悪ふざけなら、あなたの存在が抑止力になるわ。でも、ただの悪ふざけじゃないなら今後もなにかあるでしょうね。あなたは銃で狙われるのには慣れっこ？」

アゼイはにやりとした。「その件に関してだが、サラ、しばらくのあいだ集団から離れないようにしてくれ。問題を解決するまではな。ひとりで歩き回ったり、庭をぶらぶらしたりしてはだめだ――」

「あら、わたしちゃんと武器を持ってるのよ」サラが言った。「あなたが親切に持ってくれているそのバスケットの花の下に、コルト式ピストルが入ってるの。ジム・フィスク（米国の投機家、市場操作で莫大な富を築いた）が同じようなピストルで撃たれた年からずっと携帯していて、とても心強く思っているわ」

アゼイは隣にいる姿勢のよい白髪の婦人を見下ろした。「では、使いかたは知っているんだね？」

「まあ。長年、父と散策してきたわたしになんてことを聞くのかしら！　わたしは自分の身ぐらいちゃんと守れます――八十代ともなると、いつのまにか人生に執着するようになるのよ。アゼイ、ジェフに不審感を抱かせないようくれぐれもよろしくね――」

サラは玄関前ののぼり段横に止めた車から下りてきた夫を指差した。ジェフは年を重ねるほどに、どんどん風格を増しているようだ。昔から小学四年生の読みかたの教科書に出てきた政治家像に似ていたし、彼の頬ひげは――アゼイはかぶりを振った。いや、あれは羽ばたいているカモメに似ているとしか言いようがない。

「食品雑貨店のエプロンをつけている若者は？」アゼイがたずねた。

「ジェフの横の？　さっき言ったじゃない。ゼブ・チェイスよ。夏のあいだうちにいるの」

「おまえさんが言ったのは、むろん父親のほうのゼブだと思ったんだよ――チェイスズ・ベイクドビーンズの跡取り息子があんな格好でなにをしてるんだね？　息子は単なるお飾りだって聞いていたが」

「この春にこっちへ来たのよ。釣りをするためと、仕事に目覚めたみたい。宗教に目覚めるみたいに。

少なくとも本人はそう言ってるわ。でも見たところ、彼をやる気にさせたのはベイクドビーンズじゃなくてジェーン・ウォレンね。ゼブはいまマットの店で働いてるの。みんな長続きするとは思っていないけどね。それはそうと忘れないで。ジェフに気づかれないように！」

　金の握り玉のついた杖を振りながら、ジェフがやってきた。アゼイに会えて嬉しいらしく、口でもそう言った。

「ぜひ上がっていってくれ」ジェフは言った。「そして夕食までゆっくりしていってくれよ」

「夕食だって？」アゼイが言った。「それどころか、一週間お世話になるよ。ウェルフリートの公式代表団だか、なんかそんなようなものにさせられたんだ。ウェストンに無理やり呼ばれて、観光業のために体裁を取り繕わなきゃならないんだよ。構わないかい？」

「構わんかだって？　自分でそれを思いつかなかったのか悔しいくらいさ。ウェストンからバッジはもらったかい？　なら、わたしが用意しよう。それから専用観覧席と宴会券も手配するよ。リストにメモするからちょっと待っててくれ」ジェフはポケットからメモ帳を引っ張りだした。「このリストを思いついたのもウェストンなんだ。とても便利だよ。物事をメモし、そのページをだれかに渡したら、あとはすっかり忘れてしまえる。ガールスカウトだか、婦人団体だか、だれかが代わりにやってくれるんだ。独身だと言うのに、ウェストンは女性の動かしかたを心得ているよ――」

サラはジェフの腕を取って、家のほうへ向かいはじめた。

夕食後、息子のほうのゼブ・チェイスが町へ行かないかとみなを誘った。

サラはその考えにぎょっとしたように、さっと両手を上げた。

「ジェフとわたしは早く寝るわ」サラはそう宣言しながら、意味ありげな視線をアゼイに送った。

「体を休めたいの。今週はあえて友人たちを招かず、平身低頭してさまざまな行事を失礼しているわ――老いと言うのは、やりたくないことをやらずに済ます便利な口実なのよ――だけど、それでもいろいろと疲れてしまってね。アゼイ、ゼブといっしょに行ってらっしゃいよ。そしてお祭り会場が、わたしの想像通りにぎやかになっているか見てきてちょうだい」

「お祭り会場？」アゼイが言った。「明日になるまでなにも始まらないんじゃないのかい？」

「試験稼動ですよ」ゼブが口を挟んだ。「万事、予定通りか確認し、地元民たちに先に見せてやるための。観覧車、射的場、それから輪投げコーナーやダーツもあります――どれも健全な娯楽でファンダンス（裸あるいは裸に見える女性がダチョウなどの羽で作った扇を持って踊る官能的なダンス）はありません。サラおばさんはファンダンサーを呼びたがっていたんですが、投票で却下されてしまったんです。あとは花火とバンドのコンサートがあります。寄ってらっしゃい、見てらっしゃい。ぼくが車でお連れしますよ」

　町へ向かう車のなかで、ゼブは急に真面目な顔つきになった。

「あなたが来てくれて、本当に嬉しいです！　ぼくはサラおばさんが思っているよりいろいろ知っているんですよ。土曜の夜は非番だったんで、家に帰り居間で読書をしていたときに車庫の横で銃声が聞こえました。おばさんに外に出るのを禁じられたんですが、あとからこっそり抜け出して、あたりをうろつきました。とても暗い夜だったんですが、小川にかかっている橋のたもとでだれかにぶつかったんです」

「だれに？」

　ゼブは肩をすくめた。「追いかけたんですが、逃げられました――そんな目で見ないでください！二十分ほど追いかけたんですよ。ビル・ポーターなら、ぼくの社会貢献はたった四・一七マイルかと言うかもしれませんけど。結局ぼくは家に戻ってきたんですが、ベッドに入ってからなんとも言えない奇妙な笑い声が聞こえたんです。本当に不気味でした！　あんなのは初めてです。アビ（北米の北方地域に多くすむ水鳥）の鳴き声に似ていました——うまく説明できませんし、信じてもらえないかもしれませんが、わざわざ起きあがって、ドアに鍵をかけたくらいです」

　アゼイはゆっくりとうなずいた。ウェストンも、土曜日の発砲騒ぎについて話してくれたとき笑い声を聞いたと言っていた。

「とにかく」ゼブはアゼイがなにも言わないので少しむっとしているようだった。「あれは魔術かなにかかも。よくわかりませんけどね」

「そのリーチ夫妻への発砲騒ぎってのは何時だったのかね？」

「八時半ごろです。サラおばさんとジェフは郵便の用事で出かけていて、いつも聞いているラジオ番組に間にあうよう帰ってくる予定でした。ぼくがちょうどラジオをつけたときに銃声が聞こえたんです」

「まとめると」アゼイが言った。「ウェスへの発砲が八時十五分ごろ、ブリンリー夫妻ははっきりとわからないが、ほかの二件のあいだのはずだ。ウェスとブリンリー夫妻のところはそう離れていないし、リーチ夫妻のところも二マイル足らずだ。ゼブ、あっしの代わりにリーチ夫妻から目を離さないよう頼む——やれやれ、これがまだ序の口だとしたら——万国博覧会だって日常茶飯事だ！」

　ふたりが乗った車は煌々と明かりがついた野球場で止まり、アゼイが車から下りると、ウェストンがやってきた。

「サラに電話をしたら、おまえが泊まることになったと聞かされたよ。ほら、これが入場者バッジ、そしてこれが警官バッジ、それからこれが州警察のレーンがおまえがここにいることになったと聞きつけて、挨拶とともに寄越したバッジだ。つけておいてくれ」

アゼイは嫌そうにそれを見下ろした。「これを全部？　三つともかい？」

ウェストンはアゼイの服にバッジをつけた。「これでよし。さて、おまえをフィルブリック将軍に紹介したい。以前からおまえにブライト事件について聞いてみたかったそうなんだ。それからヴィンセント・トリップが三つの番組に出て欲しいと――」

「あっ、あれを見ろ！」アゼイが言った。

ウェストンはさっと身を翻して通りを見た。そしていったいなんのことだと振り返ると、アゼイとゼブは姿を消していた。

その十分後、お祭りの移動トラックのうしろに隠れているアゼイをゼブが呼んだ。

「もう出てきていいですよ。あの人もフィルブリックもトリップも行ってしまいました。でも、あなたがラジオに出たらきっと面白いだろうな。言う通りにしてやればいいじゃないですか。もしかしたら――」彼はひょいと身をかわした。「おっと、そんなに嫌なんですね、じゃあ、腕試しに行きましょう」

それから一時間以内に、アゼイが屋台の商人たちとファーストネームで呼び合う間柄になり、毛布十八枚、キャンディ十箱、葉巻百七本、時計四つ、さらに何ダース分ものシャーリー・テンプル人形を獲得したことは町中に知れわたった。おかげで、屋台から屋台へと移動するアゼイとゼブのあとを大勢の小さな男の子たちが物欲しそうについてきた。

「ガラス吹きしか残っていませんよ」ゼブが言った。「うまくやれたとしても、ガラスのペンなんて本当に欲しいですか？　ぼくはもう射撃はやりません。二十ドル渡して、あの少年に道具を新調してもらうまではね。例の鐘も壊れてたし。ああそれから、これまでの浅はかな考えはすべて撤回します。ほかのこともこの調子でこなすなら、あなたはみんなが言っている通りの人だ。えっ――」

「すてきなことばのお返しに、すてきな人形をあげよう。ベイクドビーンズの売れ行きが悪いときはこれで遊ぶといい。まだ観覧車に乗ってないぞ、ゼブ。さあ行こう――」

　そのとき、近くの消防署のサイレン音がお祭り会場に響き渡った。

「紫色のライトが二つ」ゼブが言った。「と言うことは、海岸のほうだ。ぼくの車で行ってみましょう。やっぱりそうだ。長いのが二回に短いのが二回。海岸です。あの鐘――家ではなく、森が火事だ――」

　お祭り会場での戦利品を地面にどさっと置いたアゼイはゼブのあとを追って走り出し、そのあとを子供たちが息を切らしながら追ってきた。

「ちょっと、おじさん！　忘れ物だよ！　おじさんったら――」

「あげるよ」アゼイはひらりと自動車のステップに飛び乗った。

　猛スピードで車を走らせながら、ゼブは笑っていた。

「こいつは大変だ」ゼブは言った。「おもちゃを奪うか火事を見るか。あの子たち大騒ぎだろうな」

　ゼブは海岸通りを奥まで行きすぎて、森林火事の現場を見つけたときにはすでに火は消えていた。ゼブは箒を手に駆けていったが、アゼイは火傷を負った片手をさすっているスレイドのほうへゆっくりと歩いていった。

「スレイド、前にプロヴィンスタウンで会ったよな――」

「やあメイヨ。クソ観光客どもはなんで自分たちが使った火の始末も出来ないんだ？　サラおばさんには会ったかい？」

アゼイは自分のバッジを指差した。「会ったとも。その結果がこれさ。婦人会特設パーラーになったような気分だよ。ところで、ちょいと話しがある」

「こっちもあんたに会いたかったんだ。だがいまはこの火傷の手当てをしなくちゃならないし、アトリエからがらくたを運び出さなきゃならない。だれかが発見していなかったら、アトリエは炎に包まれていただろう。火事はおれのアトリエのほうに向かっていたんだ。話しは明日の朝でどうだい？」

「じゃあサラの家でな」フィルブリックとトリップを連れたウェストンがやってくるのに気づいて、アゼイは踵を返した。

アゼイはゼブを見つけることができなかった。そして車の鍵はゼブの上着のポケットのなかだ。しかもウェストンは明らかに自分を追っている。アゼイはにやりとすると、町へ向かって歩きだした。彼らがアゼイをラジオ番組に出るよう説得できるときが来るとすれば、それは自らそう望んだときだ。

アゼイはわざと裏道を選び、ウェストンの車に拾われるよりも道に迷うことを選んだ。低地帯はじめじめ湿っており、アゼイは狩猟用ジャケットの襟を立てた。

町のこのあたりには呼び名があったはずだ。ゆったりと歩きながらアゼイは思った。なんとかホローだ。数分かかってようやく思いだした。ヘル・ホロー。そうだ、ヘル・ホローだ。ヘル・ホローにまつわる話はあれこれ聞いたことがある。夜に沼地や小さな水たまりから立ちのぼる渦巻く霧についての噂だ。

アゼイは子供だったずっと昔に聞いた言い伝えの数々を思い出そうとした。そこは子供たちを脅すのに使われる場所だった。「いい子におし。さもなきゃヘル・ホローのおばけがつかまえにくるよ」確か、魔女についての言い伝えもあった。大昔にここに入植した開拓者が魔女を泥沼のひとつに顔をつけて殺し、その死体を詰めてボストンに送ったとか。こういう言い伝えはたくさんあったはずだが、あまりよく思い出せない。明日サラに聞いてみよう。

突然、舗装路に出た。なにげなく前を見たアゼイは、はっと飛び退って銃に手を置いた。

前方の薄暗い街路灯の下に、奇妙な三つの人影があった。女ふたりと男ひとりだ。女のほうはボンネットと丸く広がったスカート姿で、男は長いビーバーハットに燕尾服を着ている。彼らのまわりには霧が渦巻いていて、顔もなく、足もない！

アゼイはまばたきをすると、おもむろに笑いだした。

マネキンだ、なるほど。マネキン人形か。ああそうか。人形たちの横に「骨董品」の看板がある。そして街路灯のところに別の看板があった。「ラーキン・ランドール夫人　骨董品」

アゼイはまた笑った。なるほど、骨董品商のラーキン・ランドール夫人がヘル・ホローをプレザント・ヴァレーと地名変更したんだな！　どおりでジェーン・ウォレンが言った地名にぴんと来なかったはずだ。沼やら湿気やら底冷えのする霧が巻き上がるこの神にも見捨てられたような土地を、よりによって爽やかな谷《プレザント・ヴァレー》とは！

アゼイはそのまま町のほうへ歩き続け、マネキン人形もその先のずんぐりした家も通りすぎた。そういえば子供のころ、この家はウェルフリートの粋な若者たちのお気に入りの待ち合わせ場所だった。当時、ヘル・ホローのミニーがここに住んでいたのだ。ヘル・ホローのミニーは帽子に羽飾りをつけ、ぴかぴかの馬車一式を持っており、メイ・ウエスト（一九二〇年代～一九三〇年代にセックスシンボルと呼ばれたアメリカの映画女優）と同じライフスタイルを送っていた。

町のほうでは花火のパチパチと言う音が聞こえはじめており、色とりどりの環状の光が走る火花から漂いでては、ひとつひとつ消えていく。

その場に立ったまま、フィルブリック将軍は祭りの夜の豪華な見世物とどんなふうに張り合うつもりなのだろうとアゼイが考えていると、一台の車が横を勢いよく通過し、急ブレーキをかけてバックで戻ってきた。

「いったいどこへ行っていたんですか」ゼブが噛みつくように言った。「この三十分、ずっと探していたんですよ。どうやってここまで来たんですか？」

「ただぶらぶら歩いてきただけさ」アゼイは言った。「過去に思いを馳せながらね。おまえさんのガールフレンドの風変わりな人形には、心臓が止まりそうになったよ。あたりに霧が渦巻いているし、あんなに気味の悪いものは初めて見た。あっしが酔っ払っていたら、二度と酒は飲まないと誓約書に署名していただろうな」

「大勢がそうしましたよ」ゼブが言った。「あの人形たちが設置された最初の週にね。あのへんはもともと薄気味悪い場所ですし。夏になるとみんなで古いビーチハウスで過ごしていた子供のころ、ぼくはいつも空き地に着くまで古い毛布を頭から被ってがたがた震えていたものです。ぼくが恐がらずにすむくらい、すばやくあの場所を通過できた馬はいなかったな。それにしても将軍ときたら話がくどいし、うるさいと思いませんか？　ところでアゼイさん、ぼくはジェーンを訪ねる口実が欲しいんです。いっしょに車で戻りませんか？」

「いいや」アゼイは言った。「ゼブ、これが最初の小手調べに過ぎないのなら、フィルブリックはいったいどれほどの大仕掛けを見せてくれるつもりなんだろう。パリ空爆をモチーフにした世界大戦の全景かな？」

「それを言うなら、昔ながらの誘惑的場面じゃないですか」ゼブが言った。「あれを見てください！そうそう、店で聞いた噂話から推測すると、あの人は今夜、ひときわ派手なのを打ち上げるようです。明日を迎えるまでに、ケープコッド中の人々がそのことを聞きつけ、ますます大勢が見物にやってくるでしょう。アゼイさん、さあ乗ってください。そしてぼくを友よ、と呼んでください」

「断る」アゼイが言った。「なぜそんなふうに呼ばなきゃならん？ それに、あっしはこれをよく見たいんだ。自分が子供のころはあんなのはなかった。せいぜい――」

「いいから乗ってください」ゼブはしつこかった。「若者の恋愛に対する気遣いってものがないんですか。ジェーンはひとりきりで家にいるんです。エロイーズ・ランドールを観覧車のそばで見かけましたからね。メアリー・ランドールは日暮れとともにベッドに入ってしまうので、ジェーンかエロイーズのどちらかが家で付き添わなければならないのです。どうしました、ジェーンのことが好きじゃないんですか？」

「感じのいい娘だよ」アゼイは言った。「見た目もいい。少しばかり堅苦しいところがあるかもしれんが――」

「多少、厭世的だとしてもしかたないでしょう」ゼブがむきになって言った。「彼女のお父さんは株式仲買人で、一九二九年（ウォール街で株価大暴落があった年）に飛び下り自殺したんです。それでお母さんは家を出て、太ったアルゼンチン人だかスペイン系だかなんかそんなのと結婚しました。生活水準を維持するためにね。だけどジェーンとそのスペイン野郎は――ほら、映画でよくあるでしょう。とにかく、ジェーンはいい子なんです。ぼくがどれほどよい夫候補であるか気づいてくれるといいのに。ここであなたの出番なんです。年配のお助け役としてぼくのよさを売り込んでくれる人が必要なんです。ぼくが偉大な探偵を連れていけば、ジェーンだってきっと――おや――いまのは爆発音じゃありませんか！　銃声みたいだった。あっ、空になにか書いてる――あの音が聞こえますか！　きっと空に『美しきビリングスゲート』と書いているんですよ」

「行くぞ」アゼイはそう言いながらオープンカーに乗り込んだ。「急ぐんだ。さっさと方向転換して出発してくれ」

「えっ？　ああ、ジェーンのところへ戻るんですね？　気が変わったんですか？　フィルブリックの花火にほだされ――」

「さっさと方向転換して急ぐんだ！」

「なぜです？」ゼブはバックで車の向きを変えた。「いったいどうしたんですか？　さっきは絶対に行かないと言ってたのに、急にさっさと行けだなんて。あまのじゃくですか？　メイヨ探偵の新たな一面だな――」

「いいから」アゼイが怒鳴った。「急げったら」

「でも――」

「おしゃべりはやめて、さっさと行くんだ！」

「わ、わかりました」

アゼイの口調にはゼブの軽口を封じるなにかがあった。

ゼブはギアを変えながら、不思議そうにアゼイを見た。変わった人だ。陽気でよくしゃべると思ったら、急に偏屈になる。なんだろう、このじいさん、なにかを怖がっているみたいだ！

ゼブは肩をすくめると、アクセルを踏みこんだ。

アゼイと違い、ゼブは気づいていなかったのだ。最後の花火の爆音の前に、十秒ほどまばゆい光が点滅していたことに。銃声のように聞こえたのは実際に銃声だったからで、出どころはヘル・ホローのどこかだと。その銃声の合間に本物の花火の打ち上げ音が響いており、アゼイの鋭敏な耳はアビの鳴き声のような音を捕らえていたのだった。

第三章

激しいノックに応えてドアを開けたのはジェーン・ウォレンだったが、玄関前に立っているのがだれかわかるまでドアチェーンを外そうとしなかったことにアゼイは気づいた。

「メイヨさん！」ジェーンは言った。「どうぞお入りください。午後お会いしたときには、噂の名探偵だとも知らずに失礼しました。サラおばさまったらなにも言わないんですもの。でも、メアリーがきっとそうだと大騒ぎしてたんですよ。なにかあなたにお目にかかりたいことがあるとかで、あれほど疲れていなかったら自分があなたをサラおばさまのところまで送りたかったと言ってました。居間に入っておかけになってください――ゼブ、ラジオを消してくれる？　雑音がひどいの。さっきからロンドンのコンサートを短波ラジオで聞こうとしてたんです。メアリーが起きてくるか様子を見てきますね。ホットミルクを飲む時間だし、居間で飲んでもいいと言うかも――」

「求婚者が訪ねてきたってのに冷たいな」部屋から出ていくジェーンを見送りながらゼブがつぶやいた。「あまりに冷たいじゃないか。『ゼブ、ラジオを消してくれる、雑音がひどいの』だって。ぼくらは結婚目前と言ってもいい仲なのに。アゼイ、いったいなにが気になっているんです？　なぜさっきから鉄仮面の男みたいな態度なんですか？　ここに来たかったんじゃないんですか？　ぼくに無理やり来させたくせに――とにかく座ってください。そんな黙りこくってないで！　そもそもあなたが

「――ジェーン！　ジェーン――」

ジェーンは敷居のところでよろめき、ドアノブにしがみついて身を支えていた。日に焼けた顔が青ざめている。

「介抱してやれ」アゼイが言った。「このままじゃ気絶するぞ。しっかり支えてやるんだ。あっしは様子を――」

「ぼくはなにをすれば？」ゼブが困ったようにたずねた。

「倒れないように支えるんだ、ぐずぐずするな！　そしてソファに座らせてやれ」

アゼイは玄関ホールの反対側の明かりのついた寝室へ急いで入っていき、はっとして立ち止まり、ごくりと唾を飲みこんだ。

およそ十分ほど、アゼイはそこに立ち尽くしていた。それからドアに錠をかけ、ゼブとジェーンのところに戻った。

「死んでしまった」ゼブが言った。「ジェーンが――アゼイさん、ジェーンが目を覚まさないんです！」

アゼイはジェーンの肩の下からクッションを三つ取り除くと、それを彼女の膝の下に押し込んだ。それからさっとジェーンの首をソファの端に乗せ、頭が垂れ下がるような格好にした。

「いったいなにを？」ゼブが言った。「頭が――」

「こうすれば」アゼイが言った。「血液がこっち側に流れる。ウイスキーかアンモニア水を探すんだ――なにか見つけてこい。これまで気絶する人を見たことがないのか？　いまどきの若い者ときたら。おおかた動かない紐の切りかたも知らないんだろうよ――」

「アゼイ、いったいなにがあったんです？　メアリー・ランドールになにか？　ちょっと見てきま――」

「だめだ、行ってはいかん！」アゼイはゼブをつかんだ。「鹿狩り用の弾で射殺された人間ってのは、実際に見るのはもちろん、想像するだけでも気持ちのいいもんじゃない。気絶した人間の面倒もろくに見れないんだから、おまえさんまで気絶するのがおちだ」

「だれかがメアリーを射殺した？　どうやって？　だれが？　この家の者はだれも――」

「やったのはこの家の者じゃない」アゼイが言った。「メアリーは窓のそばの長椅子に座っていた。そして窓を横切る格好で身を乗り出したらしい。ちょうどそのときに外からだれかが銃をぶっぱなした。鹿狩り用の弾丸で、小石ほどの大きさだ。さあ、その子の介抱をするんだ」アゼイは電話を手に取った。「おや、気がつきそうか？　だったら水を飲ませるんだ。これは個人用の回線かね？」

「ビリングスゲート三二七です」ゼブがぼそぼそと言った。「確かそのはずです」

アゼイはクランクを回して電話をかけた。「もしもし、ネリーかい？　カミングス先生につないでくれ。おや、そうなのかい？　じゃあ奥さんを頼む――奥さんも留守だって？　どこにいるか知ってるかい？　そうか、わかった」アゼイは笑い声を上げた。「じゃあ、悪いが先生に伝えてくれるかい？　あのウォレンの娘が――そうそう、ホローのところの。彼女が転んで気絶してるんだ。そうなんだよ。ありがとう。至急こっちに電話してくれるように言ってくれ」

ゼブがぽかんとアゼイを見つめた。「どういうことですか？」

「カミングス先生の奥さんは町で観覧車に閉じ込められているらしい。つまり、観覧車が故障して、下りるに下りられず空の上ってことだ。奥さんはヒステリーを起こしていて、先生は地上で別種の痛癪を起こしている。いずれにしても、ネリーが先生に伝えてくれる」

アゼイはぶらぶらと台所へ入ってゆくと、電気コーヒー沸かし器を持ってきた。

「これを使え、ゼブ」アゼイは言った。「コーヒーが出来上がったら、ジェーンに飲ませるんだ。わかったか？　そこで静かにしているんだ。なにも考えるな。おまえさんが――おっと、先生から電話だ」

アゼイは前置き抜きでいきなり本題に入った。

「聞いてくれ、メアリー・ランドールが殺された。散弾銃、鹿狩り用のやつだ。窓越しに撃たれてる。このことは内密に頼む。州警察のレーンとウェストンといっしょに来てくれ。え、奥さん？」アゼイは吹き出した。「奥さんなら大丈夫さ。急いでくれ」

アゼイは体格のいいカミングス夫人が観覧車で宙吊りになっているところを想像してくすくす笑いながら、ソファのところにいる蒼白なジェーンとゼブのほうを振り返った。

「アゼイ」ゼブが言った。「道にいたときに、銃声だってわかっていたんですか？　あの爆発音を？」

「そうかもしれないと思ったんだ」アゼイは言った。「気分はよくなったかね、ジェーン。おまえさんはこの家にいたわけだが、銃声を聞かなかったのかね？　聞こえたはずなんだが」

ジェーンはかぶりを振った。「ラジオをかけていましたから。それほど大音量だったわけじゃありませんけど、テーブルの上ですぐ耳元にあったので。短波ラジオは雑音がすごかったし、ひっきりなしに花火が上がっていましたから、実際ひどく大きな音はしてましたけど、花火のフィナーレだと思ったんです。アゼイさん、本当に死んでいるんですか？」

「そうだ。ジェーン、おまえさんのおばさんは――」

「後見人《ゴッドマザー》です」

「敵はいたかね？」

「聞いたことがありません。業者さんからもお客さんからも好かれていました。おばさまは――」

「親戚はどうかね？」

「ご主人は亡くなっていますし、身内はほとんどイギリスにいてアメリカにいる数人は西海岸在住です。ひとり娘のエロイーズは、プリティマンさんと町に行っています」

アゼイが眉を上げた。「だれといっしょだって？」

「プリティマンです」ゼブが言った。「ターシャス・プリティマン、保険業をやっている男です。突端のところのプリティマンじいさんの息子ですよ。五十歳ぐらいじゃないかな。エロイーズには会ったことがありますか、アゼイさん？」ゼブとジェーンの目が合った。「とにかく、メアリーの身内はエロイーズだけです」

「たったひとりの身内です」ジェーンも言った。「あの――アゼイさん、気を使って遠まわしな言いかたをしてくださっているのはありがたいのですが、最悪の想定を聞かせてください。あれはどういうことなんですか？」

「ランドール夫人を軽んじるつもりは毛頭ないが」アゼイが言った。「最悪の場合、今回のふるさと祭り《オールドホームウィーク》は大失敗に終わり、この町は借金まみれとなって二度と立ち直れないだろう。この手のことには二種類の反応がある。つまり、わざわざ野次馬にやってくる連中もいるが、大多数の人間はさっさといなくなる。とりわけ、どんなふうにことが起こったかを知ったならな。今週はここで過ごそうと思っていた者のうち九十五パーセントは、自分の部屋の壁の厚さを見て、自分は何度、明かりのついた窓の前を通るだろうと考えてすぐさま立ち去るんだ。そしてことの真相が明らかになるまで、新聞には『殺人鬼いまだ見つからず』だとか『狂人はいずこ』と言った見出しが躍るだろうし、おまえさんと娘のほうのランドールさんも新聞記事にされるだろう」

「とくにわたしですよね」ジェーンはごくりとコーヒーを飲み下した。「あなたはあえてそうは言いませんでしたけど――警察はわたしを逮捕するんじゃありませんか？　この世のだれひとりとして、わたしがこの部屋にいて、なんの物音も聞かずにいたなんて信じるはずがありませんもの。おまけに、小屋には散弾銃がある」

「だれのだね？　おまえさんのか？」

「ゼブのものです。以前、ゼブがそこに置きっぱなしにして、そのまま忘れたんです」ジェーンが言った。

「なんだってジェーン、そうだっけ？」

「そうよ。でもわたしは銃を持ってあなたを追いかける気はなかった。あなたって本当にそそっかしい人だから、勘違いされるかもしれないでしょ。とにかく小屋には銃があるし、わたしはここにいる。それに町中の人が、今日わたしがあの特設パーラーで言ったのを聞いているわ。メアリーからもらったお金以外一セントも持っていないし、いつクビになるかわからないから心配だと言っていたのをね。冗談のつもりだったけど、明日になったら冗談だったでは済まなくなるでしょうね」

「そんな馬鹿な」ゼブが言った。「そんなことあるもんか！」

「新聞に書きたてられるのには慣れています」ジェーンがアゼイに言った。「父が死んだとき、わたしは五百マイル離れた学校にいたんですけど、まるでわたしが父を窓から突き落としたかのような騒ぎでした。そして母があのスペイン人と結婚したときなんか――ああ、だけどなぜこんなことが続くのかしら！　もう慣れてしまったわ。シェイクスピアにも、初めに最悪なことを経験してしまえばたいていのことには耐えられるようになると書かれたソネットがあるんです。いや、あれはナッシュ（アメリカのユーモア詩人）だったかしら。ねえゼブ、わたしがあなたとの結婚を決めていなくてよかったでしょう――」

「もしきみが今夜、結婚してくれたら――」ゼブが言った。

「騎士《ナイト》気取りはやめて！」ジェーンが言った。「あなたのお父さまや新聞の見出しのことを考えてみてよ。『ベイクドビーンズの御曹司、殺人容疑のフィアンセをふる。ふるさと祭り殺人事件のロマンスの終わり』――連中はこれを『ふるさと祭り殺人事件』と呼ぶと思う？　アゼイさん、こんなふうに話すつもりはないのに、なんだか興奮してしまって。わたし――その――はっきり言って絶望的な気分です。メアリーおばさまのことは大好きだったし、本当によくしてもらっていたのに！」

ゼブに片腕で抱き寄せられ、ジェーンは彼の肩で号泣した。

「ジェーンのことは任せた」アゼイが言った。「車の音だ」

アゼイが外に出たちょうどそのときに、カミングス医師、州警察官のレーンがいずれも冷静かつ職業的好奇心のにじむ態度でセダンから下りてきた。後部座席にはウェストンが石像のように座っており、顔には絶望の色を浮かべていた。

「おいおい、ウェス」アゼイは言った。「確かに最悪かつ悲惨な状況だ。だが、それだっておまえさんの顔つきよりましだ。元気出せよ！　レーンがちゃんと取り計らって――」

「もうおしまいだ」ウェストンが言った。「契約で決まってるんだ」

「なにで決まってるって?」

「契約だよ。フィルブリックとの。我々は古きよきニューイングランド地方の町としてラジオに取り上げられることになっている。だからもし――」

「そうじゃないとなれば、お払い箱になるのか? なるほど。とにかく入ってくれ。なにができるかみんなで考えよう」

カミングス医師は寝室を見てまわると、急いで廊下に戻ってきた。

「彼女はだれかにひどく恨まれていたようだ」カミングス医師が言った。「さもなくば、殺人鬼がそこらをうろついている。つまり、何者かが外で待ち伏せしていて、窓のブラインドに映った頭の影めがけて撃った。なんてことだ――アゼイ、なんだか責任を感じるよ。この町にやってきた当時、彼女はあまり体調がよくなかった。だからとにかく早く寝るように言ったんだ。なにしろ、日中は店の仕事をやらなきゃならなかったからな。なんにせよ、メアリーは早寝の習慣を守っていたし、むろんこの町の者はみんなそのことを知っていた。本があったが彼女は読書中だったのか?」

「おそらく」アゼイが言った。「それで箱から煙草を取ろうと前かがみになったんだろう。教えてくれ、彼女はどんな人柄だった?」

「メアリーはとても感じがよかったし、商売のことをちゃんとわかっていた。以前はニューヨークの会社で買い付け係をやっていたらしいが、そこがだめになったんで、ここで商売を始めたんだ。この僻地に骨をうずめることを喜んでいるようだった。自活しているんだと言ってな。納屋の店にはずいぶん上等な品も置いていたよ。客も大勢ついていて、商品を磨いたり、修復したり、仕上げをしたりは全部、自分でやっていた。働き者で有能な女性だった」

「敵はいたかね？」

「みんなと仲良くやっているようだった。もちろん、たまには他の女たちをぎょっとさせるようなこともあったが、ブリンリーのかみさん以外はみんな彼女を好いているよ。あのかみさんは大馬鹿者だからな。自分はなんでもわかってると思いこんでる。昔、室内装飾の講座を取っていたことがあるとかで、ことあるごとにそれを持ち出してくるんだ。それで婦人会特設パーラーで大喧嘩になったんだよ」

「だれが勝ったんだね？」

「メアリーさ、完膚なきまでに。ところがベッシーのほうは、メアリーなんか店の在庫を売り払って、儲けを得たいだけだと文句を言い出してね。だが、結局はとても感じのいいパーラーになったよ。さあ、仕事にかかろうじゃないか。この町にとっては大打撃になりそうだが、なにかうまい手はないか？」

「このことを内密にしておく方法かね？　あるかもしれん」アゼイは言った。「もしも——ところで、娘のほうはどんなタイプかね？」

カミングス医師はずり下がったメガネの上からアゼイを見つめた。

「あいにくわたしは精神科医でもなければ精神分析医でもない」カミングス医師は謎めかしてそう言った。「三つ子や双頭の子牛以上に突飛なものはこれまで一度も分娩させたことのない不運な田舎医者に過ぎん。レーンとウェストンにここに来るように、そしてレーンにはカメラとその他一式を持ってくるよう伝えてくれ」

三十分後、アゼイは居間に入っていった。

ゼブとジェーンはあいかわらずソファに座ったまま、暖炉の前の敷物の模様を見つめていた。沈鬱な顔つきのウェストンは、隅のほうで火のついていないパイプをくわえている。その顔には、一般的に葬式や交通事故、あるいはそれ以外のさまざまな突然死の際にのみ使用される表情が浮かんでいた。

「ほかの人たちは?」自暴自棄のあまり饒舌になる時期を過ぎたジェーンはいまや観念した様子で、目が赤いことを除けばほぼ普段通りになっていた。

「ほかの人たち?」

「警察だとか、検死の人だとか、新聞記者だとかそう言う人たちです」

「このあたりの監察医はカミングス先生だ」アゼイが言った。「ウェスが町と司法の代表で、あっしがここの警察署長代わり、そしてレーンが州警察官だ。これだけいればじゅうぶんさ、もっと仰々しくやってくれと言うなら別だが。レーンは刑事で、必要な手続きと呼ぶようなことをやってくれた。ところで、エロイーズはいつ帰ってくる?」

「もうとっくに帰ってくるころなんですけど」ジェーンが言った。「ずいぶん遅いわ。まさかあの人まで——でも、あの人になにか起こるはずがないわ。プリティマンといっしょなんだし」

「エロイーズなら観覧車に閉じ込められてる」ウェストンがこの二十分間で初めて口を開き、陰鬱な声で言った。「ターシャスといっしょに一番上にいる。あれに届く梯子はないし、あったとしてもそんな方法で下りたくはないそうだ。カミングス夫人も同様さ。カミングス夫人はエロイーズのすぐ下の観覧車にベッシー・ブリンリーといっしょに乗っていたよ。それ以外はみんな少年少女で、自力で脱出した。ああ、なにか起きると思ってたよ!　こうなるとわかってた!」

「わたしたちがこのことをだれにも知らせなかったら」ジェーンが口を挟んだ。「その場合はどうなるんですか?」

「は?　そんなわけにはいかん!」ウェストンが言い返した。「そうだよな、アゼイ。こんなことをどうやって秘密にできる?　無理な話だ」

「あなたがこの町の代表であり」ジェーンが言った。「そのあなたが知っている、また、警察署長も知っている。さらに州警察も、呼び名はなんにせよ監察医も知っている。そしてゼブとわたしも知っているし、エロイーズも知ることになるでしょう。だけど、それ以外の人たちに知らせる必要がありますか?　今週のお祭りが終わるまで、このことは秘密にしておいてなぜいけないんです?　これ以上ないほど悲惨な状況だけど、多くの人々に知られたらもっと悲惨になってしまう――」

「無理だよ」ウェストンが言った。「葬式があり、葬儀屋がいる。窓が割れているとか、部屋が滅茶苦茶になっているとか、そういうこともある。ランドール夫人の姿が見えないことをどうやって説明する?　それにどうやって――とにかくそんなことできっこない。不可能だよ」

「ちょっと待って」ジェーンが言った。「ステーションワゴンが入ってきた音がする。エロイーズよ――きっとプリティマンもいっしょだわ。数分前に通り過ぎる音が聞こえた気がする」

アゼイは期待するようにドアを見つめていた。このエロイーズと言う名前は散々、耳にしたが、だれもその風貌については語ろうとしない。こう言うときその人物は、足が不自由だったり、外見が損なわれている場合が多い。鼻にいぼがあるとか片目がないとか。アゼイには、エロイーズがジェーンのように二十代なのか、それとも四十代なのかさえわからなかった。

四十代だ。その女が入ってきたとき、アゼイは危うくそう口に出しそうになった。四十代なかば、太り気味で赤毛に白いものが混じりはじめている。アゼイが見たところその風貌に欠けたところはなかった。つまり目も耳も手足もちゃんとふたつずつ揃っている。

エロイーズはその場にいる人々の顔を順番に見渡した。

「ちょっとジェーン！　ちっとも知らなかったわ――もう、パーティを開くなんて聞いてないわよ。教えてくれてたらもちろんターシャスとあたくしだって喜んで――観覧車が止まっちゃって怖かったわ。あたくしいつでも喜んで手を貸すわよ、いつでも。サンドイッチ作りとか、ケーキを焼くのだって。だからパーティを秘密にする必要なんて全然ないんだから――まったくもう！」エロイーズは舌打ちした。「それに、コーヒーポットを絨毯の上にじかに置いたりして！」

エロイーズは自分の帽子をテーブルに置くというただそれだけのことで、なぜか二冊の本と灰皿一個とランプ一個を払い落とす格好になった。

「ぼくが拾って元に戻しておきます」ゼブはそう言いながら、目の端でアゼイを見つめた。

「ご親切にありがとう――ほかのみなさんもどうぞお掛けになって――あら、メイヒューさん、ここでお会いできて本当に嬉しいわ――あの観覧車のことはあなたにお伝えするべきだと思うんです――まったく、あれの所有者たちの言い草ときたら！　あんなに危険なものだなんて――あら、カミングス先生！　奥さんが困り果てていましたよ！　あなたがどこにもいないと言って――」

「家内なら心配ない」カミングス医師はそっけなく言った。「アゼイ、きみから話すといい――いや、やっぱりわたしから話そう。みんなは台所かどこかへ席を外していてくれるかな」

アゼイはゼブを廊下に連れだした。

「あれはいったい――」

「医者たちは」ゼブが言った。「連合弛緩（連想のゆるみを指す。考えがひとつのテーマから他のテーマに脈絡なく飛躍して、どのように考えているのかその人の思考をたどれないこと）だと言ってます。あなたが知りたいのが、エロイーズのことでしたら。ぼく自身はランドール嬢についてもう少しフロイト的な見方をしていますが。ところで、今回の事件をしばらくのあいだそれなりに内密にしておくことは可能なんですか？」

「エロイーズ次第だろうな。それはそうと、この家に下働きの者はいるのかね？」

「洗濯とアイロンがけをするリーナだけです。週に二、三日来ているんじゃないかな。家事はほとんどエロイーズとジェーンがやっています――え、いまなんて？」

「あのな」アゼイが言った。「あっしなら、エロイーズにぴったりくっつかれてレディボルチモアケーキ（レーズン、イチジク、クルミなどを入れたクリームを挟んだ白いレイヤーケーキ）を作るなんてまっぴらだって言ったのさ。気づいたらミントソース（砂糖、酢にミントの葉を刻んで入れた子羊の焼肉用ソース）になってしまいそうじゃないか。もっとも、エロイーズの料理の腕前がどんなものか知りたいような気もするが――おっと、先生が戻ってきた。思ったより早く済んだな。で、どうだった？」

　カミングス医師は額の汗を拭った。「思ったより楽だったよ。落ち着いて聞いてくれた。もちろんひどく滅入っているが――とにかく、ジェーンに会いたいと言っている」

「じつは」ジェーンがまた居間に入っていくのを横目にカミングスが続けた。「どうするかはエロイーズに一任した。相当ひどいヒステリーが起きるものと覚悟していたんだが、貴婦人のように冷静に受け止めてくれたよ。なにしろエロイーズのヒステリーを見るまでは、本物のヒステリーを見たことがあるとは言えないくらいだからね。バクスターの船から落ちたこともあるほどなんだ！　ひょっとしたら、今回の件はなんとかなるかもしれんな、アゼイ」

　数分後、エロイーズはみんなを呼んだ。

「部屋に入っていただける？　ジェーン、あなたからあたくしたちの結論を話してちょうだい――もっとも、こんなのおかしいような気がしますけど、あなたやみんながそう思うなら――きっと大勢の人の感覚はつねに正しいんだわ――さあ話して、ジェーン」

「メアリーおばさまはこの町を愛していました」ジェーンは言った。「わたしはそれを忘れてはならないと思いますし、エロイーズも同じ考えです。メアリーやわたしたちの身に起きたこの不幸な出来事のために、これがただちに世間の知るところになり、そのために町が損害を受けることになったらメアリーには耐えがたいことでしょう。それこそとりつかえしのつかない悲劇です。だれがこんなことをしたかは突き止めなければなりませんけど、来週までこのことは伏せておけないかと思うのです。そうしていけない理由があるでしょうか。だって、知るべき人たちはみなすでに知っていますし、ウィンチェル（ウォルター・ウィンチェル。米国の有名ラジオコメンテーター）やタブロイドや新聞に教えなければならないなんて法律はありませんよね？」

「だが、どうやって！」ウェストンが言った。「アゼイ、そんなことできるか？　無理だよな、先生。レーン、あんたはどう思う？」

アゼイは机からメモパッドと鉛筆を取りあげた。

「これからどうするか相談しよう」アゼイは言った。「まずはあっしが窓と日よけを直して、人目につかないようにしよう。それからみんなであの部屋を片づけて、鍵をかけておく。さて、ウェス。おまえさんは町役場記録にランドール夫人の死亡について記載してもらってかまわないんだが、それは口に出して言わなければならんのかね？」

「町の公報では、それを――」

「公報が出るのは年に一度だ。言い換えれば、記録はしておいて、その必要が生じるまで言わないでおいてくれ。人が見るかもしれないところにメモするのもだめだ」

「だが、おれには義務が――」

「いいか、記録したら元帳は銀行の金庫室にしまっておいてくれ。カミングス先生には死亡証明書と墓堀人の手配を頼めるかね？　先生の親戚で墓堀人をやってる者はいないか？」

「自称葬儀屋がいる」カミングスは言った。「そして、そいつは下の子ふたりと彼自身の盲腸の件でわたしに借りがある」

「そいつはいい。なら先生《ドク》とレーンは今夜ステーションワゴンでその葬儀屋のところに行き、車はそこに置きっぱなしにするんだ。あっしが――いや、ゼブが車でついていって、おまえさんたちを乗せて帰ることにしよう。先生《ドク》、奥さんと話をつけるのは自分でやるかい？　それともこっちでやろうか？」

「ぜひ頼みたい」

「引き受けた。それからあっしはウィージットまでドライブして、ニューヨークにいるポーターに電話し、ここにいるジェーン宛てに電話をかけてもらうことにしよう」

「どうしてですか？」ジェーンがたずねた。

「いとこのふりをして、身内が重い病気だからランドール夫人はニューヨークへ行かなければならないと言ってもらうんだ。電報ではだめだ。今夜ハイアニスからここに電話する。そして電話交換手の女の子たちに、その電話が直接かかってきたことをわからせておく。そのニュースを広めるのを手伝ってもらいたいのさ。とにかく、ランドール夫人が単身ステーションワゴンを運転してニューヨークへ行ったように見せかける必要がある」

「もちろん、ここはすてきな家よ」エロイーズが遠慮がちに言った。「いつもお友だちに言っているように、羽目板はすてきだし、輪郭も美しい――だけどほら、ここは少し、少しばかり――」

「辺鄙《へんぴ》過ぎる」アゼイがエロイーズのことばを引き取って言った。「そのことは考えた。おまえさんとジェーンはサラの家に行くのがいいだろう。日中はここに戻ってきて店をやり、夜はサラの家で過ごすんだ。夜はお祭り気分を味わいたいのに車がないからとかなんとか言えばいい。おまえさんたちを自宅に迎えるのはいかにもサラらしいとみんな思うはずだ――」

「ほら」ウェストンが言った。「やっぱりな。なら、サラには本当のことを言わなきゃならない。ジェフにもだ。やっぱり秘密にしておくなんて無理だよ。最初っから問題が山積みだ！」

「ウェス、サラはすでにいろいろ知っているよ。それに、サラとジェフなら秘密は守ってくれる。とにかくやってみて、ビリングスゲートの財政状態のためにどれくらい隠しておけるか試してみようじゃないか。レーンと先生《ドク》とウェスとあっしは仕事にかかるとしよう」

「だが、おれはふるさと祭り《オールドホームウィーク》で大変なんだ！」ウェストンが大声で言った。「これ以上はもう――」

「湿疹で大変みたいな言いかただな」アゼイが言い返した。「なら、おまえさんはふるさと祭り《オールドホームウィーク》に戻ればいい。こっちはこっちで仕事にかかろう。レーンの部下に手伝ってもらうよ。ほとんどが顔見知りだからな。さて、これから細かい説明をするから、ちゃんと口裏を合わせてボロが出ないようにして、仕事にかかるとしよう」

日が変わって早朝四時半、アゼイとゼブは疲れ切ってサラの家に戻った。ジェーンとエロイーズはとっくに到着済みである。

「アゼイさん」服を脱ぎながらゼブが言った。「これはいったいどういうことなんですかね？　初めは町そのものを標的にした嫌がらせのようだったのに、今度のは――メアリーみたいな人をだれがなんのために殺さなくてはならないのか。これは狂人のしわざですよ――あの笑い声を覚えてますか？」

「ああ、ちゃんと聞こえたよ」

「いつですか？」

　アゼイはゼブに教えた。「みんな同じなんだよ、ゼブ。使われたのは散弾銃だ――もちろん、鹿用弾丸《ディアボール》で鹿弾《バックショット》じゃなかったが、それは重要じゃない。最初の発砲はただの警告だった。今回のは意図されたものであり――最終手段だ。すべてはひとつの連続した出来事なんだ」

　ゼブはその話を信じなかった。

「おいおい」アゼイは言った。「今夜ジェーンが言っていたことを覚えていないのか？　メアリーがなにかであっしに会いたがっていたって話を。おそらくメアリー・ランドールは偶然なにかを発見したんだ。おまえさんやサラやウェスやあっしが知っている以上のなにかをね。だが、何者かがメアリーに知られたことを知り、メアリーがそれを漏らすことのないよう万全を期したというわけだ。メアリーは――おい、いまの聞こえたか？　耳を澄ませ！」

　アゼイはすかさず明かりを消した。

「いったい――」

「これは我々をあざわらっているやつの仕業だ――だめだ、その窓から離れろ。いや、外に出るのもよせ。絶対にだめだ！」

「なぜだめなんです、アゼイさん。あの笑い声は――」

「頭を鹿用弾丸《ディアボール》で撃ち抜かれたいのか？　相手はこっちが引っかかるのを心の底から願っているだろうが、そうは行かん。そんなふうに馬鹿にされたとき、鬼ごっこには負けると思って間違いない。さっさと向こうを向いて眠るといい。あっしは寝る」

アゼイはベッドの自分の側に寝ると、十分以内に軽いけれど説得力のあるいびきをかきはじめた。それからベッドの上で半身を起こし、ためしにちょっと物音を立ててみたが、ゼブはぐっすり眠り込んでいて聞こえない様子だった。

アゼイはにやりと笑うと自分のゴム底靴とゼブのセーターを持ち、こっそり部屋を抜け出した。廊下の奥の窓は開いていた。アゼイは網戸の留め金を外し、身を乗り出し、傾斜した屋根の上に乗っているカエデの太枝をつかんだ。その窓は小さかったがなんとか通り抜け、ひらりとその枝に乗った。そのままゆっくりと枝から木の幹まで下りると、地上十二フィートほどのそこへ身を落ち着けてじっと待った。

そよ風が木の葉をさざ波のように渡っていき、頭上の枝を揺らした。沼地のほうからはカエルたちの鳴き声が聞こえてくる。遠くの海岸通りのほうで、車のクラクションが鳴った。外海岸に打ち寄せる波の轟く音が聞こえる――アゼイは大きく目を見開いた。だれかが沼地のほうからやってくる。その人物は小川にかかっている小さな木製の人道橋《じんどうきょう》を渡ったところだった。

アゼイは身を乗り出して木の枝のあいだから目を凝らしたが、暗過ぎてほとんどなにも見えなかった。

足音が近づいてきた。車庫のわきの砂利の敷かれたあたりを渡り、車庫から家へ続く敷石の小道を進む。だれかはわからないがその人物がその小道をそのまま進んでくれれば、アゼイの真下を通ることになる。

音を立てないように枝をよけると、アゼイはじっと待った。

第四章

アゼイは片手をさっとセーターと借り物のパジャマトップスのなかに入れ、ショルダーホルスターに入っている古い四五口径ピストルに触れた。しかし、その手からふっと力が抜けた。遅ればせながらその人物が女で、敷石を踏む音はハイヒールから出ていると気づいたからだ。いまやアゼイには、女の着ているシルクの衣擦れの音が聞こえ、そよ風に揺れるスカートが見えていた。木の下をのんびりと通り過ぎる女を見て、アゼイは危うくその上に落っこちるところだった。

あの白髪は見間違えようがない。サラ・リーチだ。

アゼイは啞然としたまま、女が玄関まで歩いていき、ドアを開け、家のなかに姿を消すのを見送った。

アゼイは木の幹を滑り下り、ひょいと地面に下り立つと、音もなくそのあとをつけた。

「おい、サラ」アゼイは強い口調で言った。「これはいったいどういうことだ？　おい――ちょっと――」

サラはそのまま玄関を施錠し、鍵を廊下のテーブルに載せられた翡翠の壺の下にきちんと置くと、無言のままアゼイの前を通り過ぎた。

すぐあとを追いながら、アゼイは階段を上って二階へ行き、廊下を進んで寝室に向かうサラから離れなかった。だが、サラが部屋に入るとドアは静かに閉められてしまった。

アゼイは壁に寄りかかり、ゼブのセーターの袖で額を拭った。

アゼイはかつて一度だけ夢遊病者に遭遇したことがあった。あれは「ジョージ・P・クラム号」に乗船中で――いや「ジョシュア・N・クラム号」だ。アゼイはすんでのところで目を覚まし、二等航海士である自分に切りかかろうとする西インド諸島出身の料理人の手から、山刀《マチェーテ》をもぎとることができたのだった。

肩をすくめると、アゼイは足音を忍ばせて自分の部屋へ戻り、ベッドにもぐりこんだ。

サラが今回の事件、すなわち土曜日の発砲騒ぎだとかメアリー・ランドール殺害に関わっているとは考えられなかった。それでも、サラが夜中に外をうろついているのは気になる。毎晩、沼地のあたりを散歩するのが習慣なのかもしれないが、サラはどれくらい沼地にいたのだろう。それに、あの狂ったような笑い声はなんだったのか。なにもかもが異様だ。

一連の出来事からひとつわかった。ビリングスゲートに含むところがある者がいるのだ。町に対する恨みかもしれないし、祭りを台無しにしたいのかもしれない。いずれにせよ、その人物は自分がどんな気持ちでいるかについてさんざん警告を発してきたあげく、いまは実力行使にかかっている。

だがなぜそんな手続きを踏んだのか。どうやら、そいつはブリンリーやウェストンやリーチ夫妻に恨みを抱いてはいないようだ。行政委員たちは関係ない。でなけりゃ、なぜそいつは行政委員たちに発砲せずに、その傍らに鹿弾《バックショット》を撃ったのか。

とにかく、なんらかの偶然によりメアリー・ランドールはこの人物の企みに気づいた。おそらくは自分で理解している以上にたまたま真相に近づいてしまった。少なくとも、アゼイに会って話したいと考えるくらい事態を把握していた。しかし犯人がそれを察知し、そうならないように手を回した。

これらから浮かび上がってくるのはジェーンだ。

アゼイはジェーン・ウォレンをよく知らない。このあいだの午後、ジェーンは骨董商について辛口だった。ジェーンの不平は──「やることばかり多くて、お金は全然入ってこない」だ。ランドール母娘か骨董品に関するなにかが気に入らなかったのだろう。しかしジェーン自身が言うように困窮していて、メアリー・ランドールだけから養われているのだとしたら、恩人かつ雇い主である人物をわざわざ殺すはずはない。もしかすると、ジェーンはメアリーが死ぬことで、なんらかの恩恵を受けるのだろうか。骨董品店かなにがしかの遺産を相続するとか。いや、それほど直接的な恩恵ではなく、エロイーズはひとりで商売を続けていくには注意散漫すぎるので、それによってジェーンがなにかの利益を得るのかもしれない。

ラジオがついていて、その雑音もあり、花火も鳴っていたとあれば、ジェーンが散弾銃の音に気づかなかったということは実際ありうる。ただしとっさに思いついたとすれば、あまりもっともらしい口実ではない。たいていの人間は、殺人事件に直面したときすぐに自分はどれだけ潔白であるか訴えはじめるものだ。しかしジェーンはそうはせず、むしろ自ら生贄《いけにえ》になった感がある。

ランドール夫人の部屋を片づけ、壊れた窓を元通りにすると、アゼイは屋根裏から地下室まで家のなかをくまなく捜索し、納屋にあったゼブの散弾銃を調べた。それは材木の切れ端やおがくずや埃にまみれており、銃身は長いあいだだれも触っていないことがわかった。アゼイはほかに凶器の痕跡は発見することができなかったし、レーンも同様だった。しかしそれは、凶器が存在しなかったということを意味しない。

ジェーンとエロイーズがサラの家へ行ってから、アゼイはメアリー・ランドールの日記に目を通したが、それで新事実が発覚することはなかった。その日記から、みなが考えている以上にメアリーにとってJ・アーサー・ブリンリー夫人が悩みの種であったこと、また、ジェーンが骨董品を磨いたり、修理したり、見つけ出すより、売るほうがずっと好きだったという事実をアゼイは知った。メアリーは、ジェーンにいわゆる「辛抱強さ」が欠けていることを嘆いていた。また、エロイーズに関する書き込みは無数にあった。スティーゲルガラス（ヘンリー・ウィリアム・スティーゲルガペンシルヴァニアで一七六三年から一七七四年のあいだに製造した模様入り高級ガラス製品）を割ったとか、ステーションワゴンの泥よけ部分をまたぶつけたなど、その大部分は諦めとともにエロイーズの不器用さを愚痴ったもので、一、二度は優柔不断さにも言及していた。また「あの子はわたしにとても優しいし、一生懸命働くし、気立てもいいのだが、とにかく支離滅裂なのだ」と書かれていたのはアゼイの記憶に残った。

　メアリー・ランドールが言いたかったことはよくわかるとアゼイは思った。

　とにかく、ジェーンについて調べてみなければ。無駄とはわかっているが、面白いからサラについても調べてみよう。ゼブについては必要ないし、エロイーズもそうだ。あの観覧車ほど完璧なアリバイはない。

　アゼイは寝返りを打つと、瞳を閉じ、サラから九時に部屋のドアをどんどん叩かれるまでぐっすりと眠り込んでいた。

「アゼイ、ジェフとわたしは出かけなくちゃならないの」サラが大声で呼びかけた。「ゼブは女性ふたりをホローへ送り、仕事に出かけたわ。でもなにか用事があったら休みを取るからいつでも言ってくれって。サリーかバーサが一日中ここにいるから、なんでも好きなものを作ってもらってね。あなたのためにプログラムを置いておくわ――」

「ちょっと」アゼイはベッドから転がり出た。「待ってくれ、いま――」

「悪いけど待てないわ。本当に。帰郷してくる迷える入植者たちのための案内人なんだから！　じゃあね――」

アゼイは窓から、制服姿の運転手のうしろに乗ったジェフとサラが、青と黄色の飾りリボンをたなびかせたオープンカーの公用車で走り去るのを見送った。

「あのふたり」アゼイはつぶやいた。「あと紙吹雪があれば完璧だな」

朝食の席で、アゼイは公式プログラムをコーヒーカップに立てかけると、今日の催しを丹念に読んでいった。

火曜日は入植者の日《オールド・セトラーズ・デイ》で、九時半の長旗掲揚式から始まっていた。学童、合唱団、ソプラノ歌手が「アメリカ」を捧げる、とある。

「ほう」アゼイは言った。「捧げるでもいいが、斉唱としとけばよかったのに――いや、あっしのことは気にしないでくれ、バーサ。お祭り気分で浮き足立ってるだけさ」

「アメリカ」と「美しきビリングスゲート」のあとは、午前中いっぱい各種教会で入植者たちの親睦会が催され、役場で歓迎のスピーチがあり、十二時半には婦人会パーラーにて行政委員が主催する昼食会が開かれることになっていた。各自お弁当を購入する必要があり、脚注にはそのお弁当の中身がスタッフドオリーブ（オリーブの実の種をくりぬき、中に赤ピーマンなどの詰め物をしたもの）に至るまで詳細に説明されていた。

午後のメインイベントは多かれ少なかれ野球、すなわちビリングスゲート・オールスターズ対フィルブリックス・ファイアワークス・ナインの試合だった。夜はアップジョンズ・メリーメイカーズが、野球場の隣の天蓋付きダンスフロアで屋外大コンサートを開催する。入場料は無料だ。お祭り会場ではあらゆる人を対象にお楽しみが提供され、映画一本分の料金で新作長編映画二本立てが、おみやげ付き、当たり券の人には純銀製コーヒー沸かし、おまけのミッキーマウス人形付きで上映されていた。そして締めくくりが花火である。プログラムのうち星印が付いているものはラジオ放送が予定されていた。

アゼイはため息をついた。「ただ読んでいるだけで」彼はコーヒーのお代わりを運んできたバーサに言った。「疲れるし、老け込んだ気分になる。日曜日までずっとこの調子なら、みんなだしがらみたいにスカスカになってしまうだろう」

「明日は知事の日《ガーヴァナーズ・デイ》です」バーサが言った。「三人の知事たちの。あの方たちに関連するスピーチや祝宴以外はほとんど今日と同じ内容なんですけどね。木曜日はビリングスゲートの日です。待望の新しい病院のための街頭募金が行われて、新図書館の定礎式が予定されています。町に関連したいろんな催しがあるんですよ。そして金曜日は歴史の日《ヒストリカル・デイ》です」

「なにをするんだね？」

「あたしも、よくは存じません」バーサは正直に言った。「スピーチがあったり、一八一二年にイギリス軍に上陸されそうになった場所とか、ピルグリム（ピルグリムファーザーズ。一六二〇年にメイフラワー号で北米に移住したイギリス人入植者で、最初の入植地になったプリマス植民地を築いた人々のこと）が上陸しなかった場所とか、例のアイスランド人たちが通過したとかいう場所を車でめぐったりするんじゃないですか」

アゼイはうなずいた。「歴史パレードの日はゆっくり休息できる日というわけだな。続きを聞かせてくれ」

「土曜日はケープコッドの日です。この日は盛り上がると思いますよ。水中競技や陸上競技が行われることになっていて、各町からチームが参加するんです。ヨット競技やゴルフ大会だとかね。ダンスも大マンモス舞踏会というのがあって、全部、入場無料なんです。この日は町役場での展示に賞が贈られることになってて、あたしもビーチプラムのジャムを出品してるんですよ」

「そのジャムがおまえさんのマーマレードみたいに絶品なら」アゼイは言った。「あっしはただちに一票を投じるね。ポップオーバー（卵、バター、小麦粉、水、牛乳で作る軽くてなかが空洞となっているロールパン）は出品できなかったのかね？　そうか、ポップオーバーは傷みやすいんだろうな。そうだ、いいことを思いついたぞ。いまからおまえさんに賞を贈ろう」

　アゼイは財布を取り出すと、芝居っけたっぷりに真新しい一ドル札を十枚数えた。

「あたしにですか？」バーサが大きく目を見開いた。

「おまえさんのポップオーバーにだよ。もちろん、なぜ六ドルじゃなくて金額が上乗せされているのか考えるんだ。バーサ、日曜日のことも教えてくれ。そうすりゃ、これ以上この黄色と青のプログラムを眺める手間が省けるからな。日曜日はなんの日なんだね？」

「教会の日《チャーチ・デイ》です。ラジオ放送や花火、ハマグリのバーベキューがあることはお話ししましたっけ？　あと、パレードと仮装コンテストとバンド演奏があることは？　それからサマーキャンプがあってなにかのショーがあるし、マイク・スレイドも展示会をやるとか――」

「おっと」アゼイが遮った。「それで思い出した。今朝、スレイドはあっしに会いに来たかね？」

「いいえ」バーサは口ごもった。「あの人のことをどう思いますか？」

「悪いやつじゃなさそうだ。友だちなのかい？」

「あの人がこの町にやってきたばかりのころ、数回いっしょに出かけたことがあるんです。そんなに楽しくはありませんでした、あの人ひとりでしゃべってばかりで。ここで働いているのはあたしにとってよくないなんて言うんですよ。なに言ってんだか。だからあたしは言ってやったんです。ここで働けるのはついてるって。部屋も食べ物もお給料もいいうえに、世間でなにが起こっているかを知ることができるんですから。ここじゃなかったらいったいどこで働けばいいのかと訊き返してやりましたよ。あたしが稼がなきゃ、いったいだれが母さんを養うんだって。だけどあの人に言わせれば、あたしは搾取《エクスプロイト》されてるんですって。そのことばを辞書で調べたら『すばらしい功績《エクスプロイト》』って書いてありました。それのいったいどこが悪いんだか。あたしがたずねると、サラ奥さまは笑って、すばらしい功績ってのはあなたの料理の腕前のことよとおっしゃって――」

楽しげに話していたバーサが、そろそろ話も尽きてきたような様子になると、アゼイはすかさず新たな話題を振った。アゼイは少しずつサラについて話すように水を向けたが、夢遊病をほのめかしたとたん、バーサは貝のように口をつぐんで台所へ引っ込んでしまった。

「おやおや」アゼイは言った。

アゼイは自分の車を車庫から出すと、スレイドが自分で建てた町外れの小さな一間の家に向かった。ドアは開いていたが、家のなかは空っぽだった。整えられていないベッドの上には、しみひとつない真っ白なフランネルズボンと真鍮のボタンのついた青い上着が置いてある。テーブルには釣り針と釣り糸があった。

「これはきっと」アゼイが言った。「ずる休みをして釣りに行ったんだな。それにしても――」

アゼイが立ち去るときに、ひとりの若者が戸口にやってきた。

「マイクは在宅ですか？　まったく、どこに行ったんだ。アトリエにもいないし。あんなやつは一度だって——マイクを見かけましたか？　そうですか、もし会ったら仕事があるから至急、町役場まで来るようにと伝えてください。これがあいつのやりかたなら——」

ぶつぶつ言いながら、その若者は青と黄色で飾られた車に乗って猛スピードで走り去った。

アゼイはまた海岸通りに入ると、ヘル・ホローを目指した。店のなかから、十人以上の客に対応しながらジェーンが手を振ってくれた。汚いカーキ色のズボンとフランネルシャツ姿でレーンが芝刈り機を修理していた。

「おまえさんだと気づかないところだった」アゼイは言った。「いったいどうやったんだね？」

「髪をくしゃくしゃにして、顔を汚しただけさ。目立たない存在になるとなにかと便利でね。制服姿のおれを知っている連中は、普段着のおれを知らないし、その逆もまたしかりだ。この仕事は案外、地味なんだよ」

「薬莢は見つからないのか？」

「ありとあらゆるところを探しているが、収穫はない。犯人は直線上に——どうかしたのか？」

「あのマネキンを見てるんだ」アゼイが言った。「あそこのマネキンだが、四体ある。昨夜は三体しかなかったのに」

「一体、倒れてたんだ」レーンが言った。「今朝、地面に転がってた。よく倒れるんだよ。朝からもう四回も倒れてる。この芝刈り機の修理が終わったらあれを直すつもりさ。いいかい、壁にめり込んでいた散弾銃の位置から判断して、犯人はあんたと、この家と、あの大きな松の木を結ぶ直線上のどこかに立っていたはずだ。そう、そこだ。どれくらい離れていたかはわからないが。おそらく、庭の横あたりだろう。アゼイ、我々はまんまとしてやられたんだ。気づいてるかい？」

アゼイはうなずいた。「薬莢の影も形もない。薬莢が見つからんことには、銃のことがまるでわからない。なぜそいつは拳銃を使わなかったのか。そうしてくれていたら銃弾を調べることができたのに。とにかく、薬莢がないことには銃のことはわからないし、銃がわからないことには犯人のこともわからない。それに、だれかが怪しいと目星をつけ、そいつが散弾銃を所持していたとしても、なにも証明できない。なんとしてもこの場所で薬莢を見つけ出さなければ」

「おおかた」レーンが言った。「そいつもそれを承知で、薬莢も銃も大西洋に捨ててしまっただろう。おれは鹿用弾丸《ディアボール》のほうが気になってるんだ。ハリーの店で鹿用弾丸《ディアボール》を買った人物を見つけだせるかもしれない――」

「だが、それはトンブクトゥ（西アフリカのマリ共和国の都市）で購入されたのかもしれない」アゼイが言った。「店でチューインガム一枚買った者を見つけ出そうとするようなもんだ。だれかを殺すにはなかなか賢いやりかただよ、なあレーン」

「我々には散弾銃による殺人記録が一ダース分ある」レーンが言った。「一九一四年の分からだ。おれたちはいまも時間があると、そのファイルを眺めてる。アゼイ、こう言ってはなんだがこの事件であんたが逆転勝ちすることはないだろう。冬に備えて穴を掘ったはいいが、手に入ったのは昨夜ここで彼女を殺した人間は散弾銃を使ったという事実だけだ」

「例の笑い声もある」

「あれか？　あれはきっと本物のカイツブリか、その物真似だろう。それになアゼイ、これからまたたくさんの花火が打ち上げられるってことは考えたか？」

「それについては気を揉んでる」アゼイは言った。「景気のいい打ち上げ花火の音に紛れて、その兄ちゃんがまた発砲しないともかぎらん。我々も殺人事件ひとつなら隠せるかもしれないが、これ以上は無理だ。そのスパナを貸してくれ――」

アゼイが芝刈り機の上に屈みこんでいると、数人の客がマネキンたちに近づいた。

「おはようさん」アゼイは顔を上げると、ジェーンに言った。「例の修理してもらいたい踏み台を持ってきても構わんかね？　そう言えば、ランドール夫人がニューヨークへ行ったそうじゃないか」

そこにいた数名のうち地元の女性がふたりこの情報を聞きつけた。

「身内の病気なんです」ジェーンが言った。「踏み台は修理できるかやってみます――ああ、それからポーター夫人のお品でしたね！」

「少しずつ運ばないとな」と、アゼイが言う――この会話はあらかじめ打ち合わせされたものだった。「どれも壊れやすいし、梱包を厳重にしないとならないんだ。また寄らせてもらうよ。よろしく頼む」アゼイはレーンを目顔で示した。「この男の働きぶりが気に入らないときは知らせてくれ。じゃあまた」

町へ戻る道すがら、アゼイは前日に町役場で合唱団と練習をしていたソプラノ歌手に会った。パンクした自転車を押しているのを見て、アゼイはわざわざ車を止め、手を貸そうかと申し出た。

「それを後部座席に積んで、運んでやろうか？」

「ありがとう」その歌手の巨体を見ながら、この人は普段からほとんど自転車に乗りもしなければ歩きもしないのではないかとアゼイは思った。「こんなことになるなんて。これでも自転車にはちゃんと乗れるのよ！」

女があまりに力説するので、アゼイはにやりと笑ってしまった。

「おまえさんソプラノ歌手だろう?」自転車を後部座席に積み込みながらアゼイはたずねた。「確かマダム――」

「モウよ」ソプラノ歌手は綴りを言った。「モーじゃないの。次にわたくしに向かって牛の鳴きまねをしたやつは、歯をへし折ってやるつもり。あなたは」ソプラノ歌手は一六気筒エンジンのポーター社オープンカーを感心したように眺めた。「このあたりの人じゃないんでしょう?」

「この町の者じゃない。だから、おまえさんの行きたいところまで送るよ」アゼイは答えた。「なあ、本当のところ、『美しきビリングスゲート』をどう思う?」

マダム・モウはアゼイを見つめた。「よしてちょうだい! わたくしをここに呼んでくれたのはブリンリー夫人なんだから――婦人会の大会でわたくしの歌声を聞いたのよ――ありがたいことだわ。だけど、契約書にサインするまで『美しきビリングスゲート』のことは知らなかったの。あれはあの人が作詞作曲したのよ。だからブリンリー夫人のことは大目に見てやりましょう。日曜の夜まではあの人に優しい気持ちでいたいの。日曜の夜にギャラがもらえるから。あの人が支払ってくれるのよ。いいこと、作詞作曲ともあの人なのよ! あの歌詞だけでも今後二十年間は残っていくはずだわ! ねえ、この自転車をどこかで下ろしてから、ちょっと先までわたくしを乗せていってもらえないかしら。スレイドという男に会いたいの」

「マイク・スレイドかね?」

「ええ、そうよ。ここで暮らしていることは知らなかったんだけど、昨夜、お祭りでばったり会ったの。わたくしはブリンリー夫人といっしょだったんだけど――ほら、あの人、観覧車に閉じ込められてしまって、わたくしもう少しで笑い死にしそうだった！　とにかく、マイクに目配せされて――きっと、ブリンリー夫人とは馬が合わないのね――あとからそっと、うちに寄ってくれと言ってきたの。あの子はいい子なのよ」

「古い知り合いなのかね？」

「数年前にわたくしがとある演劇関係の活動に参加していたときに、マイクは芸術関係の活動に参加していて、同じ事務所にいたの。マイクは首になったんだけどね。口数が多すぎるのよ。だけど、昨夜のマイクはなんだか機嫌が悪かったわ。ブリックスタイン――わたくしたちの監督役だった人よ――に首にされたときみたいな顔をしてた」

「それは彼のアトリエのそばで火事があったからだろう」アゼイは言った。「あっしが会ったときは少し機嫌が悪いだけだったが――それで思い出した。あいつはいま留守だよ。さっき行ってみたんだ。きっとだれかに見つかって、仕事をさせられてるんだろう。このあたりの重要人物だからな」

「いい子なのよ、本当に」マダム・モウが言った。「おしゃべりで、へそを曲げやすいのが玉に瑕《きず》だけど――マイクがこのあたりにいないのなら、わたくしを車庫のところで降ろしてくださいな。その自転車に乗ってなんとか帰りますから。でも、とにかく休憩しなくちゃ。今夜は仲間たちといっしょに歌わなくちゃならないの。一休みしないととても――」

「ヨーケル・スイングスターズだか、アップジョンズ・メリーメンだか言う連中だろ。じゃあな、また会おう」

　アゼイは手を振ると、町役場へ向かって出発した。アゼイはなんとなくソプラノ歌手というものを尊敬していた。そのマダム・モウにライラックの木にりんごの実を結わえつけるという歌詞を歌わせるには、それなりの影響力が必要だろう。

町役場の後部出入り口からなかに入ろうとしたアゼイは、J・アーサー・ブリンリーに呼び止められた。その男がJ・アーサーだとわかったのは、彼が名札を付けていたからで、そこに書かれた一インチ半ほどの縦長の文字はどこか仰々しかった。

J・アーサーは偉そうな小太りの男で、青いフランネルの上着の肩の縫い目は日曜日まで持ちこたえられるのだろうかとアゼイは危ぶんだ。

「もし――アゼイ・メイヨくんだろう? ウェストンから、きみがビリングスゲートに協力してくれていると聞いて、感謝していることを伝えたくてね――」

アゼイはこのささやかな演説を聞き流した。J・アーサーはなにかほかに用があるのだと確信し、感謝のことばを連ねた前置きが終わるのをじりじりしながら待った。

「それでだね」J・アーサー・ブリンリーは言った。「きみがこの町に大いなる貢献をしてくれることを期待しているわけだが、じつは言っておきたいのがスレイドのことで――いや、言いにくいことなんだが、彼はどうもアカらしいんだよ。メイヨくん、きみならうまい方法――必要とあらばそれ以外の方法を使って、彼を押さえこむことができるだろうね」

「彼がなにかしたんですか?」アゼイがたずねた。

「家内とわたしは常日頃から、リーチ夫妻はいささかでしゃばり過ぎなんじゃないかと思っていてね。彼らがスレイドのために活動して、事実上、コミュニストであることを公認し、町の役人にさせたときにわたしは家内に言ったんだ。これは政府の民主主義を拡大解釈しすぎではないかと!」

J・アーサー・ブリンリーに鋭い目で見つめられても、アゼイの無頓着な表情は変わらなかった。

「それで」ブリンリーは言った。「あの男を拘束してくれるんだろう？　昨夜なんかいい恥さらしだったよ。あんなふうに山火事のことを騒ぎ立てられて！　それも町中に。客のなかにはひどく驚いていた人もいたが、当然だよ！　わたしは以前から家内に言ってたんだ。あんなやつを雇ったらろくなことにはならんと――」

「そうは言っても、スレイドのアトリエは全焼するところだったし、彼は片手を火傷までした。熱くなって言い立てるのも無理もないでしょう。ギャーギャー騒ぐのが好きでそうしてるわけじゃあるまいし」

「いや、わたしは別に――」

「ブリンリー！」ヴィンセント・トリップがドアのところからJ・アーサー・ブリンリーを呼んだ。

「ブリンリー、早く――早く！」

慌てて立ち去るJ・アーサー・ブリンリーを見送ると、アゼイはそのあとからゆっくりと、人々であふれかえっている大きな集会ホールのほうに歩いていった。古参の入植者たちだな、とアゼイは思った。大部分が年配で落ち着いていたからだ。

ステージ上には、冷静で落ち着き払ったサラの姿があった。アメリカ国旗の真下に座っているジェフは堂々たる姿で、いつにも増して教科書に出てくる偉い政治家のように見える。また、アゼイはその後方で少将のように采配を振るうウェストンの姿を認めた。

「本日は」J・アーサーが言っていた。「ビリングスゲートに敬意を表しに帰郷してくださった元住人のみなさんを心から歓迎いたします。我が子を迎える母親のごとく、母なる故郷《ふるさと》ビリングスゲートもそのように。目まぐるしく変化するこの世界、喧騒に満ち、飛行機が飛び、高速車が走り、高層ビルが建ち――ええと、それから――流線型の列車が運行しているこの世界にあっていまなお、神聖であり続けるものがふたつあります。それは故郷《ふるさと》」J・アーサーはそこでひと呼吸置いた。「故郷と母親なのです。母の愛は人生においてもっとも尊く、神聖なものです。年を重ねれば重ねるほど、我々は子ども時代の結びつき、つまり学校時代やそのころの友だちが愛しく思えてきます。だからこそ、ここビリングスゲートにとどまっている我々がみなさんに呼びかけ、みなさんは我が国のありとあらゆる場所から、なかには外国から故郷の地へと戻ってきてくださいました。ここビリングスゲートへ、このふるさと祭り《オールドホームウィーク》へ。ここに集った我々全員はひとつのすばらしい考え、つまりこの帰郷をみなさんにとって心から懐かしく、心やすらぐものにするのだという考えのもとに団結しています。でありますから――」

アゼイとサラの目が合った。

アゼイは急いで自分の車の方へじりじりと進んでいった。

しかし、アゼイが額にしわをよせていたのはブリンリーのスピーチのせいではない。スレイドがその場にいなかったからだ。ブリンリーはスレイドの代役をつとめていた。スレイドのようなおしゃべりな男がこれだけ大勢の前で邪魔されずにしゃべることができる千載一遇の機会をふいにするなんて。なにかおかしい。これだけの聴衆が待ち構えているときに、なぜ沈黙する?

「メイヨさん!」

アゼイはバッジなどなくても、すぐにそれがJ・アーサー・ブリンリー夫人だとわかった。夫と同じく、ブリンリー夫人も小太りかつ尊大で、顔は赤く、汗をかいていた。この人物がだれかすぐぴんときたし、ブリンリー夫人を見ていると、なぜかかつて父親がだれかからもらった古いテーブルのことを思い出した。六千個の小さな木片からできているテーブルである。ひょっとすると、ブリンリー夫人の三重のビーズのネックレス、あるいは指輪、あるいは大きなシルエットのシフォンドレスについたボタンがそれを連想させたのかもしれない——とにかく、部品を組み立てたような印象を与える女だった。

「うちの主人とは」ブリンリー夫人は言った。「もうお会いになりました？　え？　会った？　それでスレイドのことはお聞きになりました？　あの男を取り締まってくださるんでしょう？　散弾銃なんか持って走り回っているんですから！　いい恥さらしですよ！　これだけお客さまがいらしているときに職員がこれ見よがしに散弾銃を持ってうろついているだなんて！　みんなショックを受けています。だから、主人に言ったんです。ねえ、アーサー——」

「悪いが」アゼイは相手のことばを遮った。「結論から話してもらえるかね。おまえさんとご主人は、昨夜、山火事があったあとにマイク・スレイドが住宅地で散弾銃を見せびらかしたと言っている。ここまでは合ってるかね？」

「見せびらかしていたと言うのは言い過ぎかもしれませんけど、おおっぴらに散弾銃を持っていたので、多くの帰郷者の方々をはじめ、たくさんの人が動揺しています。当然じゃありませんか、銃なんか持って——」

「確かに。だが、なぜ彼は銃なんか持ち歩いていたんだろう。単に見せびらかすためか、使うためか、それともなんなのか」

「主人から聞いてませんか？　主人が取り押さえようとしたんですけれど、スレイドったらとても無礼で、さっさと失せて、クソでも——いえ、とにかくああいう男が言いそうなとても失礼なことを言ったんです。本当に――あの言い草ときたら！」

「わかりますよ。よくいる、歯に衣着せないタイプなんでしょう。それで、スレイドはご主人になんと説明したんです？」

「あれは説明なんてものじゃありません。あの人、酔っぱらっていたか、頭がおかしいんですわ。だってね、おれは散弾銃を持ち歩くし、これからも自分が好きなだけそうするつもりだ。だれか知らないがおれを散弾銃で撃ってきたやつに撃ち返してやるまではな、ですって。馬鹿馬鹿しい。だれかがあの人を銃で狙っていただなんて。これであの人がどんなに途方もないことを言ってるかおわかりでしょ――」

「なるほど」アゼイが言った。

「えっ？　とにかく途方もない話ですよ！　そりゃあ、あの男のことをなんとかしたいと願っている人たちは大勢いるかもしれませんけど。だけど、そんなことを実際に行動に移すことは――なんてったって、あたくしたちは文明人なんですから――あの人のことを銃で撃とうとする人間などいるはずがありません！　ですから――あらメイヨさん、どちらへ？」ブリンリー夫人は鼻を鳴らした。「そんなに急いで。主人がどう思おうがあたくしは知るもんですか」ブリンリー夫人は、アゼイのオープンカーが通りを猛スピードで走り去ってもまだ話し続けていた。「あのメイヨって人も頭がおかしいのよ！　あんなに急いで行ってしまうなんて――」

第五章

「まさか本気じゃないでしょう」サラが言った。「本気じゃないわよね、アゼイ」

「本気だとも」アゼイはきっぱりと言った。「冗談を言っていると？　この状況でふざけているとでも？」

「だって、とても信じられなくて」サラはかぶりを振りながら、お茶のお代わりを注いだ。ジェフは祭りから帰って昼寝をしており、ゼブは店で仕事中で、ジェーンとエロイーズはまだヘル・ホローから戻っていなかった。サラとアゼイは前庭のカエデの木の下にいた。「やれやれ、ジェフが野球も見ていきたいなどと言わないでくれたらよかったんだけど。わたしは野球はよく知らないし、おかげでお腹がぺこぺこで、いまこんなふうにがつがつ食べたら夕食はだいなしだわ。ところでアゼイ、スレイドの話だけど、あなたが冗談を言っているとは思わない。だけど、あなたの出した結論は間違っていると思うわ」

「マイク・スレイドを探しまわってもう六時間ほど経つが、わかっていることは一番上等なズボンと上着がベッドの上に置きっぱなしだということくらいだ。スレイドのふるさと祭り《オールドホームウィーク》バッジもカール・マルクスの本の上にあったし、真新しいバックスキン製の靴が『やさしい釦』（米一九一四年、ガートルード・スタイン著）とかいう本の上に置いてあった——おまえさんは読んだことあるかい？　いつか読んだら、どんな感想を持ったか教えてくれ。ちなみに、彼の所有する残りの服や小物類はそこらへんに適当に投げ散らかしてあるんだ」

「スレイドの財布は？　なくなっているの？」

アゼイは笑った。「中流っぽいやりかただよ。空のイワシ缶のなかに隠して、冷蔵庫に入れてあった。とにかくマイク・スレイドは今日、彼が行くことになってたどこにもいない。自宅にもいないし、取っている牛乳が玄関前に置きっぱなしだ。アトリエにもいなくて、昨夜からスレイドの姿を見かけた者はだれもいない。これらは――」

「本件の事実ね、あえて言うなら」サラが言った。

アゼイはサラの皮肉を聞き流した。「そうさ。おまけに、スレイドの散弾銃が見当たらないし、本棚には空のダンボール箱がふたつあって、その箱のラベルは鹿用弾丸《ディアボール》と鹿弾《バックショット》なんだ。それをどう考えるかはおまえさんの自由だ。スレイドがメアリー・ランドールを殺して急いで逃げたと考えることもできるし、メアリーを殺ったやつがスレイドも殺ったと見ることもできる」

「それは考えもしなかったわ」サラが言った。「彼が危害を加えられているかもしれないとは。きっとそうに違いないわ。わたしは彼がメアリー殺しに関係しているとは思えないの。アゼイ、これからどうするつもり？　ビリングスゲートがどうなるかはなりゆきにまかせて、今回のことは公けにしたほうがいいとは思わない？　だって、もしまただれかが殺されたら？　危険が迫っているのだとしたら、それを人々に知らせずにおく権利などわたしたちにはないのよ！」

「そういう人道的な側面は」アゼイは言った。「じつは曖昧なものなんだ。確かにだれかになにかあったら気の毒としか言いようがないが、犯人だって次から次へと殺せるってものでもない。それに、我々がビリングスゲートを見捨てたら、町中が大変なことになってしまう。最大多数の最大幸福のために取り組むならば、ビリングスゲートとその財政状態がもっとも重要なんだ」

「だけど、もし人々がこのことを知っていたら、あなただってみんなにもっと質問できるし、情報収集できるんじゃなくって？　現在スレイドの行方がわからないという問題があるし、そのことを秘密にしておくというハンデがなかったら、自由に質問してまわっていろいろなことを発見できるかもしれないでしょう」

「それならもうやった。レーンと聞き込みしてまわったが、なにもわからなかったよ」

「だけど、あなたは彼が生きていると決めてかかっている！　でも、もしも亡くなっていたら？　捜索隊かなにかを結成しなくていいの？」

「沼の底ざらいをして、生きて釣りをしているあいつを見つけるってオチかね？　いいや、そんなことが必要だとは思わない」

「なぜあなたは彼が生きているってそんなに確信しているの？」

「それは」アゼイが言った。「あっしがスレイド殺しを企んでいるとする。だが昨夜のようにそのスレイドが散弾銃を持ってあたりをうろつき歩き、そんな企みを抱いているやつは絶対にぶっ殺してやると誓っているのを見たら、まず間違いなく躊躇する。あの男は生まれながらの戦士だ。あっしなら怖気づく」

　サラは椅子から立ちあがると、庭のほうへ歩いていった。

「昔から、自分はまあまあ頭のいいほうだと思ってきた」サラが悲しそうに言った。「だけど今回のことはまったく理解できない。実際にだれかに脅されていたとしたら、彼はなぜ昨夜、わたしたちのところに来なかったの？　彼はいろいろなことを知っていたけど、メアリー・ランドールのことはよく知らなかったはずよ」

　アゼイは注意深くヤグルマギクを選ぶと、それを自分の上着の襟の折り返しに挿した。

「だからこそ、スレイドは無事だと思うんだよ。スレイドは直ちに我々のところに行くのはなにか重大な秘密を明かすことになるとでも思ったんだろう。ひょっとすると、今回のことを表沙汰にしないでおけばもうちょっと状況が理解できると考えたのかもしれん。わかっていることは、あっしが昨夜、火事現場を去ったあとに、だれかがスレイドになにかをしたということだ。たぶん警告の類だろう。土曜日の発砲騒ぎのようにな。だが、やつはすぐにはっきりと警告し返したんだと思う。迎え撃つ用意はできていると。そして身を潜めていることにしたんだろう。スレイドはなにか計画を思いついたのかもしれない。スレイドについてあっしが知っていることは多くはないが、明かりの灯された窓の前を通り過ぎるといったような危険を冒さないことはわかっている。そうとも、それは確かだ。とはいえ、スレイドのことを完全に無実だと考えているわけでもない――」

「車が来たわ」サラが言った。「知事たちの話をしましょう。あの三人のね――いえ、やっぱりいいわ。来たのはあなたのいとこのウェストンよ。今日の彼のスピーチは聞いた？　いい出来だったわ。どこか亡くなったクーリッジ（第三十代米大統領）風ではあったけれどね。こんにちは、ウェス。ずいぶんお疲れみたいじゃない」

「少しね」ウェストンは言った。「だがいまのところ順調だと思わないか？」

「組織力の勝利ね」サラが言った。「心からそう思うわ、ウェストン。今日はだれもが楽しんでいた――あら、なにを持っているの？」

「妙なんだ。スレイドからの手紙さ。さっき家の前の郵便箱のなかで見つけたんだ。おれが郵便箱をのぞくことはめったにない。郵便物は局留めにしてあるからな。だが、旗が立ててあったんだよ。（アメリカの家庭用郵便受けには旗がついており、この旗が立っているときは郵便物あります、または郵便物を配達しましたの合図になっている）手紙に書かれていたのは」ウェストンは手紙を開いて声に出して読んだ。「『メイヒューさま、急用で呼び出された。すぐ戻る。スレイド』これをどう思う？」

「それ本当に彼が書いたものなの？」サラがたずねた。「ちょっと見せて——まあ、確かに彼の筆跡みたいね。そうだ、わたしの机に彼からの手紙が入っていたはず。いま持ってくるわ」

三人が見たところ、その二枚の手紙の筆跡は同一人物によるもののようだった。

「紙の種類も同じだ」アゼイが言った。「それにインクの種類も同じ。レーンに渡して確認してもらおう」

「どういうことだと思う？」ウェストンがまた言った。「やつはなにを見つけたんだ？」

「さっぱりわからんね」アゼイが言った。「すべてはスレイドの頭のなかで起こっていることだ。おまえさんはどう思うんだ？」

「おれはスレイドとメアリー・ランドールの件は無関係じゃないかと思う」ウェストンがゆっくりと言った。「確かにやつは闘う男だが、こんな闘いかたはしない。むしろ相手を論破しようとするだろう。それにスレイドがおれに手紙なんか書くとは思えない。おおかた、怖気づいて逃げ出したんだろう。そもそも胡散臭いやつだし、これまでなにしてきたのかもよくわからん。思うに、やつはだれか客のなかに見知った人間、しかも二度と会いたくなかった人間がいるのに気づいたんだ。それで昨夜はアリバイ工作をしてた。おれたちはそう考えて——」

「おれたち?」アザイがたずねた。「おまえさんとブリンリーのことかね?」

ウェストンの顔が赤くなった。

「まあそうだ。ブリンリー夫妻は昨夜のスレイドの行動にひどくご立腹だ。それで——」

「その話はいいよ」アザイは言った。「あのふたりがどう思ったかは知ってる。それよりもこの手紙についてもう少し掘り下げて考えてみるべきだ」

「正直言って」ウェストンは言った。「今日はずっと、針の筵《むしろ》に座らされている気分だった。しかも頭の上には剣が吊るされ、足元には底なしの深い穴が開いている状態だ。いまのところはうまくいってる——だがこれからどうなる? 今回のことについてはいつまで隠し通せる? 不安で気が変になりそうだ! ただでさえ死ぬほど忙しいっていうのに——」

「帰って忘れるこった」アザイは言った。「おまえさんはふるさと祭り《オールドホームウィーク》に集中して、心配するのはこっちに任せておけ——」

しかしウェストンはおとなしく引き下がろうとはせず、立ち去るときになっても声高に不安を言い立てていた。

「どういうわけか」ウェストンの車が丘の向こうに消えるのをふたりで見送りながらサラが言った。「ビリングスゲートの関係者はウェルフリートみたいな冷静沈着さを持ち合わせていないのよ」

「どうかな」アザイは言った。「彼らはただ物事がはっきりしないままなのに耐えられないのかもしれん。とはいえ、ブリンリーとウェスにはなにか事情があるのかもしれんな」アザイはサラにマダム・モウのことを話した。「マダム・モウはスレイドのところに行こうとしてた。もしかしたら、スレイドは彼女を避けているのかもしれん。あとでマダム・モウを探して調べてみるよ。とりあえずレーンに会って、この手紙が本物かどうか確認する。もし本物なら、少なくともやつは生きているということになる」

　レーンといっしょにいた男を、アゼイは両手を広げて迎えた。

「ハミルトンじゃないか、会えて嬉しいよ。ちょいと手伝ってもらいたいことがあるんだ。レーン、ハミルトンを借りられるかね、それともここにはただレーンを送ってきただけかね？」

「ボスからあなたの手伝いをするようにと言われてます」ハミルトンは言った。「また、被害者女性に会ったことがあり、事件を今週いっぱい秘密にしておくために協力することを伝えるよういいつかってきました。ボスは明日、知事たちと行動をともにすることになるかもしれないとかで。あと――それはなんです？　筆跡の照合ですか？　それならあなたの専門だ、レーン」

「捜査道具はなかにあるんだ。入ってくれ、アゼイ」レーンは言った。「あのエロイーズって女をなんとかしてくれないか？　うるさくて敵わん。ここだけの話だが、あの女ちょっと頭がおかしいんじゃないか。おれはとうとう家内の写真を見せ、高校生のこどもがふたりいると言ったんだが、それでもしつこいんだよ」

「おまえさんに男の色気があり過ぎるのさ」アゼイは言った。「まずはこの手紙の件をはっきりさせ、それから作戦会議だ。ところでレーン、だれか部下をひとり、今夜このあたりに張り込ませてもらえんかね？　だれかここを見張っていたほうがいいと思うんだ。可能ならサラの家、ブリンリーの家、ウェストンの家も頼む。人手はあるかね？　口実はなんでもいい。町のお偉方を迷惑な連中から守るとか、ここの骨董品を守るためとか。もしなにかあったとしても、少なくとも予防措置は講じていたってことになる。そういえば、ここからご婦人がたを家まで送ったのはだれかね？　ゼブかい？」

「地元の男ふたりだよ。ひとりはロングポイントのやつだ」レーンが言った。「やたらと詮索好きで、病気になった身内ってのはだれで、どこに住んでいて、病状はどれくらい悪いのか知りたがってた。ジェーンがそいつの相手を引き受けて、ピアノでも弾くみたいにあしらってたよ。なあ、あの娘いったい何者なんだ、アゼイ？　ずいぶんと頭が切れるようだが」

「ジェーンについても今夜、調べてみよう」アゼイは安心させるようにレーンに言った。「調べることが山積みだな」

サラの家での夕食の席で、ゼブが今夜は徹夜で仕事をするつもりだと宣言した。

「注文の山なんですよ！」ゼブは言った。「本当に、こんなにたくさんの注文が殺到したのは初めてですよ。マットは使えないやつで、今週はもう充分に仕入れたつもりだったらしく、ぼくらはボストンに五十回も電話しなくちゃならなかったんです。いまマットは鉄道コンテナ分を注文しているところで、この分だとベイクドビーンズ株は週末までに十ポイント高は確実でしょう。傑作なのが、豆の缶詰はどうですかと声をかけるとみんな、そうだね、豆の缶詰を家にストックしておこうかなって言うんですよ。食べるために買うのではなくて、石炭か花みたいに家のなかに置いておくために買うみたいなんです。ぼくは父に電報を打ちました。父の広告は根本からどこか間違っていると。それでジェーン、今夜はアゼイと出かけてくれるかい――」

「祭りならもう誘ってあるよ」アゼイが言った。「ランドール嬢はジェフとサラといっしょに青と黄色の幕を張った関係者席でお行儀よくしてるといい。だがジェーンとわしは庶民に混じって、ピーナッツでも食うつもりさ」

「わたしはトランペット奏者とデートするつもりです」ジェーンが言った。「月曜日に誘われたんです。あなたいったい何者なのと聞いたら、業界一のスイングの名手ですって。それってきっとすごいことなんでしょうね。得意そうだったもの。わたしが彼のお相手をしているあいだ、アゼイさんは――」

「マダム・モウとおしゃべりでもするさ。さあ急いでくれ、ジェーン。彼女が一曲目を熱唱するのを聞きたいんだ。ひょっとしたらライトを浴びてスパンコールのついたドレスを着ていたほうが、先日、廊下で見かけたときよりもすばらしいかもしれん」

マダム・モウが『うるわしのアメリカ』を歌っている最中に一同は野球場に到着し、アゼイは彼女がかなりの歌唱力の持ち主であることを認めた。

「そうかもしれないけど、この曲は好きになれません」ジェーンが言った。「嫌味なくらい自己満足な曲なんですもの。これほど広い空、琥珀色にさざめく麦穂、紫色に輝く堂々たる山があるのは、アメリカだけだとでも言わんばかり。だけど広大な空なんかどこにでも――」

「ならば」アゼイが言った。「『ああ美しきヤマモモの茂み、その果てなき砂』と歌えばいいかもな。だれも気にとめてはくれないだろうが」

ジェーンが笑った。「この歌――これはなに？　もう何週間も暇さえあればみんなこの歌を歌っているけど、わたしにはさっぱり意味がわからないんです。メアリーに聞いてみたけど――」ジェーンはハッとしたように口をつぐんで唇を嚙んだ。「メアリーもわからないと言ってました。一種の省略不可のパートとしてハミングしてるって」

「あれは」アゼイが言った。「ビリングスゲートの最高傑作こと『美しきビリングスゲート』だ。イタリア人の血を引くベッシー・ブリンリーが作ったこの町の讃歌さ」

ジェーンは身震いし、歯を食いしばった。「嫌だ！　なぜあんな歌を歌うのかしら。よく歌えるわね。だれも好きこのんで、あるいはブリンリー夫人のご機嫌を取るためにだって、あんな歌を歌おうなんて思わないわ」

「ふむ」アゼイは言った。「こういう祝典では、郷土愛や大義のためになにかそれらしい歌を歌うもんなんだよ。ほら――ええと――ホルスト・ヴェッセル（ナチ党の党歌『旗を高く掲げよ』の作詞者）みたいに」

「その名前」ジェーンが言った。「昔から耳にするたびに黒ソーセージの類かと思ってました――やっと終わった！　助かったわ！　アゼイさん、どこに――本当にあの人と話をするつもりなんですか？　できるかな《キャン・ユー・タイ・ザット》！（一九四〇年代の米ラジオ番組名）」

マダム・モウが輝くような笑顔でアゼイに挨拶した。イブニングドレス姿で化粧をした彼女は、午後に自転車を漕いで汗だくになっていた女性とは別人のようだった。

「すばらしかったよ」アゼイが言った。「みんな聞きほれてた」

「ブリンリー夫人は」マダム・モウは言った。「声量のあるソプラノ歌手がお望みで、その通りのものを手に入れたってわけ。わたくしの声と比べたら、トランペットの音だって安物の笛みたいに弱々しく聞こえるわ。ところで、スレイドには会った？」

「そのことを話したいと思ってたんだ――数分でいいんだが、大丈夫かね？」

「次に懐メロを熱唱するまで一時間あるわ。それでよければ」

「充分だ」アゼイが言った。「上着を持ってジェーン・ウォレンとあっしといっしょに来てくれ――」

「それがあなたの女友だちのことなら、とっくに行っちゃったわよ。向こうのボックス席で地元の名士たちとおしゃべりしてるわ。それとあなた、周囲からじろじろ見られているわよ。あなたがそういうことを気にするかどうかはわからないけど」

「こういう場の楽しみの半分は、新鮮なゴシップを交換することなのさ」アゼイは言った。「ビリングスゲートの連中は今後何年も、あっしがどんなふうにソプラノ歌手と姿をくらましたかについて噂することだろう。さあ急ごう」

アゼイはサラがウインクしているのにも、ジェーンの心配そうな視線にもなんの反応もせずに、マダム・モウを自分の車へ連れていった。

車に乗ると、アゼイはいささか憂鬱になった。スレイドについて聞きたいということばかり頭にあって、ビリングスゲートの人々から注目を浴びていることをすっかり忘れていたのだ。

だが、マダム・モウが事態を解決してくれた。

「わたくし」彼女は言った。「マスタードがかかったホットドッグを二、三個とマシュマロのたっぷり入ったアイスクリームサンデーが欲しいわ。ブリンリー夫人はソプラノ歌手はものを食べないと思っているみたいなの」

「じゃあまずそれをなんとかしよう」アゼイがほっとしたように言った。「ところで、その――モウというのはおまえさんの本名なのかね？」

「本名はエミリー・スレイド。ちなみにあなたがだれかは知っているわ。車庫で人に聞いたから」

「マイクの親戚かね？」

「彼の兄が最初の夫だったの。五年前に亡くなったけど。それは気の毒に、なんて言う必要はないわよ。あの男の死を惜しんでる人間なんてひとりもいないんだから。チャーリー・スレイドはケチなチンピラだった。さてと」彼女の口調が変わった。「食べ物を調達に行きましょう。それから、なぜ名探偵のあなたがマイクについて調べているのか教えてちょうだい。あの子のこと、調べているんでしょう?」

「まずは腹ごしらえだ」アゼイが言った。「それが終わったら、マイクについてゆっくりおしゃべりしよう」

マダム・モウはホットドッグを食べ、見ているアゼイが感心するほど美味しそうにアイスクリームサンデーも二つ夢中で食べた。

「ふう」彼女は空になった皿を押しやった。「それで、いったいなにがあったの?」

「おまえさんは」アゼイがたずねた。「その姿を見かけただけですたこら逃げ出すほど、マイクにとって恐ろしい存在なのかね?」

「そうねえ」マダム・モウが考え込むように言った。「わたくしはあの子に四百ドルほど貸しているし、あの子もそれは承知している。確かに、わたくしはその一部でも返してもらおうと思ってた。あの子が病院代が払えなくて困っていたときに助けてあげたの。あの子がわたくしから逃げる理由があるとしたらそれくらい。仲は悪くなかったのよ。演劇やら芸術の活動に参加していたって話は嘘じゃないわ。本当のことよ。だけどあのときはあなたがだれか知らなかったし、それ以上のことを話す必要があるとは思わなかったのよ」

「そりゃそうだ。ならばマイクはおまえさんから金を借りていたから姿を消したのかもしれない。来週には戻るという本人が書いたものらしい書き置きを残して。だが疑問は残る」

「それでいなくなったに違いないわ。だけどマイクのことを誤解しないでちょうだい。彼は悪い子じゃないわ。わたくしのお金ならいつか返してもらえるわよ。ねえ、あの子がなにかしでかしたわけじゃないわよね？」

「あっしの知る限りそれはない」アゼイは言った。「だが――おっと、おまえさんそろそろ戻らないとならないんじゃないかね。ただ――もしマイクに会ったり、なにか連絡があったりしたら教えてくれるかい？」

「わかったわ」ふたりはテーブルから立ち上がった。「よくわからないわ――その」

「なんだね？」いっしょに車に乗り込みながら、アゼイがたずねた。

「あなたの専門は殺人事件なんでしょ？　そしてこの町はお金を儲けている――いいから、なにも言わないで。わたくしも人に言いはしないわ。ひょっとしたら、あなたのためになにか情報をつかんであげられるかもしれない。わたくしの住む町だとか、こういう町にいるといろんな噂を耳にするわ。歌手だとかネイリストっていろんな話を耳にするのよ」

「どうやって」アゼイはマダム・モウにはなにを話しても大丈夫だと感じていた。たとえ彼女が事件の全体像を察することになろうとも。「これは耳を傾けるべき情報だとわかるんだね？」

「あなたについてはまちがいなく嫌というほど耳にするでしょうね」彼女は言った。「それこそ一生分くらい。ここで降ろしてもらえる？　ありがとう。アップジョンに会いに行かないと。リクエスト曲はあるかと聞いてあげられなくてごめんなさいね。アップジョンとブリンリーがすべて決めてしまっているのよ――わたくしの歌とトランペットの『クロエ』をめぐるかけあいが隣町まで聞こえるに違いないわ。ではまた！」

アゼイは野外ステージの裏でマダム・モウと別れると、サラとジェフのところに行った。

「ジェーンがすっかりへそを曲げているわ」サラが言った。「金髪女性のために置いてけぼりにされるのには慣れていないのよ。あの人、見かけどおり楽しい人だった？　思ったとおりだわ。ああいう女性はユーモアセンスのあるタイプとないタイプの二通りいるの。これは確かよ。とにかく、ジェーンは少々ショックを受けているけれど、あの子にはいい薬になるでしょう。少しばかりプライドが高すぎるみたいだから」

「言われたことを信じないなんて困った娘だ」アゼイは言った。「それでジェーンはどこに行ったんだね？」

「ミッチェルの息子と踊っているわ。エロイーズは軽食コーナーよ。無料で飲食できるの。わたしたち政治家の妻に与えられる特典なのよ！」

「すさまじい食い意地だな」アゼイが言った。「缶入りフルーツポンチとフィグニュートンズ（ドライフルーツをクッキー生地で包んで焼いた長方形の焼き菓子）二つとは。サラ、ジェーンはどうする？」

「大目に見てやりなさいよ。思いやりのある子なんだけど、どうも——」

「思いやりはあるが気性が激しいってところか」アゼイが言った。

「確かにそういうところはあるわね。だけどあれくらいの年代はみんなそうじゃないかしら。車に轢かれた犬を見たら、まっさきに号泣するような子よ。それにいまは怯えきってる。だからどうか優しくしてあげて。がみがみ怒ったりしないで、ゆったりと構えてあげて。あなたが探しているものはそのうちちゃんと見つかるわ。ジェーンはどうしようもないほど怯えているし、混乱していて、横になって泣きたがっている。あの子にはメアリーの件以外にも、なにか気がかりなことがあるのよ。メアリーのことは大好きだったにしてもね。あなたはきっと——あらジェーン、放蕩息子が帰ってきているわよ」

「その放蕩息子は、わたしたち選ばれし者たちが両手を広げて迎えてくれると思っているんでしょうね。あれだけ遊び歩いておいて――」

「少なくともあっしは」アゼイは悲しそうに言った。「歓迎されていないときはそうとわかるつもりだよ。空気が読める男って評判なんだから。ちょいと町役場の見回りに行ってくる。おまえさんたちは好きなだけ踊り狂うがいいさ。じゃ、またあとで」

町役場でウェストンに会えるだろうと思っていたアゼイは、いつもどおりの傍観者たちがほんの数分前にウェストンを見かけたと言うので、地元の骨董品コレクション、出品された花、野菜、保存食が展示されている展示室で彼を待つことにした。

そこへＪ・アーサー・ブリンリーがやってきた。

「やあ、出品された品々を見ているのかい？　メイヨくん」

「ああ」

「スレイドがしばらく町を離れるとウェストンから聞いたよ。なんでも」ブリンリーは訳知り顔でうなずいた。「怯えて出ていったんだとか。だが、ベッシーとわたしはきみのおかげだとわかっているよ。そこで、ぜひともお礼を言いたくてね。本当に感謝しているよ！」

「礼を言われるようなことはしていない」

「みんなが言うように、さすが謙虚だな。だが我々はわかっているよ」いったいこれはどういうお礼なのかとアゼイは訝った。「ところで――メイヨくん」

「は？」

「じつは――ご婦人たちのなかに、夜のあいだ自分のキルトを取り外したいと言う者がいるんだ。せっかく来てくれたお客さんたちに失礼なことをしたくはないんだが、確かに今夜は冷えるし、キルトは――わかるだろう？　どうしたもんだろうか」

「向こうにフィルブリック将軍がいるだろう」アゼイが言った。「将軍に時計を取り出して、この展示はあと五分で終了しますが、明日また何時か知らんが所定の時間にオープンしますと言ってもらえばいい。そのあとでドアを閉めてご婦人たちには自分のキルトをはがしてもらえば、だれも気分を害することはない」

「名案だ！」ブリンリーは言った。「いやあ、ありがとう！　まるで思いつかなかったよ――ありがとう！」

十分後、ビリングスゲートのアンティークキルトたち――松の木、丸太小屋、昇る太陽、鳥とバスケット、船の舵、シャロンのバラ、泥にはまったアヒルの足――とその他多数のキルトは観光客やかつての開拓者たちを温めるために、それぞれの家庭へと持ち帰られた。

アゼイはにんまりすると、町役場の事務室のある上の階へぶらぶらと上がっていった。

階段を三段抜かしで下りてきた男が足早に横を通り過ぎていった。

アゼイは不思議そうにちらりと男の背を見送った。というのもその男が着ていたのが、久しぶりに目にする黒っぽい都会風の服だったからだ。

行政委員室の前で、アゼイはハッとして足を止めた。

ガラスがはめ込まれたドアが開きっぱなしになっているのだが、部屋のなかは明かりがついていない。

アゼイは錠とドアにこじ開けられた跡があることに気がついた。

アゼイはその場に立ったまま、様子をうかがった。

慌てて階段を駆け下りて、さっきの男のあとを追おうとしても意味はない。そんなことをしても男を捕まえられる可能性はほとんどないからだ。あの男が先ほどと同じ速度で進み続けているなら、すでにどこかに姿をくらましているだろう。それに、この町役場前には何十台という車がエンジンをかけたり、方向転換したり、出発している状況を考えると、だれかを見つけだすことなどまず不可能だった。いっそう事態を混乱させるのがおちだ。

ウェストンが階段の上に現れた。

「ブリンリーからおまえがおれを探していると聞いたんだが、なにかあったのか？　これはどうしたんだ？」

「どこかのだれかが」アゼイが言った。「自分には関わりのないことに鼻を突っ込んでいるのさ。さあ、なくなったものや壊されているものはないか見てみよう」

ウェストンは泣きそうな顔をしていた。

「アゼイ、だれかがこの部屋に侵入したのか？　いったい何者だ？　そいつを見たのか——すぐに追いかけよう！」

「優先順位から言って、その男は重要じゃない」アゼイが言った。「だが、その男がなにを見つけたのか、なにを手に入れたのか、なにをしたのか、なにを持ち去ったのかはとても重要だ。調べよう」

ウェストンは仕事にかかるため、こわごわ行政委員室に入った。

「ジェフの机は手を触れられていないようだし、ブリンリーの机もなにもされていない。だがおれの机は——なにがおかしいんだ、アゼイ？　これは笑い事じゃ——」

「おまえさんの口調が『三匹のくま』（三匹のくまの家に入り込んだ女の子の話、イギリスの童話）にそっくりだからさ。すまん、話を続けてくれ」

「ファイル類は手を触れられていない。すべて揃っている。金庫も手を触れられていない。助かったよ、なにしろ普段の百倍の現金が入っているんだからな。見たところそいつはおれの机にだけ関心があったようだし、下の大きな引き出し以外はすべて元のままになっている」

「その引き出しにはなにが入っているんだね？　台帳か？」

「そうさ。ほとんどが今週の祭りのための委員名簿や計画書だ。以前は金庫のなかにしまっていたんだが、最近は出しっぱなしにしてる。だれもが知っていることだし、別に重要書類じゃないからな。なにしろ、そこにファイルされている内容はすべて複写され、ガリ版印刷されているし——」ウェストンがぎこちなく付け加えた。「前は元帳や人口動態統計をそこに保管していた。いろいろメモしたり、あとで複写したり。この町じゃ出生数は年に三〇～四〇ってところで、死亡数も——」

「おまえさんはその元帳を銀行の金庫に保管したのか、それともしなかったのか？」アゼイは強い口調でたずねた。

「したさ。今朝なんか八時のオープンと同時に銀行の前にいたんだぞ。それにしても、これはいったいどういうことなんだろう。おまえにはわかるか？」

「わかるのは、だれかが元帳をのぞこうとしたってことだけだ。確かなのはふるさと祭り《オールドホームウィーク》の計画書目当てではなかったってことだな。なにしろ、町中が祭り一色なんだから。ちなみに、やつのことはろくに見てないんだ。黒っぽい服を着て、フェルト帽を被っていたが、足を引きずってもいなかったし、ニンニク臭くもなかったし、顔にこれといって目立つ特徴もなかった。夜間はここのホールに警備員を置く予定じゃなかったのか？」

　ウェストンはかぶりを振った。「この町では、これまで一度も盗みなんか起きなかったんだ。若者たちが別荘に侵入するとかそういうのは別だが。なぜそんなことを聞く？」

「客たちのなかに泥棒候補がいるようだからさ」アゼイが言った。「ウェス、相手にしているのは地元住民だけじゃないんだぞ。よそものが大勢来ているんだし、そのなかには羽目を外す者だっているだろう。警官数名にここを見張らせるべきだ」

「みんな、なぜそんなことをするのか不思議に思うはずだ」

「骨董品や展示品を守るため、そして援助者や協力者の利益のためとでも言えばいい。ビリングスゲートの客たちの安全を守るためという建前だ。警官二人をつねに待機させるんだ。きっとみんなに喜ばれるだろう」

「そうかな」ウェストンの顔は半信半疑だった。「おまえが言うならそうなんだろう。だが、このドアについてはどう説明する？」

「あっしのせいにすればいい。車の鍵をなかに忘れたまま錠をかけられてしまったから、壊して無理に入ったとね。さあ、すぐに電話して鍵屋を呼び、扉と鍵を修理させるんだ。この町にも鍵屋くらいいるだろう？　そいつを呼ぶんだ、ウェストン。おまえさんみたいに浮き足立っている男は見たことがないぞ。いったいどうしたんだね？」

「どうしたもこうしたも、火薬樽に座っているみたいな気分だよ！　なにが引き金になって貧乏くじをひくはめになるかわかりゃしないんだから――」

「ウェストン」アゼイが言った。「ぐだぐだ言ってないでさっさと鍵屋を呼べ。あっしは花火会場のほうへ行ってみる。そろそろ始まる時間だからな」

「そら見たことか」ウェストンが言った。「次なる困難、花火だ！　今夜どでかいやつが打ち上がったときになにがある？　今夜はだれが撃たれる？」

「だれも撃たれない」

「どうしてわかる？　ことによると、おまえが撃たれるかもしれないんだぞ！」

「だからこそ」アゼイは答えた。「会場に乗り込んで、人ごみの真ん中でよたよた背伸びするんだ。サラとジェフとエロイーズとジェーンもその場にいるし、おまえさんのそばには警官についていてもらうようにするよ。実際、今夜はおまえさん専属の護衛がつくことになる。これで少しは不安が和らぎそうか？」

「護衛なんかなんの役に立つと言うんだ。だれかがおれを殺そうとしているかもしれないのに。たとえ窓に近づかず、護衛がそばにいたとしても、だれかがおれに鹿用弾丸《ディアボール》を撃ち込んでやりたいと思ったら、おれがどこに座っているか、あるいはどこで寝ているかを突き止めて、壁ごとぶっぱなせばいい。そうとも、そいつが壁ごとぶっぱなすという手段に訴えたらどうするんだ？　たとえばサラの家で」

「そんなことをしてもうまくいかん」アゼイが言った。「あれは古い家で、ずいぶんと古い基礎の上に建てられている。下見板（壁の横板張りで少しずつ重なり合うように取り付けた板）と壁板のあいだには頑丈な厚さ四インチのレンガが入っているんだ。今日、サラから聞いたのさ。若かりし頃のサラとジェフがあの家を配線してもらうためにどれだけお金がかかったかって話もね。この状況であっしに銃をぶっぱなしたいという人間がいたら、どうぞお好きにってなもんさ。さあ鍵屋を呼ぶんだ。こっちは州警察官をひとりおまえにつけてもらう。心配するな、おまえはちゃんと守ってもらえるよ」

「だが、ここに入った男はだれなんだ？」ウェストンが言った。「なんのために侵入した？」

「ここに入ったのは新たな男だ」アゼイが答えた。「最初のやつとは別人さ」

「別人だって？」ウェストンが言った。「なんということだ！　なぜそう思う？」

「最初のやつはおまえさんの鍵、あるいは複製、あるいは合鍵を盗んだんだろう？　だったらなぜ今回は錠を壊す？　つまり別の人間がやったということだ。ウェストン、元気を出せよ。あっしは――おっと、すまんな。またあとで会おう」

　白のフランネルスーツを着ているときでさえ、なぜか正装の軍服姿であるように見えるフィルブリック将軍が、ジェフとサラとともに花火の開始を待っていた。

「ものは相談なんだが」大仰な挨拶のあと、将軍はアゼイに言った。「ふるさと祭り《オールドホームウィーク》が終わる前に、我々のラジオ聴取者たちに向けてなにか少し話をしてもらえないだろうか。ぜひ出演して欲しいんだ。きみも、我々の番組に対する事前調査書の高評価を知れば心強いだろうし、夕刊各紙がおおいに宣伝してくれている。すばらしいことだ。きみにはファンが大勢いるし、世間はきみの仕事に大きな関心を抱いている。それにトリップ氏も――」

「どうもありがとうございます」アゼイは言った。「それで閣下は――その――今回のことが会社のためになるとお考えなのですか？」

「もちろんだとも。それは間違いない。あいにくアメリカ国民から廃れかけているこの習慣――いや、完全に廃れてしまったと言うべきかもしれない――お祭りで花火を打ち上げるという習慣は――」

「あら、でも花火って」エロイーズ・ランドールが話に割って入ってきた。「いえ、本当にきれいだし、色鮮やかなんですけれど、すごく危険じゃありませんか？　あたくし、かんしゃく玉のことが忘れられなくて――もちろん、いまではこの指の傷跡はほとんど消えてしまっているし、ずいぶん昔のことなんですけど。それといとこのドロシーの息子がね――もちろん、あの子がまだ子どもだったころの話ですけど。いまじゃ技師になって、不景気にも負けずにとても順調なんです――若者たちにとって不景気は本当に大変ですもの。ジェーンだってそうだわ――とにかく、そのジェラルドがしょっちゅうかんしゃく玉を持っていたんです――当然あたくしたちはあの子を説得してやめさせようとしたんだけど、昔から頑固な子で。だからいつも言ってたの。いとこのドロシーの家族はとびきり意志の固い人たちだから、あの人たちが外で寝袋で寝るのは別に構わないと思うんだけど、客たちにしてみればそれはちょっとって感じると思うんです――もちろんジェラルドの視力もようやく戻ってきましたけど――」

「ねえ、きみ」将軍が言った。「製造過程における現代の科学的方法は――」

　アゼイはこっそりサラの横へ移動した。

「さあ行こう」アゼイは言った。「人ごみの端っこまで。話を聞いていたいのはやまやまなんだが、疲れたよ。エロイーズは話を始めたら止まらないだろう？　相手が話し終えようとする一瞬前にそのことばじりを捕らえて話し始めるというただそれだけのために、人の話に真剣に耳を傾けているみたいだからな。レーンがつかまって大変だったらしい。やたらしなを作ってくるとかで」

サラが笑みを浮かべた。「変わった人よね。ジェフやゼブも彼女がしなを作ることには気づいているわ。エロイーズはウェストンを狙ってるのよ、彼から聞かなかった？　去年の冬の一時期、これで独身の行政委員もいなくなるとこの町もすっかり諦めムードだったんだから。あら、すごい音。見ているぶんにはきれいだけど、あの音は大嫌い！」

会場の端に停めてある車のそばで、アゼイとサラは花火見物をした。

「火災対策はどうなっているのかね？」アゼイがたずねた。

「なんでも、半径十マイル以内のところで化学処理されているとか」一時的に騒音が収まったあいだにサラが言った。「それにしても、あなたも夜の放送を聞くべきだったわ。とてもうまくいったのよ。アップジョンの楽団は本当にいい演奏をしたし、あなたのお友だちのソプラノ歌手もすばらしかった。あの人は『美しきビリングスゲート』よりも『クロエ』のほうが好きなようね。それから即興のアマチュアコンテストを開催したの。即興というふれこみではあったけど、絶対に前もって準備してあったんだと思うわ。それから新聞記者の女の子が物まねをやったんだけど、それがもうそっくりなの。気になる感じの女の子でね、赤毛でそばかすがあって、出演後こちらにやってきたので知り合いになったわ。とても感じのいい子だった。あなたもきっと気に入るわよ。それで――じつは――」

「なんだい」アゼイが言った。「要点を頼む、サラ。それからなにがあったんだね？」

「それからなにか起こったってどうしてわかったの？　以心伝心かしら？」

「察しがいいのがメイヨ家の人間でね」アゼイが言った。「大きな受信装置さながらさ――それはそうとおまえさんは、すべきじゃなかったことをしてしまった話をするんだろう。なにがあったんだね？　どんな余計なことを言ってしまったんだ？」

「だって」サラが言った。「彼女が唯一、見つけられた宿がプロヴィンスタウンだと言うから、それで――」

「サラ・リーチ、その娘を家に泊めてやることにしたのかね？　そうなのか？　すっかり丸めこまれてしまったのかい――よりにもよって」

「その子はいい子なのよ」

「サラ、その娘はなんにでも首を突っ込んでくるぞ。正直言っておまえさんをおしおきしてやらなきゃならんところだ！　なんてことを――よりによって新聞記者――新聞記者とは！　信じられん！　ウェストンが震え上がってなにを言い出すか。あのうっかりやのエロイーズや、州警察の連中のことも心配だし、あっしがこれまで一度たりとも下らん心配をしたことのなかったおまえさんが、よりによって新聞記者を招待するとは！」

「だけど、ゴシップ記者って感じじゃないのよ。その子は――」サラは弁解を始めた。

「なに言ってるんだ、ニュースはニュースだよ！　新聞記者たるもの、目の前にスクープあらば〈デイリー・パルプ〉で働いているのか〈国際ベッドスプリング製造業者友愛会の週刊ガゼット＆ヘラルド〉で働いているのかなんてことは忘れて、ただ特ダネを追うもんだ。それだけじゃない」アゼイは怒っていた。「おまえさんは自分の部屋の鍵を外に置きっぱなしにする羽目になるぞ。そうしないとジェフに閉じこめられ、鍵を隠されるに決まっているからな。そのことがわかっているのか？」

サラの顔が髪の色と同じくらい真っ白になり、唇を強く嚙み締めているので、アゼイは血が出るんじゃないかと心配になった。

「ああアゼイ、わたし本当に――そんなこと――」

「そうとも、サラ。いきなり怒り出して済まなかった。脅すつもりはないんだが、おまえさんは考えられないほど馬鹿な真似をしたんだ。その娘の名前は？　あっしがどこか別の家を見つけてやって、その子を追っ払うわけにはいかないかね？　なんとか回避する方法はないか？」

「ジェフもすっかり彼女が気に入ってしまったのよ」サラが言った。「どうしたらいいかわからないわ。うちにはもうその子の荷物が運び込まれているし――アゼイ、わたしったらなぜこんなことをしてしまったのかしら。あれはいつ――そう、昨夜のことだったわ。ああ、どうしよう。もしもわたしがまた例のあれを始めたら！」

サラはアゼイが想像していた以上に取り乱しており、彼が普段から知っているような矍鑠《かくしゃく》とした人物ではなく、弱々しく小柄な老婦人になってしまったようだった。

「済まなかった」アゼイはまた言った。「だが、おまえさんはわざわざ沼地のそばに出かけていき、例の散弾銃を持っただれかさんもその近くにいて、アビのふりをしていたんだよ。そこにいたのがだれかわかったとき、おまえさんの身に起きていたかもしれないことを考えて気が狂いそうだったよ。そのときのことを――おまえさんは――話したいかね？」

「話したくはないわ。でも話さないと。このうるさい場所から離れましょ――」

アゼイはサラに手を貸して自分の車に乗せた。

「わたし、子供のときからああだったの」サラは言った。「だれもそれを止められなかった。母はそんなわたしを見て半狂乱になり、恥ずべきことだときつく叱られたから、むしろ大きくなってからのほうが悪化したの。父はわたしをいろいろな医者に連れていき、医者たちは夜に歩きまわるのは、わたしがなにかで動揺しているときや不安に苛まれていて、たいていはなにか秘密を守ろうとしているときだと突き止めた。それからさらに年齢を重ねるに従って、わたしに秘密は少なくなり――もうすっかり治ったものと思っていたわ。それが今回のことで再発してしまったのね。アゼイ、これからどうしたらいい？」

「ドアに鍵をかけておけば大丈夫なのか？　それとも、窓から抜け出すのかい？」

「鍵をかければ大丈夫。あと、ジェフには話しておかなければ。事情を残らず伝えるわ。どのみちあの人も薄々察していると思う。わたしの夜歩きのことはもちろんジェフも知っているわ。妙な癖だと思っているのよ。結婚した直後には、わたしのことを縛りつけておかなければならなかったんですって。わたしは大スキャンダルになりかねない議会の強行採決のことを父から聞かされていたのよ。夢遊病のことはこれまでずっと隠してきたわ――理由はあなたにもわかるでしょう。この町の人たちはゴシップが大好物なんだもの。うちのメイドさんたちはみな知っているんだけど、ありがたいことに、わたしのことを思って口外しないでいてくれているわ。それにしても、記者の子のことはどうしたらいいかしら。名前はケイ・セイヤーというの。本当にいい子なのよ、だけど――ああ、この祭りさえなかったら！」

「サラ、なんてことを言うんだ！」

「本気よ。何ヶ月も前からこう言ってやりたかった。アゼイ、わたしたちが追い払おうとしたら、あの子はきっと怪しむでしょう。だけど同じ家のなかにいて、どうしたら秘密を隠しとおせる？　なんとかしなければ。なにかいい考えはない？」

「ひとつだけ」アゼイは言った。「しかし――サラ、やれやれだよ！」

アゼイは他の者たちが町から帰ってくるまでリーチ家で待ち、それからヘル・ホローに出かけていった。ヘル・ホローではハミルトンが彼を待っていた。

「このあたりは」ハミルトンが言った。「本当に気味が悪い。アゼイさん、こんなの初めてですよ。湿地から霧が立ち上っている様子とか、あの泥の穴とか、音とか――こんなにたくさんの音を聞いたのは生まれて初めてです！ ねえ、これはいったいなんの音でしょう？」

ハミルトンは口を開けると、呻き声のような、むせび泣く声のような、馬のいななきのような声を出した。

「ラジオの推理ドラマに出てくる人間の声みたいだな」アゼイが言った。「よく一章の最後に出てくるだろう。でもまあ、おそらくアライグマだろう。交代要員はいつやってくるのかね？」

「十二時半です。そいつ、新人なんですよ。この状況に耐えられるといいんですが。ひとりきりで明日の朝までここにいなくちゃならないとしたら、自分なら気が狂ってしまうでしょう。嘘じゃありませんよ、ほらあのマネキンたちを見てください！ 十分ほど前にあのなかの一体が倒れたんですけど、そのとき自分がなにをしたと思います？ とっさに地面に伏せて、銃を抜きましたからね。嘘じゃありません、あんなマネキンたちとここでじっとしているくらいなら、死体置き場でひとり夜を明かすほうがましなくらいです。あれを見てください。あのマネキンたちが風に揺れるさまを！ わざわざ言わないでくださいね」ハミルトンは付け加えた。「おまえ、ビクついているじゃないかとは！」

「じつはな、ハミルトン。あっしも初めてあれを見たときにはもう少しで銃を抜くところだったんだ。ほら、交代要員がやってきたぞ。車は目立たないよう家の裏に停めるよう言ってくれ。おまえさんがどんな気分でいるかはわざわざ教えるんじゃないぞ！」

「そんなの教えるまでもありませんよ。十五分も経てば、同じように感じるにちがいありませんから。どんな指示を与えればいいですか？　ここから動かず、警戒を怠るな？」

「そんな感じでいいよ。終わったらレーンが交代するし、我々もあとから戻ってきて、おまえさんのところにおしゃべりに行くからと言っておいてくれ。それを聞いたら、元気が出るかもしれん」

ふたりがヘル・ホローからサラの家へ戻ると、今度は別の州警察官が車庫の陰に立っていた。

「あの橋にちょっとした仕掛けをしておきました」その警官は言った。「家の者と自分でやったんです。だれかが沼地のほうからやってきたら、足元で空砲が鳴ります。残りの場所はこの目で見張れますし、それ以外にもあちこち鳴り物を仕掛けておきました。大丈夫、任せておいてください」

ブリンリー夫妻とウェストンは町の中心部近くに住んでおり、レーンが選んだ警官ふたりは、自分たちが緊急事態に対応するとアゼイに請け合った。

「わたしが前方、ブリフが後方を担当します」ひとりが言った。「万事うまくやりますよ」

「やれやれ」ふたりで車に乗り込みながらハミルトンがアゼイに言った。「いったいなにがあるんですか？　嫌がらせとか？　そんなふうに聞きましたが」

「あっしも最初はそう思ってた」アゼイが言った。「だが、嫌がらせにしては知恵がまわり過ぎる部分と、そうでない部分がある。それに、嫌がらせってのは注目されたがるもんだ。今日はずっと遠まわしになにか言ってくるやつが現れるんじゃないかと思っていたんだが、そんなことはなかった。メアリー・ランドールがニューヨークに病気のいとこを見舞いに行くことについてだれもなにも聞いてこない。これと言って噂にもなっていない。もしそういうのがあったならこれは嫌がらせだと判断していたんだが。とりあえずスレイドの家に行って、帰ってきた痕跡がないか見てみよう」

スレイドの家のドアはあいかわらず開いていた。アゼイはなかに入り、冷蔵庫に向かった。

「もしもスレイドがここに——おや！」アゼイは言った。「スレイドはピンピンしてるし、牛乳を飲んだりなにか食べたりしているぞ。自分の金も持ち出してる。彼の服がどうなっているかも確かめてみよう」

新品の白いフランネルのズボンと青の上着はあいかわらず整えられていないベッドの上にあった。

「よそいきで出かけたということはなさそうだ」アゼイは言った。「しかも床に昨夜、着ていたフランネルシャツとジーンズが落ちている。これは今朝はなかった。ハミルトン、ここもだれかに見張らせておくんだった。クローゼットを見てみよう」

いつまでもスレイドのクローゼットを見つめているアゼイに、ハミルトンはじりじりしてきた。

「服の目録でも作っているんですか？」

「いいや。ハミルトン、あっしはとんだ間抜けだよ。クローゼットから黒のスーツとフェルト帽がなくなっている。今夜ウェストンのオフィスに侵入したやつも黒っぽいスーツにフェルト帽姿だった。この天気だ。みんな軽装で、麦わら帽子やパナマ帽、ヨット帽あたりを被っているって言うのに、どうも変だ」

「じゃあ、それがスレイドだったと？　だったらアゼイさん、指紋はどうなんです？　町役場でそのことは考えましたか？」

「考えたさ、あっしもそいつもね。そいつはたいした泥棒じゃなかったが、ドアもウェストンの机の上も、触れたところはすべてちゃんときれいに拭ってあったよ。ハミルトン、おまえさんを町役場で下ろすから、だれか探してここを見張らせてくれ。向こうにいるふたりの州警察官の片方にやらせるんだ——あっちにはパトカーは置いてあるかな？　だったら、ひとりここまで車で来させて、おまえさんは町役場のその警察官の持ち場を引き受けるんだ」

ハミルトンは抗議した。「そして、あなたには田舎を疾走させておくんですか？　それは気が進みませんね、アゼイさん。あなたの車はみんなに知られていますし、例の犯人がどこをうろついているか——」

「あっしのことは心配するな。だが、これだけは言っておこう。レーンを探して、今夜はこの小屋を張り込ませるんだ。レーンをここに連れてきたあと、沼地のほうへ寄ってみてくれ。問題ないか確認したい。なんだかあの場所が気になるんだ」

「わたしもです」ハミルトンが言った。「わかりました。レーンを連れてきて、それからあなたのあとを追います。それにしてもアゼイさん、我々はなんでこんな面倒に巻き込まれたんですかね？」

アゼイはため息をついた。

「正直言ってあっしにもわからん。なにがなんだかさっぱりだ。警戒していることはわかっているんだが、なにを警戒しているかはわからない。なにもかもがバラバラでつながっていないんだ。殺人事件がひとつと、鹿用弾丸《ディアボール》が二発。手がかりとしては役に立たないし、だれかが猟銃でそれをぶっ放したってこと以外はなにもわからない。しかもそれは、ありふれた猟銃だし、犯人もありふれただれかだ。それが男だろうということは想像がつく。鹿用弾丸《ディアボール》はかなり男性的だからね。メアリー・ランドールはそいつがなにを企んでいるかを知ってしまったんだろう。だが、あっしにはメアリーがなにを知ってしまったのかも、そいつがなにを企んでいるかもわからない。なにかこの忌々しい町に関係がある、わかるのはそれだけさ。まったく、そのなにかに噛みついてムシャムシャやるためならなんだって差し出すのに！　これじゃ厚切りステーキが欲しいのに、鶏の骨やロブスターのはさみを拾い集めてるみたいだ！」

　アゼイはハミルトンを下ろしたあとも、車を走らせながら考え続けていた。行政委員室に侵入したのは本当にスレイドだったのだろうか。もしそうなら、スレイドはなにをしたかったのか。別の人間だったとしたら、それはだれなのか。アゼイはこの侵入者とメアリー・ランドール殺しの犯人は別の人間だと確信していた。殺しに関する限り、犯人はドジを踏むような素人の仕事はしていない。だったらなぜこそ泥みたいな真似をしてドジを踏むのか。しかもわざわざ人が大勢いて、そのなかのだれがいつ彼に関わってくるかわからない建物のなかで。

　スレイドが姿を消した件については、どう考えても怪しい。マダム・モウから隠れているのかもしれないが、なんだかスレイドらしくない気がする。はっきり言えるのは、スレイドはあまり罪悪感に苛まれたりしそうにないし、見つかることをそう怖がっているとも思えない。でなければ、自宅にのこのこ戻ってきて食事をしたり、服を着替えたりしないだろう。

「やれやれ」アゼイはつぶやいた。「鶏の骨拾いと言うより、積み木取り（木片を積んだなかから一片ずつ他を動かさず、そっと取り去っていくゲーム）だな」

　アゼイはヘル・ホローに近づくにつれて減速した。沼地から立ちのぼる霧で道路が見えなくなっていたからだ。まずはスレイドのアトリエまで行き、それから戻ってきて例の州警察官としばらく時間をつぶそう。明日の晩もまただれかにこの仕事をさせるようにレーンに伝えなければ。ヘル・ホローで寝ずの番をするのはひとり一晩が限界だ。

しかしながら、通りすがりに家のほうをちらりと見た彼は、愛車を静かな駐車スペースに入れてヘッドライトを消した。

かすかな細い光が、メアリー・ランドールの骨董品がある納屋のなかでちらちらと動いていたのだ。

これはおかしい。州警察官は店に入る鍵は持っていないし、懐中電灯は太い光線が出る大型のものを携帯しているはずだ。

アゼイは車から出ると、そっと納屋の様子をうかがいながら円を描くように距離を縮めていった。

しかし、背の高い松林の一本の根元で、アゼイはなにかぐにゃりとしたものにつまずいた。

アゼイは身を屈める前から、それがなんであるかに気づいていた。

第七章

暗闇のなかでアゼイは急いで州警察官の口からハンカチの猿ぐつわを外し、ポケットナイフを使って手首と足首を拘束していた丈夫な紐を切った。

州警察官はうめき声をあげ、まるでそこがどうなっているかよくわからないかのように、恐る恐る手で頭を触った。

「大丈夫か？」アゼイは言った。「撃たれたり、切りつけられたりしていないか？」

「ふらふらします。背後からやられました。首を絞められて――」

「シーッ！　声が大きい。相手はまだそこにいる。よく聞いてくれ。動けるようになるまでここにいて、しっかりと目を開けておけ。これから様子を見に行ってくる。懐中電灯はあるか？」

「どこかそのへんに――」

「まあいい。ここにいて、後方支援をしてくれ。銃は持っているかね？」

「奪われました」州警察官は恨めしそうに言った。

「なんてこった！　なら動けるようになったらすぐにあっしについてくるんだ」

アゼイは足音を立てないようにして納屋のまわりを進み、窓からなかをのぞきこんだ。

男がアンティークの書き物机の前に座っているのだが、その机はアゼイが日中に惚れ惚れと眺めていたものだった。ジェーンはメアリー・ランドールがそれをわたしの「事務室《オフィス》」と呼んでいたと教えてくれた。

「これには」ジェーンは言っていた。「現金箱、手紙、注文書、覚書、オークション目録、顧客台帳、請求書、のり、ラベル、糸、スタンプ、その他、メアリーおばさまのような商売をやっていると必要な事務用品一切が入っているんです。しかもそれらが収納されているのは上の部分だけで、引き出しのほうはいろいろな目的で使用しています」

顔が影になっていてよく見えないその男は、すべての整理棚をひとつずつ調べ、トランプの札を扱うように書類をぱらぱらとめくっていた。また、小さなセルロイド片を使って鍵のかかった小さな仕切りのなかを開けると中身を調べ、次に整理棚の下の小さな引き出しと、そこから取り出した小さな木の彫刻に注意を向けた。

男がいらだちの余り鼻を鳴らすのが聞こえる思いで、アゼイはそいつが木の彫刻を乱暴に元の場所に戻し、またセルロイド片を手に、その下にある引き出しに取り掛かろうとするのを見守った。長く細い指先で引き出しのなかに詰まっていた古いリネンの下を手探りすると、男は引き出しを乱暴に閉めた。続いて残りの引き出しも調べると、男はまた整理棚に注意を向けた。

男がなにかを探しているのは明らかだった。そしてそれは金ではない。男はちらっと確認しただけで現金箱にはそれ以上の興味を示さなかったし、手紙もオークション目録も注文書もスタンプものりも欲しくないようだ。

アゼイはさっきの州警察官が近づいてくる音を聞きつけた。どうやら、なかにいる男もそれが聞こえたらしい。男が手持ちの小さな懐中電灯を消したからだ。ありがたいことに、州警察官はその場でじっと静止するだけの分別を持ちあわせており、しばらくして自分はひとりきりだし見張られてもいないと確信した男は、また懐中電灯を点灯して整理棚の探索を再開した。

州警察官は大型懐中電灯をアゼイの手に押しつけた。

「静かに、もといたところに戻るんだ」アゼイは囁いた。「そしてそこで物音を立てろ。あっしがやつを仕留める」

その男は懐中電灯を消す前に、物音のほうへ歩きだした。そして男がそうした瞬間、アゼイはドアから納屋に入り、州警察官から渡された懐中電灯を点けた。

「手を出せ」アゼイは言った。「手を出して、その場から動くな」

本気であることを見せつけるために、アゼイは四五口径ピストルの引き金に力を込め、屋根裏の横ばりに貼り付けられていた額装されていないカーリア&アイヴス（アメリカの成功を収めたリトグラフ印刷）の婦人画に意図せず銃口を向けた。

州警察官が全速力で戻ってきた。

「銃を取り戻せ」アゼイが言った。「机の上にある。そう、それだ。あんたは手を出したままでいろ、そしてこっちを向け」

それはマイク・スレイドではなく、これまでに見たこともない人物だった。

「こいつを知っているかね？」アゼイが州警察官にたずねた。

「いえ」州警察官の声は苦しげでかすれていた。「しかし、これからたっぷりと知り合いになりますよ――」

「そいつのポケットを探れ」アゼイが命じた。「名刺でも持っているかもしれないからな」

アゼイには意外で、州警察官は愉快そうだったが、男の胸ポケットから最初に出てきたものは精巧な革製名刺入れだった。

「なんとまあ」アゼイが興味津々の様子で言った。「社交界の名士さまか。名前は？」

州警察官は名刺を光にかざした。「ええと――あれっ、こりゃニセモノだ。本物のはずがない！『ターシャス・プリティマン』と書いてあります」

ターシャス・プリティマンだって？　アゼイは記憶をたぐった。確かエロイーズ・ランドールの恋人のはず。ケープコッドの突端に住むプリティマンじいさんの息子だ。

「これは初めまして、プリティマンさん」アゼイは愛想よく言った。「あっしはメイヨです。そして、おまえさんがずいぶんと手荒に扱ったこちらの紳士が――名前はなんだったかな？　コンラッド？　コンラッドです、プリティマンさん。ではコンラッド、ランドール夫人の梱包用の紐を拝借して、プリティマンさんを縛り上げてくれ。向こうにちょうどよさそうな物差しがあるから、それをプリティマンさんの両膝の下に入れて、それから両手首をしっかりと結わえて――うん、それでいい」

コンラッドがプリティマンをぐるぐる巻きにしているのを横目に、アゼイは照明をふたつ点灯してカーテンを閉めた。

「このほうがくつろげる」アゼイは納屋のなかを歩きまわりながら、機嫌よく言った。「というわけで、メアリー・ランドールはここに貴重な品々を保管している。あれはイズラエル・トラスク（十八〜十九世紀のアメリカの白目・銀細工師）初期の白目の名品で、こんなところに転がっているのはふさわしくないような価値のある品だ。それに、あそこにあるチェストもすばらしい」アゼイはあるチェストの前で立ち止まると、その上に乗っていた裁縫箱をしげしげと眺めた。「おまえさんは古いチェストに造詣が深いのかね、プリティマン。なら、うちにもひとついい品がある。我が家に代々伝わるものとかじゃなく、ごみ捨て場で見つけて拾ってきたんだよ。人に見てもらったら、十七世紀の品だそうだ――さてプリティマン、そもそもどういうわけでこんな真似を？」

「あんたの言ってる意味がわからないな」この冷ややかかつ落ち着き払った口調がなにかを示しているとすれば、この男はまちがいなく一筋縄ではいかない。思った以上に一筋縄ではいかないやつだとアゼイは考えた。それは簡単に動揺したり、騙されたりする人間の口調ではなかった。実際のところ、男は明らかに面白がっていた。

「なにを探していたのかね、ターシャス」

「そんなのあんたには関係ない、そうだろう」

アゼイは四五口径を取り出すと、用心鉄に指を入れてくるくる回した。「そうさなあ」アゼイはわざと母音を引き伸ばすように言った。「それはどういう視点に立つかによる」アゼイはプリティマンを見下ろした。「それで――おまえさんはその証書をいつ書いたんだ？」

「そいつをしまえよ」ターシャスが言った。「うっかり発射されたらどうする。で、なんだって？わたしがいつなんだって？」

「いいか」アゼイが言った。「おまえさん、床に転がってる姿が縛り上げられた鶏そっくりだ。こう言っちゃなんだが、間抜けなことこの上ない。あっしがたずねたのは、おまえさんはランドール夫人のその証書をいつ書いたのかってことだ」

ターシャスはにやりとしたが、それに答えるのは彼の沽券《こけん》に関わることだったらしい。

アゼイは考えに耽りながらターシャスを見つめた。だれかが言っていた――ターシャスは五十歳ぐらいだと、あれはゼブ・チェイスだったか。だが、ぱっと見ただけじゃとてもそんな年齢とは思えない。すらっとしていて、鋼のように鍛えてあるからだ。だが両手と瞳、そして顔がある程度まで実年齢を明かしていた。

アゼイはその顔をじっくりと検分した。ざっくり言って、弱々しい顔だ。ぼんやりした顔と呼ぶべきかもしれない、古くなった鋳型を使ったみたいな。だが、そこに柔和さは一切ない。どうやらプリティマンという男は、たとえまちがった道であろうとも最後までその道を突き進むタイプであるらしい。

いっぽうプリティマンじいさんは――アゼイはプリティマン家のことを思い出そうとした。彼らのことはそれなりに知っていたはずだ。自分の記憶から詳細を引っ張りだすことさえできれば。プリティマンじいさんはある特許医薬品で財を成した人物だ。エブリマンズ・エリクサー、そう、それだ。そして彼は、海草から金を取り出すだか、豚の耳から絹の財布を作るだか、そんなようなことを目論んで大損をした。アゼイは噂話、なかでもビリングスゲートの噂話に、もっと関心を持っておくべきだったと思った。とにかくこのターシャスという男は母親から大金を相続し、さらに父方の身内からも大金を相続した。だがゼブ・チェイスはターシャスが保険を売ったと言っていたから、彼の相続財産はとうの昔になくなってしまったということだろう。ターシャスはいかにも財産を使い果たしそうなタイプに見えた。

「こいつに話をさせたいですか?」コンラッドがむっつりとたずねた。

「大丈夫。そのうち話すさ」アゼイが言った。

「証書と言うのはなんのことです?」コンラッドが質問した。「だれの、どんな証書です? それはどこに?」

「我らの友ターシャスが探していた保険証書だよ」アゼイが言った。「ただし、ターシャスの探しかたは男ならではで、メアリー・ランドールは女性だ。メアリーはそれを机のなかにも、別のところにもわざわざしまったりせず、そこにあるオーク材のチェスト上の裁縫箱に突っ込んでおいたのさ。いいかい、コンラッド、ターシャスは彼女に素敵な生命保険を売った。だがそれはニセモノだったんだ」

「あれは非の打ちどころのない保険さ」ターシャスは穏やかに反論した。「実際、最高の保険だよ。メイヨ、わたしを見損なってもらっちゃ困る」

「では、なぜそれを探していた?」

「自分がこいつに吐かせてやりますよ!」コンラッドは自分のベルトを外すと、上着を脱ごうとした。

「思い知らせてやる――」

「待て。ターシャス、おまえさんは今夜、市の所有する建物に侵入し、警察官を襲って銃を奪い、武装強盗を行った。おまえさんは――なんだって? なにも盗んじゃいない? 人の揚げ足を取るんじゃないよ。そのへんはこっちでうまくやるさ。いいかね、ターシャス。さっきから悠然と構えているが、おまえさんが主導権を握っていると思ったら大間違いだぞ。さあ話しをする気になったかね? まだその気になれないというのなら、小屋までごいっしょ願ったっていいんだ。そうすればきっと話す気になるだろうよ。だがそれよりもいまここで言うことを聞いたほうがいいんじゃないか。コンラッド、ちょっとその保険証書を持ってきてくれ」

ターシャスが微笑んだ。「わざわざ読まなくていいよ、メイヨ。あんたが主導権を握っているのは自分だろうかと首を捻りたくなるようなことを教えてやろう。その保険の受取人はあんたの友人ジェーン・ウォレンだ」

「ほお」アゼイが応じた。「そうかい」

「あんたのよく知っているジェーンさ。ふん、あんたとゼブ・チェイスは、あんたが今夜ここにいたことを後悔するだろう！　二万五千ドルで、暴力による死の場合は倍額になる。メイヨ、だれが主導権を握ってるって？　五万ドル手に入るとあらば、立派な動機になるんじゃないか？　よく考えてみろ。ジェーンは五万ドル手に入れるんだぞ。メアリー・ランドールが暴力的な死を迎えた場合にはな」

アゼイはターシャスににやりと笑い返したが、その笑みはぎこちなかった。

「土曜日だよ」ターシャスは悠然とことばを続けた。「あの娘は土曜日に証書を受け取った。わたしが直接、持っていったんだからな」

そのときアゼイの脳裏をよぎったのは、最初に散弾銃の発砲騒ぎがあったのが土曜の夜だということだった。

「月曜日に」ターシャスは言った。「彼女は殺された。ごく控えめに言っても、人生とは奇妙で不確かなものだよな。なにが起こるかわかりゃしない。ことわざで言うみたいに、今日、快活に生きていた者が、明日になったらもうこの世にはいないんだから。それはそうとメイヨ、あんたはずいぶん危険な役割を引き受けているが、不慮の事故やなにかのときの補償はどうなってる？」

「ターシャス」アゼイが言った。「わかってきたぞ。昨夜、エロイーズはおまえさんを家に連れてきたわけじゃなかったんだな。エロイーズはここでおまえさんを車から下ろし、おまえさんは歩いて戻る予定だったが、外に止めてあった車に興味を引かれ、どうなっているか調べたってわけだ。そしてなにがあったのかを察し、確かめようと決意し、台帳があるウェストンのデスクへと行った。だが台帳は見つからず、おまえさんはにやにや笑いながらここに証書を取りに来た。どうして来たか当ててやろうか？」

「煙草を一本もらえないかな。縛りあげられて、こんなところに転がされているのは少々つらくてね――もうこんなゲームはやめにして、わたしを解放したほうがいいとは思わないか？　絶対そうすべきだよ。親愛なるシャーロック」

「どうしてかね？」

　アゼイにはこの先の展開が完璧に読めていた。十分前に察しがついていたのだが、いまはなにより も時間を稼ぎたかった。

「ふふっ」ターシャスが言った。「教えてやろう。田舎者のふりをしているが、あんたはあのポーター船長から不自由なく暮らしていけるだけのものを遺してもらったはずだ。わたしは彼と父があんたのことを話しているのを聞いたことがある。あんたはポーター社の重役なんだろう？　それに、それほどたっぷり遺産を受け取ったわけじゃなかったとしても、あんたと仲良しのビル・ポーターはそうだろう？　そうだよな。チェイスの親父さんには例の豆の商売があるし。あんたとチェイスの旦那は殺人を秘密にしているんだろう？　ジェーン・ウォレンのためにな。ゼブはジェーンに惚れてるから。まだ話しを続けたほうがいいか？　時間の無駄のような気がするんだがな」

「おまえさん」アゼイがたずねた。「いくら欲しいんだ」

「そうだな――五万てとこかな」ターシャスは言った。「うん、五万もあれば十分だ」

　アゼイはうなずいた。「それでおまえさんの計画ってのは――もちろん、あえて露骨な言い方をさせてもらうよ。おまえさんは傷つくだろうがね。とにかく、おまえさんにはうまい計画があったんだろう？　証書を預かって受け取り人の名前を変更し、日付を入れて届けを出す——そうとも。おまえさんならどうにかしてそれをやってのけられるんだろう。で、エロイーズをまんまと受取人にしてから——名案だよ、エロイーズは結婚したがっているから、飢えた犬が骨に向かっていくみたいにおまえさんに飛びついたとしても不思議はない。そうすりゃめでたく五万ドルがおまえさんのものというわけだ。ターシャス、なかなか頭が切れるじゃないか」

「ずいぶんあけすけに言うな」ターシャスは言った。「だがな、おまえさんやゼブにとって五万ドルがなんだ。はした金だろう。さあメイヨ、いちゃもんをつけるのはやめてくれよ。あんたにわたしを逮捕することはできない。それはわかっているはずだ」

コンラッドは額を揉んだ。明らかに混乱している。どちらがよりイカレているのか考えているのだろう。切れ者として知られているこの田舎探偵か、それとも盗みの最中に捕まったというのに、まるで泥棒らしくない泥棒のほうなのか。

「なぜそう思う？」アゼイがたずねた。

「わたしが行政委員室に侵入したって証明できるのか？」

「おまえさんは慎重だった」アゼイは認めた。「指紋に関しては」

「それと、その警官を襲ったやつがわたしだとどうやって証明する？」

「いいか」コンラッドが言った。「ちゃんとわかってるんだからな——」

「おまえさんにはわかっているかもしれん」アゼイが言った。「しかし、首を絞めてきたやつを実際に見たのかね？　見ていないだろう。そういうことなんだよ」

「わたしはここからなにか盗んだか？　メアリー・ランドールの所有物を持っていたと言うのか？　そら見ろ。でっち上げの容疑でわたしを逮捕するのなら、あんたらの秘密を大声で吹聴してやるからな。だがたとえわたしを逮捕しなくても、さっきの五万ドルについて知らん顔をするならさらに悪いことになるぞ」

コンラッドがアゼイの顔を見た。「こいつを殺人容疑で捕まえることはできないんですか？　なぜこいつがそのことを知ってるんです？　だれも知らないことを知っているんだとしたら、こいつがやったと言うことでは？」コンラッドはさっきからこの問題が引っかかっているようだった。

「あいにく、ターシャスはそのとき観覧車に乗り合わせていたんだ。そして、ターシャスを含む大勢の人間がそのことを知っている」

「頭の回転が速いな、メイヨ」ターシャスが言った。「さすがだ」

「こいつの世話は自分に任せてもらえませんか」コンラッドが食い下がった。

「いや、だめだ、コンラッド。頼むから、こいつには指一本触れるな！」

「その通り。野蛮な真似はごめんだ」ターシャスが言った。「プリティマンには暴力禁止さ。メイヨ、あんたは自分で仕掛けた罠にかかってしまっているんだろう？　わたしが吹聴すればどんなスキャンダルになるか考えてみろ——嫌なことばだがまさに悪臭ふんぷんたる醜聞だよ。ところでわたしの父とは知りあいだったか？」

「その光栄には浴してない」

「知っているんじゃないかと思ったんだがな。父は一度か二度、ポーター家のヨットに乗ったことがあったんだぞ——さあどうだ。あんたはわたしを下にも置かぬ扱いをしてくれるだろうな。それはさておき、親父はアインシュタインではなかったが、ふたつのことに通じていた。ポーカーとクレームさ。わたしははったりをかますのは好きじゃない。そこは理解してもらいたい。だが、プリティマン一族は公然と非難の声を上げることにかけては芸術の域に達している。あんたはそれをかわせるのか？」

アゼイはゆっくりとオーク材のチェストのところまで歩いていくと、腰を下ろして笑いだした。

「なにがおかしい？」ターシャスはその笑い声が気に障ったようだった。

「ターシャス」アゼイが言った。「手に入れば云々というのを知らないのか？　手に入ってしまえば九分どおりこっちのものという古い俗な諺があるんだよ。確かに捕まえておくにせよ、解放するにせよ、おまえさんが我々にどんなことができるかはわかっている。だが、そのことによって事実が変わることはない。おまえさんは我々の手の内にある」

「捕まったのは不覚だった」ターシャスが言った。「しかし、わたしをあんたのポケットにしまっておくわけにはいかないし、ここに放置しておくわけにもいくまい。秋の夜長を思えば――」

「かぼちゃには霜がおり、おまえさんは床の上で朽ち果てる。この件についてどうしようかずっと考えていたんだが、さっきいい方法を思いついたよ」アゼイは言った。「あっしはポーター家のヨットで親父さんに会ったことは一度もない。だが、親父さんやおまえさんのことを聞いた記憶はある。おまえさん、一度あのヨットに乗ったんだろう？　そうとも。思い出したか？　そのときのことを思い出すと青ざめてしまうだろう？　わざわざ港に引き返し、ヨットから降ろしてもらわなければならなかったんだからな。ひどい船酔いで、歩くことさえできなかったとか。担架で運ばれたそうだな。なあターシャス、あっしの波止場にちょいといいモーターボートがあるんだ。いつでも出発できる準備は整っている。なにしろ、一週間、釣りの旅に出ようと思っていたんだからな。ちなみにそのボートのことは『ロックンロール号』と呼んでいる。すごくいいボートだから、おまえさんも気に入るだろう。いとこのシルとアルフが――おい、どうした?」

ターシャスは死人のように蒼白になっていた。

「ふざけるな! そんなこと許されないぞ! それじゃ誘拐だ!」

「なに言ってるんだ」アゼイが応じた。「今夜おまえさんがやったことが不法侵入じゃないって言うなら、こんなのが誘拐のはずがないだろう! おまえさん、泥棒呼ばわりするなって言ったじゃないか。それなのにこっちを誘拐犯呼ばわりするはずがないよな。まったく、下らんことを言うのはよせ。じつのところ、おまえさんは人を脅迫して金を巻き上げるのが狙いなんだろう?」

ターシャスが口を動かしていた。

「こいつ、ひきつけているぞ!」コンラッドがぎょっとしたように叫んだ。「うわっ、泡を吹いている!」

「なに、二週間ほど『ロックンロール号』で過ごしてみれば、泡を吹くのもこの程度じゃ済むまいよ。おまえさんは気だてのいい脅迫者だよ、ターシャス。だが、気だてがよかろうが悪かろうが大きな違いはない。さあどうだね?」

なすすべもなく、ターシャスは縛めを引っ張り、床の上で身をよじった。

「おいおい」アゼイがしびれを切らしたように言った。「返事をしろ! おまえさん、脅迫者だよな?」

アゼイがその質問を繰り返すと、ターシャスは嗚咽混じりに脅迫者ですと認めた。

「よろしい。これでこの件は一応、片がついた。そこにちゃんと座って、ぐずぐず言うのはやめろ。余計なお世話だとかずいぶん口ごたえしてくれたが、これだけは言っておくぞ。無期限で『ロックンロール号』の上で過ごしたいかね？　よし、わかった。ではあの船のことを忘れずにいるんだな。もしも、モーターボートでの長旅を望んじゃいないなら、そこにきちんと座って質問に答えるんだ。すべて正直にな――どうした、コンラッド？」

「こいつ、いったいどうしたんです？　急に青ざめて――すっかり骨抜きだ！　なにがあったんですか？」

「ただの船酔いさ。それで死にかけているんだ。この男の逸話を思い出すことができて本当によかったよ。さてターシャス、船旅に出るのか、出ないのか？」

「出るもんか！」

「それは良かった。では、今回の殺人についてはどうやって知った？　あっしが思った通り、昨夜は外をうろついていたのか？」

「ああ」

「台帳を手に入れようとウェストンの部屋に忍び込んだのか？　ふむ。コンラッドを殴り倒したのか？　これもおまえさんだな。では、ジェーン・ウォレンがメアリー・ランドールを殺したと思う理由は？」

「あの娘もここにいたんだろう？」

「それだけでは充分じゃないだろう。なぜジェーンの仕業だとそんなに確信している？」

「あの娘とメアリーはずっと喧嘩してたんだ。お互いつかみかからんばかりに。一ヶ月ほども続いていた」

「なぜそれを知ってるんだね？」

「エロイーズから聞いた」ターシャスは言った。「ゼブのことで揉めてたのさ」

「ゼブがどうした？」

「メアリーはジェーンとゼブを結婚させたかった。ゼブはいい人だし、結婚すれば一生安定した暮らしができるんだからと」

「だが、ジェーンは耳を貸さなかったわけだ」

「ジェーンに言わせれば、ゼブは確かに悪い人じゃないけれど、愛してないってことだった。いっぽうメアリーは、少なくとも嫌いじゃないんだし、いまどきのくだらない感傷なんかにこだわっているときじゃないと言い張ってた」ターシャスはいつも通りの態度に戻りつつあった。「ジェーンの状況を考えれば、もちろんメアリーの言うとおりさ。だがメアリーはくどくど言いすぎた。そして言えば言うほど、ジェーンは頑なになったんだ」

　アゼイは眉を上げた。これは新たな視点だ。

「すべて本当のことだ」ターシャスが慌てて言った。「エロイーズに聞いてみるといい。ちなみにエロイーズもしゃしゃり出てゼブの肩を持った。エロイーズはゼブのことを愛すべき若者だと思っているのさ。もちろん、お金があると助かるんだし」ターシャスはエロイーズの甲高い声を真似た。「あたくしはいつも言うのよ、お金は大事よって。お金がすべてだって意味じゃないの。だけどいつも思い浮かべるのよ――いとこのエレノアの娘のことを――それに、あの娘の結婚相手は感じが悪かったけど、ゼブは本当にいい子なんだから！　絶対にあのふたりみたいに離婚なんてことにはならないわ」

「ではジェーンは」アゼイが口を挟んだ。「メアリーからもエロイーズからも結婚を勧められていたんだね？」それならば、前日の午後のジェーンの態度、骨董店やそれに関係するあらゆることへの、あの辛辣な態度も納得できるとアゼイは思った。

「それに考えてみろ！　いくらうんざりしたってあの娘は出ていくことなどできやしない。行くところがないんだからな。よくある孤児《みなしご》のアニーのような話さ。ランドール姉妹から食べるもの、着るもの、住むところを与えられていたあの娘は、思いっきり口ごたえすることもできなかったんだ」ターシャスはにやっと笑った。「そして、証書が有効になったのは土曜日だ。これでわかっただろう。おそらく、ジェーンはメアリーを殺し、保険金をもらい、スレイドと結婚して末永く暮らす、ただしあのタール紙（板紙にアスファルトを染み込ませた建築用の防水材料）を使った粗末な小屋はご免だったんだろう」

「マイク・スレイドと結婚？」アゼイはターシャスをまじまじと見つめた。「それはおまえさんの想像かね？」

「エロイーズに聞いてみろよ」ターシャスが言った。「詳しく教えてくれるだろうよ。あのふたりはとても巧妙に付き合いを隠しているが、エロイーズもメアリーもちゃんと気がついていたのさ。それでふたりともすっかり腹を立てたんだ。ジェーンがマイクなんかといちゃいちゃしていたってことにね。せっかくベイクドビーンズのお坊ちゃまが目の前で熱い視線を送ってくれているのに。ただ誤解のないよう言っておくが、メアリーもエロイーズも別に金のことばっかり考えていたわけじゃない。だが、ふたりはジェーンが金に目のないことを知っていたのさ。ジェーンは貧乏なんて嫌なんだよ。メアリーもエロイーズも貧しさやマイクを蔑んだりはしていなかったが、ジェーンのことをよくわかっていたのさ」

アゼイは立ち上がると、部屋のなかをぐるぐると歩き回りはじめた。

この話を聞いてから、急に今回の事件全体が違う様相を見せ始めていた。

初めから、アゼイとレーンはジェーン・ウォレンに少なからず疑いの目を向けていた。ジェーンは現場に居合わせたのだし、明らかに容疑者のひとりである。だがそのいっぽうで、アゼイもレーンも動機の見当がつかなかった。だがターシャスの話を聞いてみると、これは確かに動機になりうる。

「確かに」アゼイが言った。「それは見過ごせん。だがそれでもまだ銃の問題がある。ゼブ・チェイスとあっしは、メアリーが殺された七、八分後にはここに到着していた。だが薬莢も散弾銃もどこにも見つからなかったんだ。ゼブの散弾銃はあったが、それは一致しない。レーンは煙突のなかまで調べ、羽目板を剝がし、床下までのぞき、それこそ家のなかも周囲もしらみつぶしに調べた。木立もなにもかもな。だが銃は見つからなかった。やったのがジェーンだったとしたら、銃を隠す時間はなかったはずだし、隠していたなら我々が見つけていただろう。とにかく――」

「散弾銃だって？」ターシャスが勢い込んで遮った。「それが凶器なのか？」

「散弾銃と鹿用弾丸《ディアボール》だ。なぜだね？」

「アゼイ」ターシャスは深く息を吸い込んだ。「わたしはフロリダやカリフォルニアで冬を過ごしたいと心から願っている。さらに言えば、フロリダよりもカリフォルニアのほうが好ましい。あそこが好きでね。それから、わたしの名誉に賭けてあんたがそうしていいと言うまでは、今回のことをだれにも口外しないと誓うよ。わたしがあんたに言ったことはすべて真実だと証明することもできる。メアリー・ランドール殺しの犯人を突き止めてやる代わりに、カリフォルニアで冬を過ごさせてもらうことはできないか?」

アゼイはターシャスを見つめた。この男の表情は真剣だったが、だからといって鵜呑みにはできない。

「おまえさんはどうして犯人を知っていると思うんだね?」

「使われたのが十二ゲージ銃だったらの話だがな――そうだったんだろう?」

アゼイはもう一度、チェストに腰を下ろした。レーンは弾丸の重さを量っていた。それは一オンスの弾丸、十二ゲージ銃に多く使われている装弾だ。だが、そのことを知っているのは自分とレーンだけのはずだ。ひょっとしたら、ターシャスははったりをかましているのかもしれないが、それにしても――。

「どうだい?」ターシャスが言った。「そうなんだろう? カリフォルニアに行けるかな?」

「おまえさんはすでに少し日焼けしているじゃないか」アゼイが言った。「いいから先を続けろ」

「やはりやったのはジェーンさ」ターシャスは言った。「だっていいか、ジェーンは一ヵ月半ほど前に十二ゲージの散弾銃を買ったんだからな」

第八章

　ターシャスはこの情報が相手にしっかりと伝わるよう間《ま》を置くと、いらだちを抑えられない様子でアゼイを見つめた。

「この話を聞いて嬉しくないのか？」

「嬉しいとも」アゼイが言った。「おまえさんがそれを証明してくれればな」

「証明できるさ。あの娘はその銃を通信販売で買ったんだ。わたしはその支払いに使われた使用済み小切手を持っている。これでどうだ？」

「だれの小切手だ？　おまえさんのかね？」

　ターシャスはうなずいた。

「だったら」アゼイは言った。「おまえさんが自分で買ったのかもしれない。それにジェーンが買ったのだとしても、なぜおまえさんの小切手を使う？　だめだね、そんな根拠でオレンジの木立で日なたぼっこしようたって無理な話さ！」

「待てよ、六月にジェーンがきて、自分の代わりに小切手を書いてくれないかと頼んできたんだ。あるものを注文したいんだが、現金しかないからと言って。それで――」

「なぜジェーンは郵便為替を使わなかったんだ？　それに、なぜよりによっておまえさんに頼む？」

「ジェーン・ウォレンは」ターシャスは言った。「おそらく、郵便為替を知らないんだろう。異なる社会階級の出身だからな。あの娘が理解している送金方法はただ一つ、小切手なんだ。ジェーンはいつだって小切手で送金するし、いまのところ当座預金口座を持っていないので、口座を持っている者に頼むのさ。以前も同じことをしたことがあるんだ。メアリーにプレゼントを買ったときに。当のメアリーに小切手を書いて欲しいと頼んだりしたら、プレゼントのことがバレてしまうからな。これでわかっただろう?」

アゼイはうなずいた。

「とにかく」ターシャスは話を続けた。「今回はだれへのプレゼントかとたずねたら、ジェーンは笑って、大きなお世話よと言った。注文書を持っていたんだが、のぞき見することはできなかった。だが、翌月にその小切手が戻ってきたときにわかったのさ——なあ、縄をほどいてくれよ」

「どうしてわかったんだ?」

「ああ、裏面にカタログ番号が書いてあったから、カタログを取り出して調べてみたのさ。ジェーンが注文し、わたしの小切手で支払いがされたのは十二ゲージの特別記念散弾銃だったんだ。そしてそれは証明できる。使用済みの小切手や、あの娘の注文書や通信販売業者の記録、郵便局によってな。証拠はよりどりみどりさ。これでわかっただろう。メアリーは十二ゲージの散弾銃で殺された。その銃をジェーンが購入した。しかもジェーンには動機もある」

「もっともだ」

「それに、その銃が見つかっていないとしても」ターシャスが言った。「マイク・スレイドはどうだ? 実際に撃ったのはマイクかもしれない。またはジェーンが撃って、その銃をマイクに渡してどこかに運び去らせたのかもしれない。これでカリフォルニア旅行の件はどうかな――おや、私道に車が入ってきたようだが？」

「ハミルトンだ」アゼイはポケットから折りたたみ式の小切手帳を取り出した。「ペンはあるかね、コンラッド」

「ハミルトンか」ターシャスが言った。「あいつがわたしの運転免許を取り上げたんだ。スピード違反だとさ。だから昨夜はエロイーズに車で送ってもらったし、今夜は町役場からここまでヒッチハイクしなけりゃならなかったんだ。わたしは目をつけられているんだよ――やあ、ハミルトン」

「おや、あんたか。なんで縛られてる？」

「こいつをほどいてやってくれ、コンラッド」アゼイが言った。「ハミルトン、こっちへ来てくれ」

ひそひそ声での相談が続いてから、ハミルトンがにやりと笑い、アゼイはターシャスに歩み寄った。

「さてと」アゼイは言った。「これからハミルトンがおまえさんを家まで連れていき、ジェーンが銃を買ったという使用済み小切手を預かってから、ボストンまで車で送ってくれる。おまえさん、我々に協力するかね？」

ターシャスはアゼイがくれた金額に目を見張った。

「うわっ！　なんて気前がいいんだ。本当にわたしを逮捕することだってできるのに、こんなに――」

「ハミルトンが万事、手配してくれるからさっさと行け。コンラッド、おまえさんはこのあたりを離れずに目を光らせておいてくれ。あっしはもう少しでここを去るが、まずはこの机のまわりを調べさせてもらう――」

アゼイはハミルトンとターシャスが行ってしまうとやれやれという風にため息をつき、おもむろに笑みを浮かべた。ハミルトンはターシャスを列車に乗せることになっているが、そのターシャスにはこれからしばらく私服刑事が付き添うのだ。アゼイはプリティマン家の人間に対して、わずかでも注意を怠るつもりはなかった。

アゼイはパイプを取り出すと、机の前に座った。メアリー・ランドールがジェーンやゼブやマイク・スレイドに関して、日記になにも書いていないのは奇妙だったが、それはだれの心を脅かすこともなく公開可能ないわゆる事務的な日記でもあった。実際、ゼブとジェーンが落ち着きますようにとは何度か書かれていたが、それだけだった。ということは——。

向こうの小屋から聞こえてきた物音に、アゼイはハッとして立ち上がった。

アゼイは自分の銃に手を伸ばした。納屋にはねずみがたくさんいたが、ねずみははっきりと聞こえるように「くそっ」などと言ったりはしない。

アゼイがドアの掛け金を持ち上げる前に、反対側にいるだれかがそれに触れた。

赤毛にそばかすの娘がアゼイににっこりと笑いかけながら、つかつかと納屋のなかに入ってきた。

「くぎにひっかけちゃった」その娘は愛想よく言った。

アゼイは聞かずともその娘がだれかわかった。すぐに察しがついたのだ。この娘はサラが言っていた女記者だ。そして、彼女が演奏会の特等席をおおいに楽しんだことは一目瞭然だった。

「あの小屋の扉の鍵」娘は話し続けていた。「まったく役に立たないわ。あたしの爪やすりを使ったらほとんどまっぷたつになったのよ」娘は伸びをして、両肩をぐるぐると回した。「だれか知らないけど『鍵穴に耳をくっつける』という言いかたを思いついた人は、慣用表現の達人ね。ねえ、手足全部が神経痛かなんかになったみたい。ちょっと、あたしは嚙みつきもしないし、砂になったりもしないわよ——」

「おまえさんなぜここへ？」アゼイがたずねた。

「さっきの銃声よ。車で通りかかったときに聞こえたから、ここに入ってきたの。正直言って、銃声には目がないのよ。どうにも聞き流せなくて——あたしそんなにあなたをがっかりさせちゃった？」

「セイヤーさん」アゼイは言った。「実際、がっかりしたね。おまえさんは——」

「どうしてあたしの名前を？」

「純粋な推理さ」アゼイは言った。

この娘を嫌うのはなかなか難しそうだとアゼイは感じていた。嫌いたくても、どうしてもそうすることができないのだ。この娘は、いつか自分にインタビューしにきたよくいる女記者みたいに、冷酷な感じではなかった。ソックスを編んでよこしたり、大きな家で一人暮らしをしているアゼイのことを嘆き悲しんだりしたヴィオラ某のように感傷的でも涙もろくもない。また、自信たっぷりでも偉そうでもない。遭遇したものを考えたら、そうなっても当然なのに、この娘はただ淡々としていた。

「純粋な推理さ」アゼイはまた言った。「セイヤーさん、いったいなんの用だね？　別の言いかたをすれば、この件について取材したいという以上になにが望みなんだ？」

ケイ・セイヤーは腰を下ろして煙草に火をつけると、考えこむように室内を見回してから口を開いた。

「聞いたらあなたは驚くでしょうね」セイヤーはようやくそう答えた。「でも、あたしはなにも望んではいない。カリフォルニア旅行も要らないわ。あたしは記事が書きたいの。だけど、いますぐじゃなくてもいい」

「なんだって？」

「聞こえたはずよ。初め、あたしはあなたたちが殺人事件を隠していることを嗅ぎつけた。次に、そんなこととても隠しきれるはずはないと思った。州警察が知っているなら、他にも当局の人間が知ることになるもの。そしてよくよく考えてみたら、だんだんわかってきたの。ビリングスゲートにいま殺人事件が起こったら、事態は──ボンって──」

「ボンだがドカーンだかはさておき、本当にしばらく秘密にしておいてくれるのかね？」

「もちろんよ。あたしが嗅ぎつけたことを電話で知らせれば、大勢が車で詰め掛けるでしょう。そんなことをしてあたしになんの得が？　そう、なにもないわ。だけど、もし事件の全貌を取材して帰ることができれば──というわけだから、本当にビリングスゲートの不利益になるようなことはしないつもりよ」

アゼイはセイヤーのそばへ行き、片手を差し出した。

「話のわかる女性は大歓迎だ。ちょっとした事件でもある」

セイヤーは微笑んだ。「じゃああたしが暴走する前に、知らない部分を教えてくれない？　それくらいなら罰は当たらないでしょう？」

アゼイはこれまでにあったことを簡単に説明した。

「では」彼女は言った。「一番怪しげな容疑者は十二ゲージの銃を購入していたのね。ということは、明日かあさってまでにはなんらかの真相を突き止めることができるということ？」

「いや、それはまだわからない」アゼイは冷静に応じた。「本当にまだなにひとつわかってはいないんだ」

「そんな。だってターシャスには――あなたがターシャスに言ったことは――」

「ターシャスは邪魔だった」アゼイは言った。「あいつは不要なお荷物、厄介者だったんだよ。事態を内緒にしておくうえでね。いまわかっているのは、ターシャスはメアリーを殺していないということと、あいつに周囲をうろちょろされたくなかったということさ。遅かれ早かれターシャスは自分が言っていたとおりの厄介者になりかねん。迷惑なお荷物だ。だからターシャスには長い長い旅に出てもらうんだよ。自分のことを徳を積んだ善人だと思ったまま、私服警官から弟のように面倒を見てもらいながらね。少なくともあっしはそう願っている」

「じゃあ、あの人を追っ払うためにわざわざこんなことをしたの？　ねえ、あたしはいろんなことを理解してないみたい。使われた弾丸の件はどうなの？　弾道学的見解は？　こういうことには普通、弾道学的見解があるものでしょう」

「巷で売られている散弾銃十丁のうち、まず九丁までが十二ゲージだと思ってまちがいない。だから、一本の矢を探し出すようなものだし、極端な話、ほとんどどの弓にもそれを射た可能性があるんだよ。ある散弾銃が今回の殺人に関わりがあると言うための方法はひとつ、ただひとつしかない。薬莢を見つけることだ。そしてこの周辺で薬莢を見つけることで証明されることといえば、それが昨夜、犯人によってそこに残されたということぐらいだ。その唯一の関わりだって、薬莢が見つかればの話に過ぎない。なにしろいまのところ薬莢は見つかっていないし、見つかる見込みもないんだから」

ケイ・セイヤーは鼻に皺を寄せた。「でも鹿用弾丸《ディアボール》は見つかったわ――この点についてわかるように説明してくれない？」

「いいかね」アゼイが言った。「だれかがここにあるわしの銃でメアリー・ランドールを撃ったと仮定しよう。その弾丸を手に入れれば、それが四五口径から発射されたものだとわかる。さて今回の事件の場合だが、我々は鹿用弾丸《ディアボール》をじっくり検討し、それが十二ゲージ散弾銃用のごく一般的な装薬だということが判明している。しかし――これは重要な『しかし』だ。この四五口径の事件では、被害者を殺した弾丸の印やら特徴が一致するすべての四五口径を対象とすることになる。わかるかね？」

「なんとか」

「そして」アゼイは続けた。「現実のこの事件に立ち返ってみよう。鹿用弾丸《ディアボール》に印はついていない。だから、キリスト教国のどの散弾銃から撃たれたものであってもおかしくない。それが十二ゲージであるならな。この事件にどれほどかすかなつながりしかない人間だって、十二ゲージの銃を持っているかもしれない。それどころか、十二ゲージ銃をコレクションしている可能性だってある。だから我々にはどうすることもできん。メアリーの窓のすぐ前とか、どこかそういった場所で薬莢を見つけない限りは。そうした薬莢には撃鉄のあとがついているだろう。そうすれば我々も散弾銃を探して、薬莢に同じあとを残す銃を見つける努力をすることができる。わかったかね？」

「かろうじて」

「あと、これも覚えておくといい。我々はその薬莢がこの事件となんらかの関わりがあることを証明しなければならない。なんとも皮肉な話さ」

「簡単に言えば、おそらくは見つからないであろう薬莢が銃、鹿用弾丸《ディアボール》、殺人とを結びつける唯一の手がかりだってことね？」

「そういうことだ。仮に、我々が薬莢を見つけたとしよう。そうすると、今度は散弾銃を見つけ出さなければならないが、犯人がまともな頭の持ち主だったら、メアリー殺害後の昨夜のうちに大西洋に投げ込んでいるだろう。少なくとも、どこかには投げ込んでいるはずだ。それに我々はその銃の持ち主がだれなのか証明しなけりゃならないが、ひょっとすると神の恩寵《おんちょう》と運命のいたずらによって、その銃の持ち主が昨夜ここでメアリー・ランドールを殺したと証明できるかもしれない。これでわかるように」アゼイは皮肉っぽく言った。「それが成功する可能性はごくわずかなんだ」

「別の言いかたをすれば、ジェーン・ウォレンが実際に十二ゲージの散弾銃を購入していて、しかもこの場にいて動機があったとしても、あなたからすればやっぱり手がかりはないし、今後その手がかりが見つかる見込みもないし、仮に見つかったところで役には立たないってこと？」

アゼイはセイヤーに笑顔を見せた。「現状をうまく要約したじゃないか。みごとに言い当ててる。さてと、じゃああっしになにができるか。正直に言おう。どうしたらなにかひとつでも役に立つことができるか見当もつかないのさ」

「じゃあなぜ投げ出してしまわないの？」

「なぜだと思う？」

ケイは煙草をもみ消した。「報酬のためではないわね。それは確かだわ。思うに――理由はふたつあるんじゃないかしら。まず、あなたはこの事件についていわゆる形式的な警察官の視点から捜査を始めたばかりで、その点からはほとんど望みはないけれど、なんらかの考えがあって自分自身で調べてみようと思っている。もうひとつの理由は――メアリー・ランドール殺害はなにか別の事柄に付随して起きたと思っているからでは」

アゼイはうなずいた。「理由はまだある。じつはこの頭の切れる犯人がだれなのか突き止めたくてたまらないんだ。ぜひそいつと会ってみたいのさ」

「あなたには、狂人があたりを徘徊しているわけじゃないという確信があるの？　通り魔的な事件だってよくあるじゃない。そういう記事を読んだことがあるわ」

「それ以外のあらゆる可能性が絶たれたとき」アゼイは言った。「人はそれを狂人のせいにする。しかしながら、あっしはこの状況をサラやウェストンが心配していることと関係があると思っている。なにか企みがあるんだ。その企みのありかや内容についてはわからんし、情報もほとんどないが、それでも企みはある。あれこれと断片は手に入れたけれど、その全貌はまったく見えてこない。だから犯人がなにか動きを起こしてくれるのをいまかいまかと待っているんだ。まあ、間抜けでもなければそんなことしないだろうが。なにしろ、そいつはただ大人しく口をつぐんでいれば安泰なんだから。いずれにしても、メアリー・ランドールはなにか目的があって殺された。おそらくは口封じだろう。けして行き当たりばったりではない。こっちが手を出さずにじっとしてれば、もっとなにか手がかりとなるようなことが漏れ伝わってくるんじゃないかと期待しているんだ」

「あのウォレンという娘とマイク・スレイド、もしかしたら彼らが企みの主かもしれないわ。スレイドは町と関わりがあるし、ウォレンはメアリーと関わりがある。あたしには、このふたりという可能性も捨てきれない」

「あのふたりは重要な容疑者だ、ご心配なく」アゼイは言った。「さてと、そろそろサラの家に戻ろうじゃないか。疲れたし、それに――」

「あっ、あなたがあたしを知っていた理由がわかったわ。あなたもあの家に泊まっているのね！　サラおばさまがあなたに話したんだわ！」

「メイヨ大先生はすべてを知り、聞き、見ているんだよ。さあ、だれかが姿を現す前にサラのところに戻るぞ。いいかね、あっしはスレイドのことをすぐカッとなるやつだが、スレイドはスレイドなりに力になろうとしていたんだと思っていた――その明かりを消してくれるかね？　だがいまは同志スレイドを一刻も早く見つけ出したいと思っているよ。できれば明日、おまえさんが知事のスピーチについてメモを取っているあいだにでもね」

しかしアゼイがマイク・スレイドと対面する機会は、それよりもずっと早く訪れた。

リーチ邸へ続く小道を車で入っていくと、アゼイは家の窓すべてに煌々と明かりがついていることに気がついた。

大急ぎで車を進ませると、ヘッドライトが家の前の芝生のところにいる三人の男たちの姿を浮かび上がらせた。いや、四人だ。そこは人でごった返していた。

車が揺れるのに合わせてヘッドライトが家の前部分を照らすと、アゼイはエンジンを切り、人々のほうに走っていった。

スレイドがいた――スレイドがだれかと争っている。相手はJ・アーサー・ブリンリーで、ガレージ付近を見張っていた例の警官がふたりを引き離そうとしていた。ゼブもいて困った様子でみなを見ていたが、これといってなにもしていない。ジェーンが気絶したときに突っ立っていたのと同じだとアゼイは思った。このベイクドビーンズの跡取り息子はいざというときに役に立たないやつだ。

スレイドは不意にブリンリーの顔を殴るのをやめ、警官に注意を向けた。J・アーサーはすかさず相手の手の届かないところまで移動し、なりゆきを見守っている。

「いったい何事かね――」アゼイが口を開いた。

「よかった」サラが隣に現れた。「あの部屋から出るときどれだけ大変だったか！　わたしはジェフがどこに鍵を置いたのかさっぱりわからないし、ジェフも思い出せなくて。だけど運よくキーホルダーに鍵がついていたから――」

「サラ、いったいこれはどういうことなんだね？　おい巡査、やめろ！　スレイド、よさないか――おまえたち、ちょっと待て！」

スレイドと巡査は芝生の上をごろごろ転がっており、アゼイの制止を無視した。

「なにがあったんだ？」アゼイがたずねた。「サラ、眺めていないで、なにがあったか話してくれ」

「わたしもよく知らないのよ」サラが言った。「叫び声を聞いたと思ったら喧嘩をしていて。だれがだれと争っているのか、なんのために争っているのかさっぱりわからないわ――あの警官もよくわかっていないんじゃないかしら」

アゼイは大股でゼブのもとへ歩み寄った。

「これはなんの騒ぎだ？」

「わかりません」ゼブが言った。「でも、みんなは大丈夫だと思います。ジェーンとエロイーズとジェフは家のなかだし。ただエロイーズは」ジェフはふと思いついた様子で付け加えた。「ヒステリーを起こしています。医者を呼びましょうか。それとも――」

アゼイは鼻を鳴らすと、ブリンリーを振り返った。

「おいJ・アーサー、この騒ぎはいったいなんだ――なにをしようってんだ？」

ブリンリーはスレイドとの取っ組み合いのせいで息を切らし、ゼイゼイと喘いでいてアゼイの質問を聞いてすらいなかった。神経質そうにハンカチで唇を押さえていたが唇はひどく出血していて、ハンカチにできた小さな血の染みを見てはますます呼吸を荒げていた。

ケイ・セイヤーは小さなクーペをアゼイの車の隣に止めると、歩いてきてアゼイの横に立った。

「これはどういうこと？」ケイはたずねた。「つまり、あの警官はだれをひっぱたいているの？」

「スレイドだ」アゼイが言った。「理由はきかないでくれ。わからないから。だれも知らないんじゃないかな」

「このまま放っておくの？」

アゼイは肩をすくめた。「みんなおおいに楽しんでいる。もう少し待てばだれかが喧嘩に、あるいはその見物に飽きて、我々に事情を教えてくれるかもしれない。いや、待っていないほうが良さそうだ。スレイドが仕返しをしようとしている――」

アゼイはふたりの男たちのあいだに割り込むと、なにかをした――ケイがよくわからなかったのはそれが一瞬の出来事だったからだ。気がつくと警官は立っていて、どうやら小競り合いによってなんの打撃も受けていないらしい。いっぽう、スレイドはもんどりうつように一瞬、体を浮かせると仰向けに倒れていた。アゼイはそばに立ってスレイドを見下ろしていた。

「静かにしろ、スレイド。おとなしくしないともう一度、お見舞いするぞ。巡査、これはいったいどういうことだね？」

「こいつです」巡査はスレイドを指差した。「だれかいる音が聞こえたんですよ。あなたが言っていた笑い声だと思ったのでこっそり様子を見に行ったんですが、だれもいませんでした。しばらくしてまただれかが動きまわる物音が聞こえたんですが、やはりだれもいません。それから足音がして――」

「でもだれもいなかったんだな」アゼイがいらいらして言った。「わかるよ。要点を話してくれ」

「ええと、そうこうするうちに、家のなかからだれかの叫び声が聞こえたんです。で、みなさんが目を覚ましてあちこち動き回ったり外に出てきたりしはじめて、そしたらここにいるこいつがカエデの大木から下りてくるところを見つけました。木に登って窓から忍び込もうとしていたんですよ。それを家にいた女性が見つけて、悲鳴を上げたらしくて。そしたら今度はこの人が」巡査はJ・アーサーを示した。「いきなりどこかから現れたかと思うとこいつに体当たりをくらわせて、たちまち取っ組み合いになったんでわたしがふたりを止めようとしていたら、今度はこいつがこっちに向かってきたんです。それだけです」

「これは」アゼイは言った。「これまでに聞いたなかで最高にわかりやすい説明というわけじゃないな――サラ、おまえさんから見たことの次第も教えてくれるかね？」

「だれかが悲鳴を上げたの」サラが言った。「エロイーズでしょうね。あの人、家のなかのどこかですっかり取り乱してるから。ジェーンにアンモニア水のありかを伝えたから、ジェフといっしょに介抱しているはずよ。ジェフってヒステリーを起こした人の介抱がうまいのよ。お母さんがしょっちゅうヒステリーを起こしていたから。わたしは同じことばかり繰り返してと思っていたけれど、周囲の人間はみんな慌てふためいて、あれこれ手を尽くして――」

「スレイド」アゼイは言った。「おまえさんにも説明してもらわなければな。なんでまた、蠅みたいに木に張り付いていたんだね？」

「うるせえ！」スレイドが憎々しげに言った。「なにかの技でおれの鎖骨をどうにかしやがって！動けさえすれば、おまえなんかこてんぱんに――」

「骨は折れてないはずだ」アゼイは言った。「ちょっとひねっただけさ。だがおまえさんが抵抗したし、こっちもちょいと腕がなまってるんで、そのせいで――ケイ、いったいなにを笑っているんだね?」

「あたしのことは気にしないで。ただの傍観者だから」ケイは言った。「だけどすごく面白くて――あっ、気をつけて! スレイドがあなたを転ばせようとしているわよ!」

アゼイはさっと身を引いた。「巡査、ゼブと協力してこいつを家のなかへ連れていってくれ。サラ、エロイーズの様子を見て来てはどうだ? あんなにゾッとする悲鳴は聞いたことがないぞ! ケイ、おまえさんもいっしょに行ってくれるかい? やれやれ、みんな浮足立ってるな。ブリンリー、落ち着いたかね? どういうわけでここに?」

「あの男、あいつは狂人だ!」ブリンリーはしゃべりにくそうだった。唇が腫れ上がって、舌足らずのようになっている。「とんでもない危険人物だ! みんなが寝静まっているときに我が家にやってきて――」

もしもJ・アーサー・ブリンリーがこれほど哀れっぽい様子でなかったら、アゼイは彼のことばを引き取って「それでおまえさんは、骨の髄を引っこ抜いて、頭をぶん殴ってやったんだな」と応じていただろう。だがアゼイは黙ってうなずき、ブリンリーに先を促した。

「わたしは裏のポーチにいた」ブリンリーは続けた。「物干しがある庭から戻ったところでね――そこにオイルタンクを置いているんだ。便利で目立たないからね。わたしはベッドに入る前に油のことを忘れてしまっていた――とても大変な日だったんだ。でも目を覚ましたときに思い出したので、外に出てストーブ用のタンクに給油した。家内はたっぷりのお湯が好きだし、客もいるからね。だから給油が必要だった。家内は客がいるときにお湯を切らさないようにとても気をつけているんだよ。マダム――その――あのソプラノ歌手は我が家に泊まっていて、彼女は――」

「おまえさんは裏のポーチにいた」アゼイが軌道修正した。

「わたしはなにか物音を聞いたような気がして、あたりを見回してみたがなにも見えず、それで――」

「州警察官の姿を見かけなかったかね？　見なかった？　悪いやつじゃないが、見張りとしてはあまり使えないな。続けて」

「たまたま上のほうを見たら、この男がいて、ポールズスカーレット（赤つるバラの品種名）を下りてきたんだ！　トレリス（つる植物用の格子柵あるいは棚）を伝って。いいかね、家内は大切なポールズスカーレットをだめにされたりしたら死んでしまうだろう。なにしろ――だれもが知っているはずだ！　きみだって家内のポールズスカーレットのことは聞いたことがあるだろう！」

「あっしも大好きなバラだ」アゼイが言った。「それでどうしたって？」

「その、わたしはとっさに思った」ブリンリーは自分の頭の回転の速さに得意げだった。「心のなかで言ったんだ。いまこいつを止めれば、きっとポールズスカーレットを台無しにしてしまうとね。それに、家内もマダムも――その――あのソプラノ歌手のことも起こしたくはなかった。ふたりとも忙しい日を送ったんだし、家内が取り乱すだろうことも、それが家内の心臓にひどい負担をかけるということもわかっていた。興奮するとね。だから、わたしはこの男が地面に下り立つまでじっと待ち、それから――その――」

「なんだい？　なにがあったんだね？」

「その」ブリンリーは自分の唇をそっと押さえた。「相手はかなりの大男に見えた。そしてなにも携帯していないように見えた。見上げると日よけがいつもの場所にあったから、そいつが侵入していないことはわかったし、そいつはだれのことも起こしていなかった。なかに忍び込んでいたら起こしていたはずだからね。家内はとびきり眠りが浅いたちだから――」

「それで、そのまま行かせた？」

「だって」ブリンリーが言った。「武器を持っているかもしれないし、わたしにはオイルタンクしかなかったから。寝室用スリッパを履いていたし、パジャマの上からズボンとセーターを着ていたんだ。このとおり――」

「なるほど。だがおまえさんはここまでやってきた。さあ肝心の話だ。もう少し簡潔に頼むよ、ブリンリー」

「様子をうかがっていると、あいつは静かに家の横へ行き、わたしは相手がだれかわかったんだ。スレイドだった。自転車だったからね。スレイドは車を持っていないんだ。自動車メーカーに反対しているのさ。連中が搾取していると――」

「スレイドは自転車に跨がった」アゼイは言った。「それでおまえさんは具体的になにをしたんだね？」

「ああ、マダム――もとい、あの歌手の自転車がそこにあったのであとをつけたんだ。スレイドはわざわざここまで来ると自転車を止めた。わたしはスレイドを尾行した。スレイドは森を抜け、この家まで来てカエデの木を登り、あの警官が現れて、それから――」

「ありがとう」アゼイが言った。「たいしたもんだ。勇気がなけりゃできない。スレイドはあの巡査に任せて、おまえさんはあっしが家まで送るとしよう――」

「それは」ブリンリーはむきになって言った。「ここでなにが起こっているのかわかってからだ！　あの狂人がちゃんと捕まって、拘束されていることを確認してからだ！　メイヨ、いったいなにがどうなっている？」

アゼイはため息をついた。事情を説明してブリンリー夫妻の知るところとなれば、それはビリングスゲート中の人間に話すのと同じだ。

「ここに警官がいるのもそうだ」ブリンリーが言った。「腑に落ちないことばかり！　町役場にも警官がいるし。わたしはこの目で見たんだ。しかも――」

「知りたいなら教えよう」アゼイはとっさに出まかせを言った。「すべてはスレイドのしわざでね、よくご存知のように、注目を集めるのが大好きな男だから。それであっしがウェストンに呼ばれたんだ。スレイドのスタンドプレーが新聞記事になったりしないようにとね。そんなことになったら町のためにならんでしょう。あの若い女性記者を見たかね？　彼女は事情を知っているが、一言も記事にはしていない――」

アゼイは語り続け、あれこれ言えば言うほど、ブリンリーはその話を信じ込むようだった。アゼイがどうやらうまくいきそうだと思い始めたちょうどそのとき、一台の車が正面の小道を入ってくると、J・アーサー・ブリンリー夫人が車から転がり出て、夫のもとに駆け寄ってきた。

「アーサー――アーサー――神よ、感謝します！　マダム・モウがメイヨさんなら知ってるはずだと――あら、どこに行ったの？　マダム・モウ、早くここへ！　さあ、メイヨさんにあの手紙を見せて！　早く、メイヨさんに読んでもらうのよ！　殺人とあのスレイドについて書かれているの。あの男がやったのよ！　あの男がそう言ってるんだもの――」

第九章

その後のリーチ邸での十五分間は、その場に居合わせただれにとってもよくわからないものだった。翌日になってサラが言ったように、それは人がその時代を記憶に刻むよすがとなるような出来事であった。たとえば古い製氷庫が全焼した夜だとか、津波が浜辺のコテージをあらかた押し流してしまったときというような。

みながある程度の落ち着きを取り戻してからも、混乱や騒音はなかなか収まらなかった。

そんななかで手足を縛られながらも居間の床から立ち上がり、自由の身になったらおまえらただじゃおかないぞと叫ぶスレイドを、巡査とゼブが静かにさせようとしていた。仰向けに横たわる姿勢を取らされるまでに、スレイドは椅子三脚を目茶目茶に叩き壊し、そのほか三脚を使用不能な状態にした。興奮状態に陥っているエロイーズはありとあらゆるヒステリー症状を呈した。つまり悲鳴を上げ、しくしくと泣き、笑い声を上げ、大声で叫ぶというのをいちどきにやってのけ、目下はその狂乱状態を再び繰り返しそうな兆候を示していた。ジェーンは蒼白な顔で唇を引き結び、エロイーズを落ち着かせようとしている。その一部始終を見て、アゼイはバーニー・スノウデンじいさんのことを思い出していた。スノウデンじいさんはある日、大西洋が大嫌いだと思いたち、それ以降、一度にティーカップ一杯分ずつ大西洋を取り除くのにその後の生涯を費やしたのである。キャンブリック地のナイトシャツ姿で頬髭があらぬ方向へ曲がってしまっているジェフは、エロイーズを看病するための氷嚢《ひょうのう》と冷やした布の管理にいそしんでいた。しかしジェフが急いでそれらをしかるべき場所にあてがったとたん、エロイーズはすぐにそれを投げ捨ててしまう。エロイーズがそれらを炉棚やサラが大切にしている太った老人型のビールジョッキコレクションに向かって投げはじめると、サラはそれらを安全な場所に移動させてから、いささか怖い顔で残りの骨董品を守るようにエロイーズとのあいだに立った。

ブリンリー夫人は意味もなくスレイドとエロイーズのあいだを行ったり来たりし、スレイドに対しては怒りをぶつけ、エロイーズに対しては助言をし、そのあいだに立ち止まって夫を抱きしめたり、夫の肩でしくしく泣いたりしていた。J・アーサーは、あいかわらず神経質そうに染みのついたハンカチで下唇を拭いていた。本当に傷が深いのは上唇のほうだったのだが、細かいことに構っていられる状態ではないらしい。

最初の騒動のあと、ケイはバーサとともに台所かどこかに姿を消していた。マダム・モウもふたりのあとについていったようだったが、やがて座り心地のよさそうな肘掛け椅子を見つけて戻ってきた。マダム・モウはその椅子に座り、興味深そうに状況を見守りつつ時折にんまりと笑っていた。

「あなたどこに行ってたの?」マダム・モウはさっきから玄関ホールに行っては戻ってくるのを三度も繰り返しているアゼイにたずねた。「向こうでなにをやっているの?」

「おまえさんはめざといな」アゼイは言った。「いまカミングス先生と電話で話そうとしているんだよ。往診で出かけているのを探してもらっているんだ。エロイーズの状態は素人の手には余るからな。おや、なにがそんなに面白いんだね?」

「『美しきビリングスゲート』を思い出しちゃって」マダム・モウが言った。「ブリンリー夫人を見て。

なんだか亀を連想するわ」

「あの人を見ていると」アゼイが冷ややかに言った。「クリスマスの翌日のいっぱいになったゴミ箱を連想するよ。コールドクリームがついていますよと言ってやったほうが親切なんじゃないかね」

マダム・モウは煙草に火をつけた。「なんて格好かしら」彼女は悲しげに言った。「本当になんて格好でしょう。あれじゃあJ・アーサーが無関心なのも無理はないわ！」

マダム・モウが他の女性たちよりしっかり身支度をしているわけではなかったのだが、なぜか彼女の格好はその場にふさわしいように見えた。エロイーズのようにカーラーをつけっぱなしではなかったし、サラのようにナイトキャップを被ってもいなかったし、ジェーンのようにぼさぼさ頭でもない。美容院でセットしたてのような髪で、サテンのネグリジェは鮮やかなオレンジ色でしわもなく、つやつやと輝いていた。

「わたくしの仕事で大切なのは」マダム・モウは言った。「緊急時にもそつなく見苦しくなくいることよ。今日のこれが火事騒ぎだったなら、ブリンリー夫人は枕を両脇に抱えて慎重に一階に運び、閉まっている窓から外にガラス器を放り投げたでしょうね。よく思うの、シャトークア湖畔での三十六週間の教育講座が（十九世紀末から二十世紀初頭にかけてアメリカニューヨーク州のシャトークア湖畔で成人教育講座が開かれていた）すべての女性の義務になればいいのにって――そうだわ、この手紙いる？」

マダム・モウはくしゃくしゃになった一枚の紙を差し出した。

「『あり金全部をウィージット局留め郵便で送ってくれ。ここで殺人事件があり、まずい状況に立たされている。マイク。追伸：人には話さないでくれ。借りた金は必ず返す』」アゼイは顔をしかめた。

「馬鹿だな――無理もない――なあ、ベッシー・ブリンリーはどうやってこの手紙を手に入れたんだ？　なにがあったんだね？」

「わたくしの知るかぎり」マダム・モウは言った。「ブリンリー夫妻は寝室を明け渡してわたくしに使わせてくれていて、自分たちは客間に移動していたの。マイクは家をよじ登って、この手紙を窓の上からぽんと投げ入れたみたい。それがブリンリー夫人の顔にまともに当たったってわけ。マイクはわたくしとブリンリー夫妻が部屋を交換していたことを知らなかったのよ。ブリンリー夫人はわたくしの部屋に駆け込んできて、癇癪を爆発させたわ。だから車に乗せて、あなたのもとに連れてきたの。この状況に対処するのはあなたの仕事だと思ったから。それにね、あのままにしておいたら、あと数分後には町中の人が目を覚ましていたでしょうし、なにが起こっているにせよあなたはそれを人に知られたくないだろうと思って」

「賢明な判断に感謝するよ」アゼイが言った。「それにしても、とんでもない騒ぎだ！」

「そうねえ」マダム・モウは言った。「だけど、あなたは汗だくのブリンリー夫人が運転する車に同乗したわけじゃないし、その羽目になったわたくしは寿命が縮んだのよ。ブリンリー夫人はわたくしに車を触らせようとしなかった。アーサーは他人に自分の車を運転させない主義なんですって。最後の一マイルなんて、ほとんどあの世が見えたわよ。ねえ、この大騒ぎをもう終わらせましょうよ。そう思わない？　わたくしはエロイーズの方をなんとかするわ。あんなのヒステリーじゃないわ。ただの癇癪よ。ああいう手合いはよく知ってるの」

「健闘を祈る」アゼイが言った。「こっちはスレイドをなんとかする。じつは台所から必要なものをちょいと拝借してきたんだ――」

アゼイはポケットから洗濯用石鹸のかけらを取り出すと、あいかわらず怒鳴っているスレイドのところへつかつかと歩み寄った。

「ハンカチを貸してもらえるかね、ゼブ。持ってるかい？　よかった」

また言いたいことをまくしたててやろうとスレイドが口を開けた隙に、アゼイは石鹸を口のなかに突っ込むと、吐き出せないようにハンカチでさるぐつわをした。

「そら。これは小さな男の子にする昔ながらのお仕置きだぞ、スレイド。どうだ――ざまあみろ！」

マダム・モウは長椅子のそばにやってきて、一瞬、醒めた目でエロイーズを見つめたかと思うと、おもむろに身を屈めて顔を平手打ちした。それはパチンとよく響き、エロイーズは目をぱちくりさせた。

「また泣き声を上げたらもう一発、お見舞いするわよ」マダム・モウはきっぱりと言った。「そのあとも何発か。しょっちゅうこんな醜態を演じているんだとしたら、あなたが独身なのも当然ね」

マダム・モウはさっきの肘掛け椅子に戻るとまた煙草に火をつけた。さまざまな思いが渦巻くなか、あたりは水を打ったように静かになった。

「こんなこと言うのもなんだけれど」ブリンリー夫人が言った。「そんな野蛮なやりかたは見たことがないわ――」

「だが、じつに効果的だ」アゼイが言った。「さすがだよ！　ケイ、それはコーヒーかね？　サラ、客たちに食べ物を頼む。それから――ああ、先生《ドク》が来たぞ」

みなはエロイーズを二階に連れていった。

「彼女のことは任せなさい」カミングス医師は言った。「ここでなにが起こっているのかは知らんが、きみが席を外している場合ではなさそうだからな、アゼイ。なぜ女にはこうなってしまうのがいるのかって？　エロイーズの消化機能は一週間は使いものにならんだろうし、もともとあまり丈夫ではないんだ。これまで幾度となく彼女が薬のつもりで摂取しているあれこれをやめるように言ってきかせているんだよ。食べ物という名のもとに彼女が胃袋に詰め込んでいるものは、ヒステリーへの渇望を与えてしまうんだ。純粋な気晴らしとしてね」

アゼイは居間へ戻った。これからやるべき仕事があったが、あまり気は進まなかった。

彼はずばりと要点に入った。

「ブリンリー夫人」アゼイはなるべく重々しい声を出そうとした。「あなたとご主人はある陰謀の対象でした」

ブリンリー夫人は悲鳴を上げ、不安げにあたりを見回した。タコのようななにかが隅から飛び掛ってくるかのように。

「スレイドです」アゼイは床に転がっている人物を指差した。「ちょうどご主人に説明しているときにあなたがきたのです。スレイドはあなたたちを動揺させたかった、宣伝効果を上げるために。ウェストンがあっしを呼んだのは、こういうことを未然に防ぐためです。さて」アゼイは巡査のほうを向いた。「殺人事件についてなにか知っているかね？　そんな話、聞いてないだろう？」

「はい、知りません！」

「ゼブ？　いや、ジェフだ。もしも殺人事件があったとしたら、当然おまえさんの耳には入るはずだよな？」

「おやおや」ジェフは読みかたの教科書に出てくる政治家そのものの口調で言った。「いったいだれがそんなことを言い出したのかね？　馬鹿げたことだ！　まったく、殺人とは！　スレイドがさっきから言っているのはそのことかね？　いやはや、なんてことを考えるのやら！」

サラがごくりと唾《つば》を呑み込んだ。

「セイヤーさん、あなたは新聞記者だ。殺人に関する報告をなにか耳にしましたか？」

「そんな耳寄りな殺人事件の噂が目の前にぶらさがっているなら」ケイは真剣そのものの表情で訴えた。「こんなところで油を売ったりはしていません。それだけは確かです」

「ほら」アゼイは言った。「おわかりでしょう？　じつにひどい話ですよ、ブリンリー夫人。ですが、あなたとご主人には影響力がある。スレイドはあなたがたを噂の発生源にすればみんなそれを信じ込むはずだとわかっていたんです。つまりは――あなたたちを――利用しようとしていた。その――えと――裕福で、ほら、影響力のある人々というのはどんなコミュニティにおいてもそういう目に遭いやすい。あなたがたは世間の注目を集めようとしている冷酷な男に利用されていたのです」

「冷酷？」ジェフが言った。「むしろ卑劣だ！」

「まさしく。さて、ブリンリー夫人、あらゆる点からこうするのがもっともいいと思いますので、ゼブに自宅まで送らせましょう。あなたがたご夫婦とお客もいっしょに。あとのことはお任せください。あっしが」アゼイは思わせぶりに付け加えた。「万事うまくやりますよ。抜かりなく――」

「悪の芽は早めに摘み取らないとね」サラが助け舟を出した。

「あたくしは正義を求めます！」ブリンリー夫人は婦人会のときのような口調になりつつあった。

「正義を求めますし、必ずや正義は下されるでしょう！　正義か、さもなくば――」

「これだけは言えます」アゼイは言った。「そしてジェフも同意見でしょう。ふるさと祭り《オールドホームウィーク》開催中のいま、なにかスキャンダルがあったら――どうなるかは考えたくもありません」

アゼイは話し続け、やがて疲れてきたが、そのときサラが助けの手を差し伸べてくれた。これまでサラはブリンリー夫人にあまり親しげな態度ではなかったのだが、それを埋め合わせたのだ。とうとうブリンリー夫妻が折れた。ビリングスゲートを救うため、ビリングスゲートとふるさと祭りに傷をつけないため、個人的な感情は忘れることにしたのである。すべてアゼイに一任し、この件については二度と口にしないと誓った。たとえ囁きひとつでさえ。

ゼブはアゼイの車で夫妻を自宅に送っていった。同じく町を救うためという説得を受け入れたマダム・モウは去り際にアゼイにウィンクした。

「すばらしい司会進行だったわ」マダム・モウは言った。「ショービジネスも顔負けね！　あのふたりが家に帰り着いたら、少し大げさにあなたを褒めておくわ」

カミングス医師はようやくエロイーズを眠らせ、アゼイはリーチ邸に滞在中の残りの者たちも寝床に向かわせた。

「彼のことはどうするつもりかね？」カミングス医師がスレイドを指差した。

「この男とは、納屋でちょいと会議をするつもりさ。こいつを運び出すのを手伝ってくれ、先生《ドク》。今夜のリーチ邸は大忙しだよ」

スレイドを納屋の床に下ろすと、アゼイは巡査を振り返った。

「家に戻って、あのなかのだれかがやっぱり手伝いをしに行こうなんて気を起こさないように見張っててくれ」アゼイは言った。「なかなか寝付けないと、なにか手伝おうかと考えそうだからな」

アゼイはスレイドの口からハンカチと石鹸のかけらを取り除き、スレイドが言うだろうと予想していた悪罵《あくば》の奔流が飛び出してくるのを待った。

しかしスレイドはむっつりとそこに横たわったまま、一言も発さなかった。

アゼイは思案するようにスレイドを見つめた。ジェーンのような娘がこんな男に惚れる訳がわかるような気がした。別に役者のようないい男というわけではない。鼻は長すぎるし、口も大きすぎる。だが、黒髪は女性が好きそうな感じにウェーブがかかっているし、黒い瞳はこれまで何人もの女性を落としてきたにちがいない。三十五歳くらいだろうとアゼイは思った。最初に思ったより若いようだ。手足を縛られていても、スレイドは気迫に満ちていた。

「ふむ」アゼイは言った。「おまえさんと比べると、ゼブ・チェイスが脱脂粉乳みたいに思える理由がわかったよ。サラがおまえさんにチャンスをやった理由も。スレイド、いったいなにを企んでる？」

「地獄へ落ちろ」

「これでわかっただろう」カミングス医師が引っくり返っているロブスター捕りの罠かごに腰を下ろした。「アゼイ、スレイドの困ったところは、芸術だけでは食っていけず、たまに多少の稼ぎがあったときでもまともな食料を買ったりしないところなんだ。いまは町の仕事があるから多少はましであまり怒鳴り散らすこともないが、わたしはつね日ごろから共産主義は一種の宗教だと考えている。そしてどんな宗教でも狂信的にのめりこんでいる連中には必ずどこかに歪みがあり、たいていの場合、それは消化器官なんだ。栄養状態のいい人間は大儀のためなら些細なことは気にせず物事を受け入れる。だが消化器官が――」

「今夜は」アゼイが言った。「消化器官についてずいぶん熱弁をふるうじゃないか」

「それはその」カミングス医師は弁解がましく言った。「昨晩、それについて書かれた本を読んだからさ。いや今夜だ――今夜、寝る前だった。もちろん著者の主張はやや行き過ぎだったけれど、本の書き手というのはみんなそうだし、おっと――すまん、話を続けてくれ！」

アゼイはカミングス医師に、自分は話を続けるどころか、なにか話してもいなかったとわざわざ言ったりはしなかった。

「スレイド」アゼイは言った。「なんだか疲れたよ。だからさっさと済ませてしまおう。おまえさんどうやって殺人のことを知った？　おいおい、あっしだっておまえさんと同様、こんな下らんことは嫌なんだ。だがおまえさんが家具を壊したり、いかれた若者みたいなふるまいをするのなら、こうするほかはないだろう。さあ、話すんだ。だれから殺人のことを聞いた？　どうやって知ったんだ？」

「ジェーンから手紙をもらったんだ。それを今晩、受け取ったのさ。ジェーンは死ぬほど怯えてる。当然だよ。よってたかっていじめられて――」

「だれも彼女をいじめたりしていないぞ、スレイド。いいかげんなことを言うな。それにしても、なぜおまえさんはエミリー・スレイドからありったけの金を借りようとしたんだ？」

「ここから逃げるために決まってるだろ、馬鹿か！　ジェーンを逃がすためさ――だから今夜ここに来たんだ。おまえら全員から彼女を逃がすため、手遅れになる前にな！」

「しかし――」

「いまごろそうしていたはずだったんだ。忌々しいエロイーズがそのチャンスを台無しにさえしなければ！」

「この男、いったいなにを言っているんだ？」カミングス医師が不思議そうにたずねた。「酒臭くはないようだが――」

「酒だって？　おれは飲んでなどいない！　それに自分がなにを言っているかちゃんとわかってる！」スレイドが怒鳴った。「これは陰謀だ！　すべて陰謀なんだよ！　すべては嫌らしいベイクドビーンズから稼いだチェイス家の汚い金が——」

スレイドはチェイス家の汚れた金云々とまくしたてた。

「消化器の件はわたしの思い違いだったようだ」スレイドが息継ぎのために口をつぐんだ隙にカミングス医師は言った。「問題は消化器系統じゃない、アゼイ。腺から来るもののようだ。ときにマイク、よく頭が痛くなるかね？　これまで手だとか腕だとか頭だとか——体のどこかが——フワフワと宙に浮かぶような感じがしたことは？　なぜかと言うと——」

スレイドは一息入れると、またまくしたて始めた。

アセイはこの暴言に耳を傾けながら、そこからなにか筋の通った話を聞き取ろうとした。

スレイドは、アゼイとそのほかの面々が警察や町役人たちの同意を得てメアリー・ランドール殺しの犯人を匿っていると思いこんでいるらしい。彼はその確信をもとにロシア帝政、イタリアのファシスト、ドイツのナチといった例を挙げながら持論を展開した。そしていずれ殺人事件が明らかになりみなの知るところになると、ジェーン・ウォレンが罪を着せられることになると思っているのだった。

「彼女をいじめて、いんちきな主張をもっともらしく固めつつ、世間やみんなには真実を隠してる。知る権利を持つあらゆる人々からな。この嫌らしい街を救う金儲けのための悪巧みだ！　おまえらみんなグルなんだろう！」

「やはり消化不良だな」カミングス医師が言った。「夕食にはなにを食べたのかね？」

「ベイクドビーンズだけど」スレイドは医師の専門家らしい口調に虚をつかれたようだった。

「なるほど」アゼイは言った。「おまえさんの立場でチェイスのベイクトビーンズを食べたら、あっしでもそうなるよ。ジェーンとゼブについての考えをもう一度、話してくれ。おまえさんときたらどこかにいなくなったかと思ったら、次に気づいたときにはあさってに嘴《くちばし》を突っこんでるんだからな」

簡単なことだ、とスレイドは言った。ジェーンは殺人容疑で逮捕される。だがゼブと婚約すれば、汚いチェイス家の金によって無罪放免になる。ジェーンが無罪になるためにはチェイス家の金が必要なのは間違いないし、チェイス家の跡取り息子を受け入れないことにはチェイス家の金も手に入らない。

スレイドが話し終えると、アゼイは笑い出した。「これが笑わずにいられるか」アゼイは言った。「おまえさん、とんでもない遠回りをしてる——実際、これ以上ないってほど見当違いだ。ジェーンは手紙にそんなことをほのめかされたと書いていたのかね？」

「いいや、だがジェーンはエロイーズからそういうことをほのめかされたと言っていた。とにかく、おれにはわかる。おれをだまそうたってそうはいかないぞ。おれは——」

「スレイド、よく聞くんだ。ジェーンは散弾銃を買った。それはいまどこにある？」

「ジェーンはおれのために買ってくれたんだ。プレゼントとしてな！　おれが新しいのを欲しがっているのを知っていたから——」

「そうか。このあいだの晩、祭りの会場で見せびらかしていたのがその銃か？」

「いいや、あれは古いほうだ。だが古かろうが新しかろうが散弾銃に変わりはない——」

「変わりはある」アゼイが言った。「新しい銃はいまどこにある？」

「盗まれたのさ！　あの火事の夜にアトリエから。これでもわからないのか？」スレイドが頭に血が上った様子で吐き捨てた。「これが陰謀だってことが。あの晩だれかがジェーンがくれた銃を盗み、それを使ってメアリー・ランドールを殺したんだ。それをおまえが見つけて、それから――」

「ようやく」アゼイが言った。「話が核心に近づいてきたな。ジェーンは銃を買い、それをおまえさんにくれた。だがだれかが月曜の夜にそれを盗んだ。だからおまえさんは逃げ出し、身を隠したのかね？　町中にあれこれ触れまわり、ブリンリーを怒らせ、古参の開拓者たちを煽ったあとで？」

「なに言ってんだ、この間抜け！」スレイドは言った。「もちろん、そんな理由で逃げたんじゃない！　あんたそれでも探偵か！　まともに頭を働かせることもできないのか？」

「ほんの少し協力してもらえれば、あっしにもこの話の要点がつかめるかもしれん。だが、いまのところおまえさんはブリンリー夫人を連想させる。とにかくもう一度、話を整理してみよう。少しずつわかりあえるかもしれないからな。あっしは月曜の晩、おまえさんがアトリエ近くの山火事の現場にいるのを見た。おまえさんは火傷を負い、自分の作品を心配していた。ところが次に気づいたときには、おまえさんは散弾銃のことを町中に吹聴してまわっていた。なぜあんなことをしたんだね？」

「そんなの放火されたからに決まってるだろう？　だれかがおれのアトリエを燃やそうとしたんだぞ！　あとから灯油がまかれていた跡を見つけたんだ！　おまけに、だれかがおれの銃を盗みやがった。そりゃあ頭に血が上ったよ。だから古い銃を持って町に行き、こんなことでびったりしないぞと見せつけてやったんだよ！　おれは――」

「おまえさんは富農《クラーク》（ロシアの農村に見られた富農層）じゃない」アゼイは言った。「それはわかってる。ところで先生《ドク》の奥さんは観覧車が故障したとき、空中に閉じ込められていたんだよな？」

「ああ」カミングス医師はしみじみと言った。「しかもベッシー・ブリンリーといっしょに。あのふたりが観覧車の係員に言ったことばはとても活字にはできんよ。家内はけっしてあの恐怖を忘れないだろう。といっても、あれがボストンで八時間もエレベーターに閉じ込められたときよりはましだがね。あのときはみんなで四階から家内にハムサンドイッチを投げ入れてやったっけ。どうも家内は昇降機に悪影響を与えるらしい。変な磁力でも発しているんだろうよ」

「先生《ドク》も、そのとき祭りの会場にいたんだよな？」

「いたよ。現場で家内を励ましているときに、ネリーがよこした使いの者があんたが呼んでいると言いにきたんだ。家内は――」

「するとネリーがよこした使いの者が来るまで、どれくらいその場にいたんだね？」

「三十分かそこらだろう。家内たちはなんだかんだで《オール・トールド》一時間半ほども閉じ込められていたんだ。いや本当に、みんなそう言ってる《オール・トールド》から確かだ！」

カミングス医師は面白そうに自分のダジャレに笑った。

「なるほど。それでスレイドは見かけたかね？」

「なに言ってるんだ。スレイドを見なかった者はいないくらいさ。ものすごく目立っていたからな。彼と故障した観覧車が一番の呼び物だったね。かなりの人々が、彼は祭りに関係する道化かなにかと思っていたくらいだ。とにかく派手な登場で――」

「先生《ドク》」アゼイは辛抱強く言った。「だんだんわかってきたぞ。会場に到着したときスレイドはすでにそこにいたのかい？」

「ああ、いたよ。実際、最初に会ったのが彼で、ベッドや休養の必要性についてちょっとした助言をするつもりだったんだ――マイク、きみはこれらに気をつけなきゃいかん。ちゃんと休養していないからな。もう三十代なんだし、若いときのペースを続けるわけにはいかないと自覚しなくては——」

「先生《ドク》！」アゼイが言った。「こっちの話を聞いてくれ。到着したときスレイドはすでにそこにいて、先生が電話で呼び出されたのはそれから三十分後くらいだというのは間違いないかね？」

「ああ」カミングス医師が言った。「なぜだい？」

「スレイドはフィルブリックの花火が終わるまでそこにいたんだね？」

「それは間違いない。わたしのそばに立っていたからな——そうとも、確かにいたよ。最後の花火について冗談を言っていた——」

「それが知りたかったんだ」アゼイが言った。「メアリー・ランドールは最後の花火が上がる直前に殺された。そのときスレイドが祭りの会場にいたのなら、それは彼のアリバイになる。これだけのことを聞きだすのに、ずいぶんと苦労させられたもんだ。さてとスレイド、おまえさんの話に戻るとしよう。手紙を投げ入れるというおまえさんの思いつきは、マダム・ナントカから充分な金を手に入れてジェーンを連れて姿をくらますためだったんだな。だからカエデの木に登っていたんだろう？　だが、普通は逃げ出したやつが犯人と見なされるとは考えなかったのかね？」

スレイドは口を開けたかと思うと、また閉じた。「えっ——いや——考えなかった。おれたちは別に逃げ出すわけじゃなくて——」

「そうだな。だが逃げ出すのは少しもおまえさんたちのためにはならないだろう？　実際問題おまえさんがあっしの立場だとして、ふたりがすたこら逃げ出したらどう思う？」

「そりゃあやっぱり——いや、知るもんか！」

「そうか。ではスレイド、ジェーンと逃げたりしないと約束してくれるな？」

「彼女もおれも自由の身だ。どこでも好きなように行き来する権利が——」

「確かに権利はある」アゼイは言った。「おまえさんの言うとおりだ。だが、なぜ馬鹿な真似をする？　そういう考えはしばらく棚上げすると約束するな？」

「まあ、どうせおれたちは文無しだ。ここに留まってびくびくしたり、利用されるしかないだろうよ——」

「いじけたこと言うのはよせ」アゼイが言った。「さっきの話に戻ろう。我々がこの殺人を秘密にしているることは認めよう。だがあくまでも合法的に秘密にしているんだ。おまえさんもこの町は好きだろう？　だったら、町に儲けさせてやろうじゃないか。殺人事件のせいでなにもかもだいなしにすることはない。このことを吹聴したら、おまえさんは失業だ。なにしろ町は破産だからな。そのことは考えたのか？」

スレイドが考えていなかったのは一目瞭然だった。

「なら、よく考えてみるんだな。それにしても月曜の晩以降どうしてさっさと逃げ出し、身を潜めていたんだね？　ジェーンから知らされるまでは殺人のことは知らなかったというのに」

「何度も言ってるだろう。おれに脅しは効かないって！　おれはしばらくぶらぶらして犯人を待ち伏せしてやるつもりだったんだ。火事を起こし、おれの銃を盗み、あの手紙を書いたやつをな！　そいつはおれが逃げ出すと考えた。だからおれは逃げ出したと思わせておいて、様子をうかがうつもりだったん——」

「いい、だれがおまえさんが逃げ出すと思ったって？　スレイド、もったいぶらずに単刀直入に話してくれんか。だれがおまえさんが逃げ出したとほのめかしていた？　だれがおまえさんを脅し、陥れようとしているんだ？　なんのために？」

「このふるさと祭り《オールドホームウィーク》のためさ！　おれはたくさんの仕事を任されている——というか、いた。そいつはそれを妬んだのさ。だからおれを脅して逃げ出させ、仕事を横取りしようとした。だがおれは絶対に脅しに屈するつもりはない！　あんな男に屈するもんか。だからあんたからもそう伝えてくれ、そうすればおれは——」

「だれに《フー》？」アゼイがうんざりした様子でたずねた。「だれ《フー》だ、だれ《フー》なんだ？　まったく、これじゃフクロウが鳴いてるみたいじゃないか。おまえさんはいったいだれのことを言っている？」

「ブリンリーだよ」スレイドが言い返した。「あんた、それでも探偵か！　なにもわかっていないんだな！　ブリンリーに決まってるだろう！　あのチンケなJ・アーサーが、すべてを影で操ってるんだ！」

「あの尻に敷かれた哀れな小男が？　あのいくじなしの？　冗談はよしてくれ、マイク。ブリンリーにはいろんな顔があるかもしれないが、黒幕なんて器じゃない！　そいつは考えすぎだ！」

「あいつがおれのアトリエに火をつけたあとに残していったメッセージはどうなるんだよ？」

「なんのことだ？　おっと、あっしが二流探偵だってことはもう言わなくてもいいぞ。だが、おまえさんそんなことはこれまで一言も口にしてなかったじゃないか。まるっきり初耳だぞ」

「おれのズボンのポケットを探ってみろ」スレイドが言った。「そこに入ってるはずだ。便箋半分さ。あの嫌らしい警官のせいでなくなっていなければだが」

　ポケットのなかにそれはあった。ビリングスゲートの正式な事務用紙を折りたたんだもので、町の標章がついていて行政委員の名前が入っていた。

その便箋に三インチほどの大きな文字で短いことばが書かれている。

「立ち去れ。手出し無用」

「ブリンリーの書いたものだ」スレイドが言った。「これでわかっただろう?」

第十章

翌日、昼近くになってからアゼイはサラの家の食堂でひとり朝食をとりはじめた。目の前のテーブルには、スレイドがアトリエで見つけた手紙と、サラが探してきてくれたブリンリーからジェフへの手紙の束があった。

「立ち去れ、手出し無用」という文字がブリンリーの筆跡であることに疑問の余地はほとんどなく、さっき帰ったレーンも同意見だった。

「これをボストンのマックスのところに送ることもできる」レーンは言った。「あんたがそうして欲しいなら。だが、そうするまでもないだろう。絶対に確かだと言えることはそう多くはないが、これについては太鼓判を押せる。おれはこれからヘル・ホローに戻り、薬莢を探してみるよ」

「まだ希望を失っていないのか?」

「空を見てみろ」レーンが言った。「このぶんだと今日のうちに雷雨になる。新聞には雨としか書いてないが、きっと雷雨になる。それに期待をかけてる」

アゼイはうなずいた。「雨で地面に出てくるんじゃないかと思っているんだね?」

「なにかが明るみに出てくる可能性はつねにあるし、おれは薬莢が出てくることを願ってる。まさかと思うかもしれないが、去年、担当したバーンスタインの事件では、嵐のあとにもぐらの穴からナイフが見つかったんだ。そこらじゅうを徹底的に掘り返したときには見つからなかったのに。だからつねに可能性はある」

「そうだな」アゼイは同意した。「あっしがもぐらの通ったあとはないかとくまなく調べたときには、その痕跡は見つからなかったが。いずれにせよ健闘を祈る」

「ありがとう。ブリンリーのほうはどうする?」

「わからん」アゼイは言った。「わからんが、よく考えてみる」

そうして、アゼイは朝食のあいだじゅうああでもないこうでもないと考えこみ、ついにイライラが限界に達したバーサを怒らせてしまった。

「そのワッフルがどうかしましたか?」バーサが険のある声でたずねた。

「ワッフルだって──あっ」アゼイは手元を見た。「このワッフルかい? バーサ、これはこれまで味わったなかで最高にうまいワッフルだよ。もうひとついただこう」

「スレイドは昨夜、酔っ払っていたんですか? 奥さまがそう言っておいででした。酔ってひどい騒ぎを起こしたんでしょう?」

「そうなんだよ。このことはだれにも言わないでくれるかい──」

「言いませんとも。奥さまから口止めされてますから」

アゼイはまたひとつ、さらにもうひとつとワッフルを食べたが、スレイドのアトリエの火事と、J・アーサー・ブリンリーと、そこに残されていたメッセージの謎が心にくすぶり続けていた。

そもそも、あれは小火に過ぎなかったし、手まわしのよい放火ではなかった。なにしろスレイド自身が放火の痕跡を見つけているのだから。それに、スレイドを怖がらせて町から追い出したいならもう少し気の効いた方法があったはずだ。スレイドのことを知る者ならだれでも、そんなことをしたら逆効果であると知っていたはずだし、事実そうなった。脅迫はマイク・スレイドのような男にいうことを聞かせるには、もっとも役に立たない方法だ。あの手紙は馬鹿げている、馬鹿げているとしかいいようがない。たとえブリンリーのような愚かな男であっても、よもやあんな手紙でスレイドを動かせると考えるはずがない。アゼイは自分の考えを修正した。いや、あの手紙は確かにスレイドに行動を起こさせるだろう。だが、それは町から逃げ出すことではない。

なにからなにまで愚か者の仕事だ。

「おっと！」アゼイが不意に叫んだ。「いや、もちろんおまえさんのことじゃないんだ、バーサ。あっしは——その、もう一杯コーヒーを頼む」

いや、愚か者の仕事なんかじゃない。間違った見方をしていた自分こそ愚か者だった。

あの火事はスレイドを刺激したり、怖がらせるために仕掛けられたものではなかった。あの手紙は本物かもしれないが、それ自体に意味はない。

目的はスレイドではなかったのだ。あれはメアリー・ランドールを殺すためのものだ。

火事は人々を引き寄せる。みな火事を見に行った。そんな単純なことだったのだ。祭りの会場にいた人々——町中の人々——だれもが火事の現場に行っていた。アゼイはゼブの言っていたことを思い出した。子供たちが戦利品を持った自分のあとをつけてきていて、それを略奪するか、それとも火事を見に行くかなかなか決められずにいたことを。そしてその子供たちは他の大勢の人々といっしょに、結局、火事を見に行ったのだ。

スレイドのアトリエへ行く道は、ヘル・ホローへ向かう道と一マイルかそこら平行に走っており、その後、広げた二本の指のように枝分かれしている。だが、そのふたつの道が分岐したあとはそれらをつなぐ舗装された道はない。

アゼイが使ったわだち道はあるが、あのぬかるみを通り抜けられる車はないだろう。そのほかにも古い荷馬車道があるが、いずれも車の通り抜けは不可能だ。さて、火事が祭りの会場にいた人々を引き寄せる。なかでも、ウェストンが頼りにしていた特別巡査や非常勤の消防士たちを引き寄せるだろう。さらには外浜にいた人々やそこの別荘に滞在している、火事でもなければヘル・ホローを通っていたかもしれない人々も呼び集めるはずだ。

あれが小火《ボヤ》程度で済んだのは、もともと大火事を起こすつもりはなかったからだ。火事が消えるころにはみなが「おっと、花火だ。最初の花火が打ち上がる時間だ」と言うように計画されていたのだ。そして人々がいっせいに町へ移動すると、殺人犯はアゼイと同じようにヘル・ホローまで近道をし、花火の音に紛れて銃を発射する。全体的になかなか巧い手だ。この策は祭り会場だけでなく町中の人々を集結させ、最終的に彼らを野球場に誘った――火事を見守り続けた男たちを除いて。この男たちはなにか変わったことがあったら必ず気づく。彼らはヘル・ホローから離れ、一箇所に集まっていたのだ。

まさに手品師の手口だ。みんなが右手を見つめているあいだに、左手から卵ふたつとウサギを出す。スレイド以外の者はみな、火事は観光客のしわざだと言っていた。大切な事柄から気を逸らすために、スレイドには気になる手紙を与えられた。そしておそらく、ウェストンとブリンリー夫妻とジェフとサラへの発砲は――そうだ、なぜ気づかなかったんだ！　我ながらなんて馬鹿だったんだ。すべては同じ、目くらましだったんだ。人々をあるものに対処させ、別のものを見落とさせるために。

アゼイは「立ち去れ。手出し無用」と書かれた手紙を見下ろした。それが書かれているのは明らかに本物のビリングスゲート用箋の半分であり、町の標章もついていれば、横には行政委員の名前も入っている。

「バーサ」アゼイは大声で呼んだ。「バーサ、祭りのプログラムの予備はあるかい？　一部もらえるかな？」

アゼイはプログラムのページをめくっていき、行政委員からビリングスゲートを訪れる人々への挨拶文のところで手を止めた。レターヘッドはスレイドが受け取った手紙とほぼ同じだが、いくつか違う点がある。町の標章の下に「ふるさと祭り《オールドホームウィーク》」の文字が入っており、下部には最初の開拓地創設の日付と、それがのちに町として統合された日付が入っている。

バーサがアゼイの背後からのぞきこんで言った。

「すてきな挨拶文ですよね。奥さまがお書きになったんです。この新しい用箋もすばらしいし。旦那さまはこの新しい用箋だけで、ふるさと祭り《オールドホームウィーク》をやった甲斐があるとおっしゃって。旦那さまは洒落た紙が気に入っていて、こういうことでもなければとてもこんなに高価な用箋を買わせることはできなかっただろうって。旦那さまの口ぶりを聞いていたら、ふるさと祭り《オールドホームウィーク》のためにやったことは、あの用箋を購入したことだけみたいに聞こえるって奥さまはおっしゃっているんですよ」

「この写真じゃよくわからないな」アゼイが言った。「これは色付きなのかい？」

「旦那さまのデスクにこれがいっぱい入った箱がありますよ」バーサが言った。「それをご覧になってはいかがです？　旦那さまはお気になさいませんよ。いつもみなさんに見せていらっしゃいますから」

アゼイはバーサといっしょに居間へ行くと、一番下の引き出しからその用箋を出してもらった。

「ね？　白地に青の文字入りなんです。ブリンリーは町のイメージカラーの黄色地に青にしたがったらしいんですが、旦那さまが頑として譲らなかったそうです」

「当然だ」アゼイが言った。「そうとも、これは見事だ。それに朝食もすばらしかったよ。ところで、品評会に出したおまえさんのジャムの首尾はどうだい？　審査はいつなんだね？」

「土曜日に銀杯の授与式があるんです」バーサが言った。「銀杯ですよ。ジャムの出来栄えは上々だと思ってますけど、上等なジャムがいくつも出品されてますからね。昨日、行ってみたんです」

「見かけがどうこうなんて気にするな」アゼイが言った。「見かけなんて関係ない。わしは見てくればかりいいやつを目にしたし、きれいなジャムだとかなんとか言っている連中もいたけど、あんなのうちの母親がよく言ってた見かけ倒しってやつさ。おまえさんのはごくあたりまえに黒っぽくて、ねばねばしているんだろう。ありがとう、バーサ」

バーサが出ていくと、アゼイは町の用箋の入ったダンボール箱に書かれた印刷業者の名前を書きとめ、何人もの電話交換手と押し問答の末に、ニューベッドフォード在住の目当ての男に電話がつながった。

アゼイは浮き立つ気持ちで電話を切った。旧タイプの用箋の最後のロットが町に納品されたのはクリスマスのはるか前だった。新しい用箋が発注され納品されたのは一月である。

アゼイは腰を下ろすと愛用のパイプを取り出した。例のメッセージは確かにJ・アーサーが書いたかもしれないが、ずっと前に書かれたものをだれかがスレイドのアトリエに置いたのだ。アゼイはもう一度その紙を見た。それにはアイロンがかけられたようだったが、上の方にピンが刺してあったらしい穴があった。アゼイは紙をしわくちゃにして、光にかざした。間違いない。この紙はどこか、あのアトリエ以外の場所にピンで留められていたものだ。スレイドは灰皿で押さえて、テーブルの上に置かれていたと言っていたじゃないか。

「ではいったい」アゼイは言った。「これは――そうか！」

J・アーサー・ブリンリーは短気な男だ。そんなブリンリーが課税台帳作成や計算で忙しいところを、ひっきりなしに人から邪魔されたとしたら。それが町の会議やなにかの祝典の時期と重なっていたり、先日、ウェストンが待ち伏せされたときのように、人々が部屋の外に集まっていたとしたら。アゼイには、J・アーサーが我慢ならないほどいらいらしてこのようなメッセージを用箋に書き、ドアの外にピンで留め、これで平和を確保できると思ったであろうことが容易に想像できた。ウェストンやジェフならこんなことをしようとは思うまいが、ブリンリーならいかにもやりそうだ。充分にありうる。

そしてたまたまドアの前を通りがかっただれかが、その紙を持ち去った。おそらくは単なるいたずら心で、これといった目的もなく。そして、こういうときのためにとっておいたのではないだろうか――。

ケイ・セイヤーが大股で部屋に入ってくると、椅子の肘置きに腰掛けた。

「こんなところでひとり悦に入りながら座ってるなんて」ケイが言った。「おまけに正午に朝食とは！　しかもワッフルだなんて。においでわかったわ。恥ずかしいと思わないの……自堕落だわ。あたしなんか夜明けとともに起きて、コーンミールがゆを食べたんだから。コーンミールがゆが大嫌いなのに。よく学校で食べさせられたの。とにかく、この世には――」

「正義がないなんて言いだすなよ」アゼイが言った。「頼むから。ブリンリー夫人と同志スレイドが正義について語るのを聞いたせいで、しばらくその単語は聞きたくないんだ。正義といってもいろんな解釈がありすぎる」

ケイは声を上げて笑った。「スレイドをどうやって黙らせたの？　あの人、白のフランネルパンツに青の上着という下品な資本家みたいな格好で持ち場についてたわよ。観光客に礼儀正しいふるまいをし、老婦人たちを最前列に案内し、クック（英国の実業家トーマス・クック）の本に出てくる身だしなみのよい男みたいだったわ。とても活発で有能そうだった。いったいどうやったの？」

「先生《ドク》だよ」アゼイは言った。「スレイド復帰の功労者は。先生《ドク》が説得し、マイクも折れて行儀よくするって言ったんだ。おそらく自分でも町の仕事に戻りたくてうずうずしていたんだろう。それに眠くなってもいたから、それがスレイドにとって一番簡単な解決法だったのさ。ところで知事たちへの取材はいいのかい？　滔々とスピーチしているだろうに」

「わかってるわよ」ケイが身震いした。「だけど、今日この町にいる三人のうち、ふたりはいつも自分がしたスピーチのコピーをみんなが確実に六部は持ち帰るよう部下たちに見張らせているし、残りのひとりはいつもなにも言わないしね。おおまかな内容はジェフが教えてくれると約束してくれたの。内容が気になるなら、知事たちが実際にスピーチする前に教えようかとまで言ってくれたのよ。ジェフって本当にいい人ね。アゼイ、ジェフは殺人事件のことをなんでも知っているようなのに、そのことについては沈黙を貫いているわ」

「ジェフは知っているよ」アゼイは言った。「昨夜、知ったんだ。サラがほとんどすべてを話したのは間違いないが、ジェフは聞く前から察していたはずだ。銀行と同じくらい信頼できる男だし、これまでの長い議員人生を通じてずっとそうだった。どれだけ多くを知っていても、いつも公正そのものな顔つきを保っている。スレイドもそうだったらよかったんだが。スレイドは、知っていることはなんでも話すべきだと思っているようだからな――それは正しいことではあるが、あまり賢明ではない。ところで今日はこれからなにをするんだね？」

「しばらく暇よ。さっきフィルブリックと美声のトリップについての記事を送ったから――トリップって頭が空っぽね！　とにかく名士関連の記事は昨日仕上げたし、あとはショーティがやってくれることになってる。知事たちへの取材は本当はあたしの仕事じゃないのよ。あたしは地方ニュース担当なんだから――そうだ、あなたウィン・ビリングスについて聞いてない？　知ってるでしょ、ビリングスゲートのビリングス家の末裔のこと」

「あのじいさんなら知ってるよ。きれいに洗って、いい洋服を着せて、見世物にされていたはずだが――脱走したのかね？」

「どこかでしこたま飲んだうえに、駅に知事たちが到着したときには完全に主役の座を奪っていたわ。ずっと『グラント（米国の軍人、政治家）万歳！』と叫んで、飾りが少ないと文句を言っていた。彼が言うには、以前、グラントが来訪したときには駅に町中で一番上等な赤のトルコ絨毯を敷き、つる植物入りの壺を飾り、将軍にこれはすばらしいと褒めてもらったそうよ。みんなでどうにかウィンをおとなしくさせたんだけど、特別列車が到着したどさくさに紛れて逃げちゃって、ブリンリーが『我らが町の生みの親の名高き子孫』と紹介するころにはいなくなってた。ブリンリーは担架で担ぎ出されそうなくらいうろたえちゃって、あなたのいとこのウェストンがその場を仕切ってたわ」

「で、ウィンは見つかったのかね？」

「ええ、すぐに見つかったわ。機関車の運転台にいて、機関士の手をとって熱烈に握手していたの。機関士は黒い顎鬚をはやしていて、実際グラントに少し似てたわね。とにかく彼は列車から降りないとがんばったので、みんな好きなようにさせておくことにしたわけ。その機関士はとても感じのいい人で、状況をよくわかっているみたいだった。あたしはショーティに言ってとっくに彼の写真は撮っていたから、ショーティはその写真にこんなキャプションを付けることになってるわ。『グラント将軍の来訪を覚えているビリングスゲートのビリングスの子孫、知事たちを歓迎する』とね。それを見たらあのおじいさんも喜んでくれるんじゃないかと思ったの。あの人がしらふになることがあればの話だけど。あの人って憎めないわ。とても厳格な個人主義者で、そうだ、あの人がブリンリー夫人をなんて呼んだと思う？　あまりにもアングロサクソン的で、ブリンリー夫人にはどういう意味かよくわからなかったみたい」

アゼイはにんまりした。「写真を撮ったとは気が利いているが、あっしが聞いているところでは本人がその写真を見ることはしばらくないだろう。それにしてもケイ、ブリンリーは馬鹿なのか、それとも悪いやつなのか？」

「馬鹿に決まってるじゃない。あなたはいろいろ調べていたんでしょう。あなたの顔にそう書いてあるわ。なにがわかったの？　あたしにも教えて」

「いや、ぶらぶらしてただけだ」アゼイはケイに火事や例の警告文についての考えを話した。

「それは重要な気づきだわ。ただし――ブリンリーのしわざということはありえない」ケイは言った。「考えてもみて！　J・アーサーがマクベスで、ブリンリー夫人が夫をけしかける役割だなんて」

ケイは煙草に火をつけて一、二度吸い込むとそれをもみ消し、窓際へ行った。

「雨が降るようね。せっかくのお祭りなのに。天候不良についてあなたはどう思う?」

「雷雨、ひょっとするとそこそこ大嵐になるかもな。だがそう長くは続かんだろう。少なくともあっしはそう思う」

「海辺で焼きハマグリパーティをやるんですってね。知ってた?」

「そうなのかい?」アゼイは焼きハマグリにあまり関心はなかった。

「ちょっと行ってみようかなと思って。あなたもどう?」

「いや、あっしはブリンリーに暇があるうちに会ってこないと。仕事があるときに無理やり邪魔をしたくはないからな」

「エロイーズはどこ?」ケイは実際のところ、爪の先ほども気にしちゃいない様子でたずねた。

「二階だろう。メイドのサリーが面倒を見てるはずだ」アゼイは言いよどんだ。「ケイ、なにを考えてる?　なにが気になっているんだね?」

「なにも」

「あることを除けばなにも、だろう?」

「いえ、ただ——本当にたいしたことじゃないの。ただ——ねえ、散弾銃ってかなりの反動がある?」

「そういうことになってるが、なぜだね?」

「その、跡が残るくらい反動がある?　痣になるくらいに?」

「そういうこともあるかもしれない」

「もう少しだけ疑問解消につきあってくれる?　じつはね、昨夜あの騒ぎのあとでジェーンといっしょに一服したのよ。あたしの部屋で寝る前にね。彼女ひどいありさまで気の毒になったわ。ジェーンの事情を思い出したの。あの人のお父さんって例の――」

「例の飛び下り自殺をした株式仲買人のひとりだ。知ってる。そのことは何度も聞いた」

「だとしても悲劇は悲劇よ。つまり、不景気が人にどんなふうに作用するかわからないものよね。潰れてしまう人もいれば、沈んでしまう人もいる。ジェーンのように――その影響を受けなかった人もいる。確かに、ジェーンだってつらい思いはしたし、影響を受けた部分もあるだろうけど、彼女の考えかたは変化してはいないと思う。要するに、彼女はこれからも物事をあるがままに受け入れるとか、それを自分のばねにするということはなくただ愚痴を言うだけ――あら、なんの話だったかしら。ええと、あたしが大恐慌に巻き込まれる前？」

「思うに、おまえさんはジェーンの右肩のところに不思議な痣があったということを話そうとしていたんじゃないかね。違うかい？」

「これじゃ、あなたに最高にいらつく人もいるでしょうね！　そう、ふとその痣に気がついたのよ。その青黒い部分から目を逸らすことができなかった。あたしがそれをまじまじと見つめていることに気づくと、ジェーンは困惑していたわ。その必要もないのに言い訳を始めたの。地下室の階段がどうとか、そこで足を踏み外したとか――」

「ヘル・ホローの家の台所にある地下室への階段を見たことがあったら、おまえさんもその話をもう少し重く受け止めるだろう。このあいだの夜、あっしは危うく二度も首の骨を折りかけたからな。それはさておき、ジェーンはその痣の説明をしたんだね？」

「延々とね。あなたにこんなこと言うなんて告げ口してる気分だけど、この件はよく考えてみるべきだと思ったの。そう思わない？　思わないなら聞き流して。ねえ、雨が降る前に泳ぐ時間はあると思う？」

　アゼイがそれに答える前に、カミングス医師がやってきた。

「質問の手間を省くために教えて欲しい」アゼイが言った。「ブリンリー夫人は奥さんといっしょに観覧車に閉じ込められたんだったな？　そのとき、J・アーサーがどこにいたか知ってるかい？」

「観覧車に取り憑かれてるな」カミングス医師は言った。「どうしたんだ。口を開けば観覧車、観覧車と――」

「アゼイはなにが観覧車を動かしているのか知りたいのよ」ケイが言った。「そういう性分なんだわ」

「笑いたければ笑え」アゼイはパイプに火をつけた。「そして気が済んだら、J・アーサーのことを話してくれ」

「はて、わからないな。彼の姿を見たかどうかも覚えてない。どこかそのあたりにはいたんだろうが。いずれにしても、いつも彼のことはあまり目に入らないんだ。それにJ・アーサーはマイク・スレイドみたいに銃を持ち歩いてもいなければ、目立ってもいなかったからな。J・アーサーのことは知らないよ。まあ、エロイーズとおしゃべりしながら考えてみよう」

　やがて満面の笑みを浮かべながらカミングス医師が戻ってきた。

「見当もつかんよ」カミングス医師は言った。「これからどうしたらいいのか。すっかり気勢がそがれてしまった。あのどうしようもない男のぎょっとするあの顔に。昔から共産主義者という嫌らしい連中は信用ならんのだ。ああ、そうとも。あの哀れなロシア皇帝と、その可愛らしい娘たちはあんなひどい目に遭うべきではなかったんだよ。いつも言ってるように、ラスプーチンは自業自得だが」

「うつってしまったようだな」アゼイは言った。「我々にまでうつさないでくれよ。エロイーズの脈絡のない話しかたは伝染するんだ。ところでふと思ったんだが、エロイーズはいったいなにをしていたんだね。つまり、どういうわけで不審者がにやにや笑いしているのを目の当たりにすることになったんだろう？　やつがいたのは廊下の窓なのに」

「トイレに行くか、戻ってきたところだったんだろう」カミングス医師は言った。「聞いたわけじゃないが、そうに違いない。それも彼女を悩ませてる合併症のひとつなんだが、わたしはいつも言ってるんだ。そんなふうにわけのわからんものを食べていたら、いろいろと不具合が生じるのもあたりまえだって。どうも雨になりそうだな」

「そんな感じだ」

「風邪ひき患者だらけになるかも」ケイが言った。「あなたには朗報では？」

「それを言うなら、わたしは宴会に期待しているんだ。いまはせいぜい食中毒ぐらいだが、この冬はずっと肥満女性の減量指導をすることになるだろうし、それ以外にもさまざまな影響があるだろうからな。なにしろチキン・ア・ラ・キング（野菜やサイコロ切りにした鶏肉にクリームソースをかけ、ライス、パン、パスタなどにかけた料理）やシャルロット・リュス（スポンジケーキを台にして中に泡立てたクリームないしはカスタードを入れたデザート）をたらふく食べられるんだから――そうそう、ウィン・ビリングスは紙コップを食べたそうだ。なんとかしてくれと言われたが、そんな必要あるわけないさ。禁酒法時代にあのじいさんが自分の胃にしてきた仕打ちを思えば、波型鉄板だって問題なく食えるというものだ。あのじいさん、以前は瓶を食べていたという伝説があるんだよ。だれしも――おっと、ではまた！」

「あらあら」ケイが言った。「ずいぶん変わった先生ね」

「いい先生さ。おしゃべりなのが玉に瑕だが。ところで、おまえさん本当に泳ぎたいのかい？」

「ええそうよ。それにこんなことを言うのは気が引けるんだけど、真水が好きなの。このあたりにある？」

「ヘル・ホローの近くにみんなが泳ぎに行く池がある」アゼイは言った。「だが、あっしならまっぴらご免だ。観光客がそこで洗濯するし、バスタブのないコテージの連中は石鹸を持ってきて端のほうで水浴びしているし、犬たちもよくそこで洗われてるしな。ソフの池と言ってこのあたりじゃ有名で、底はヘドロみたいになっていてヘラナマズもいる」

「なんてすてきなの」ケイは言った。「すばらしいわ！　まさに美しきビリングスゲートね」

「着替えてくるといい。あっしが連れていってやろう。車のシートが濡れないようになにか持ってきてくれ。あの革張りが気に入ってるんでね」

「ではあなたは」その後、疾走するオープンカーのなかでケイは言った。「ジェーンの肩の痣を重要視していないのね」

「教えてくれて感謝しているよ。だがジェーンが火をつけたり、スレイドにあんなメモを残すはずがないだろう？」

「それについてはスレイド自身なら難なくできたはずよ。彼なら以前もいまも自由に行政委員室に出入できるんだから。あの『立ち去れ』というメモを拝借するぐらい朝飯前だわ。それに小火騒ぎを起こすのだって簡単よ」

「ではジェーンの話に戻って」アゼイが言った。「彼女の散弾銃やそれ以外の銃はどうなるのかね？　レーンは今朝、銃弾が発射された経路上を三人がかりで捜索すると言っていた――経路はわかっているんだ。経路上のどこかはわからないがね。レーンはいまも薬莢が見つかることに望みをかけているが、あっしは望みなしだと思う。これらはみんな、時間をベースに考えたんだ。銃を発射してから彼女が家のなかに入る時間はたっぷりあったし、彼女が銃を撃つことのできる地点まで移動する時間もたっぷりあった――そうあと付けで考えるのはたやすい。だが七、八分のうち残りの時間はどうなる。ゼブとあっしが銃声を聞いてからここへ戻ってくるまでには間《ま》があった――それが銃を隠したり、捨てたりすることのできた時間だ。そうなるとどんどん範囲は狭まる。与えられた時間はごくわずかだ」

「それに、あたりはすべて隈なく捜索されたのね？」ケイにそうたずねられながら、アゼイが舗装された道をそれて入っていった細いわだち道は、急角度で池へと下っていた。

「それはもう隅から隅まで探しまくった」アゼイは言った。「ここがおまえさんの金魚鉢だ。さあ泳ぐといい」

「ここ、飛び込んでも大丈夫？」ケイがたずねた。「アゼイ、すごくすてきな場所ね。それになんてきれいな青い水かしら！　こんなに魅力的なところなのに、あなたったらさっきはあんな悪口を言ったりして！　飛びこんでいい？」

「向こうに男女の二人組みが、貯氷庫の杭がある端のところから飛びこんでるだろう――わかるかい？」アゼイが指差した。「あの深くなっているあたりで飛びこむといい。水泳帽はかぶらないのかい？」

「水泳帽は大嫌いなの。すぐ戻るわね――」

アゼイはケイが貯氷庫へと続く細い岸を走り、古い桟橋へと抜けるのを見送った。彼女はそこで一瞬、宙に浮くと、見事な飛びこみを決めた。

感心したようにうなずきながら、アゼイは身を屈めてパイプ煙草に火をつけた。そして顔を上げるとどこにもケイの姿はなく、貯氷庫そばにいる男女二人組みが池のなかをじっと見つめていた。

アゼイは持っていたパイプをその場に落とすと、全速力で駆け出した。

アゼイが最後の杭に到達したときに、ちょうど白い手が水のなかから伸びてくるのが見えた。

その手には散弾銃が握られている。

「どう」ケイが息を切らしながらそう言ったのはそれから一分後だった。「証拠物件その一が見つかったわ!」

第十一章

桟橋から飛び込みをしていた男女二人組みは、ケイが引き揚げてきた散弾銃に強く興味を引かれたようだった。

「ちょっと、サミー」その女は引き金に指を触れた。「ねえ、びっくりするわよね？　ほんと、びっくりじゃない？　さっきわたしが、底になにかあるって言ったの覚えてる？　まあ、せいぜい棒かなにかだろうと思ったんだけど。サミー、あなたも池の底でなにか見なかった？　なにか見たと思わなかった？　あなたもそう言った気がしたんだけど」

「ああ」サミーが言った。「おれはなにか見たよ。棒だとは思わなかった。銃だって気づいてた。彼女が来たとき、それを取りに潜るつもりだったんだ」

「ほらね？」女はアゼイに言った。「わたしたち最初からそれがあることに気づいていたのよ！　もちろん、気を悪くしてるとかそういうことじゃないの。だけど、わたしたちもそれがあることを知っていたし、取りに行こうと思っていたところだったから、あなたが――」

「こんなことを言うのは申し訳ないし」ケイが言った。「最高に気が進まないんだけれど、あなたたちふたりともあれが見えたはずはないわ。だって、あたしだって見たわけじゃないもの。手に触れて気づいたの。だから、自分たちにも権利があるなどと言い出すつもりなら――」

「ちょっと、あんたなんなのよ！」その女は声を荒げた。「わたしたちも見たって言ってるのよ！　あれが池の底にあったと知ってたのよ！　この銃を持って意気揚々と帰る人間がいるとすれば、それはわたしたちだと思うんだけど。聞いてんの？」

「なあ」アゼイが言った。「おまえさんたちの声はウィージットセンターにまで聞こえたんじゃないか。それに、わしに言わせれば、おまえさんたち――」

「生意気だとでも？」サミーが食ってかかってきた。「おれたちと喧嘩しようってのか？　いいか、よく聞け！　おれたちはあの銃を見つけていたし、それはおれたちのものだ。あんたいったい何様のつもりで――」

「あんたいったい何様のつもり？」女も加勢した。「まったく、こんな町初めてだわ！　田舎者のくせに偉そうに――」

「それにな」サミーは連れの女のことは無視して続けた。「おれは去年の秋にこの湖で銃をなくしたんだ。舟がひっくり返って、おれの大事な――」

「馬鹿馬鹿しい」ケイはそう言いながら、アゼイがなぜもっと強硬に味方をしてくれないのかと訝しんだ。アゼイは自分のポケットを探っているが、片方の脇の下にがっちりと散弾銃を挟んでいるせいでやりにくそうだ。「馬鹿馬鹿しいったらありゃしない。そんな話を信じるもんですか。そんなふうに高圧的に言えば銃を渡すと思ってるんでしょうけど、そんな勝手な話は聞いたことがないわ」

「おい！」サミーは怒鳴ってケイを黙らせた。「その銃はおれたちのだ、いいか？　おれのものだから、おれたちがいただく――いただ――えっ」

その男女ふたり組の視線は、アゼイが何気なく上着の襟のところに着けているふたつのバッジに釘付けになっていた。片方のバッジには「警察署長」とあり、もうひとつは州警察官のバッジだった。

「ええと、その」女は慌てて言った。「ひょっとしたら、あなたの銃じゃないかもしれないわよ、サミー。あなたのはもっと大きかったもの。もっと上等な銃だったし。それにこの人たちが気を悪くするなら、こんなに騒ぎ立てることもないわよ。いつも言ってるけど——」

「それにしても」アゼイが言った。「おまえさんたちとおしゃべりできて楽しかったよ。また、話したくなったら町役場にあるわたしのオフィスまで来るといい。メイヨ署長と言ってくれればわかる。ではまた」

意気消沈し、憤懣やるかたない様子で彼らはその場を立ち去った。ふたりともなにかぶつぶつ言っていたが、はっきり聞こえるようにつぶやかない分別は持ち合わせていた。

「信じられない！」ケイが言った。「まったく——なんて面の皮かしら！　図々しいにもほどがあるわ！　アゼイ、あんなの見たことある？」

「観光客さ」アゼイは言った。「ただの観光客だ。連中は他人が自分の家の芝生に足を踏み入れただけで警官を呼ぶ——芝生か自宅を所有している場合にはな。だが旅は連中をジプシー気質にするらしい。ある日など、あっしが外に干していた曾祖母の一番上等なかぎ編みの敷物を拝借しようとしているのを見つけたことがある」

「その人たち、それをくすねようと？」

「いやいや違う。なんて恐ろしいことを！」アゼイは言った。「もちろん違うとも！　連中はそこに五十セント置いておくつもりだったのさ。結局、その場を立ち去る前に二ドル五十セントくれたよ。そのときはビル・ポーターに言われてあっしがそれにいくらの保険を掛けているか、彼らに伝えるのも無粋な気がしてね――ケイ、それにしてもよくこの銃を見つけたな」

ケイはにっこりした。「あなたを感心させたくてすばらしい飛びこみを見せようとしたら、思ったより浅くて底にぶつかったの。聞いていたとおり、底はヘドロみたいだった。水草やらなにやらがあって泥が積もってて。水草のなかのなにかにぶつかったので、気まぐれにそれをつかんだってわけ。アゼイ、この散弾銃がそう?」

「そうだ」

「あなた、ろくに見てもいないじゃない!」

「このラベルが見えるかね?『特別記念』と書いてある。それにこの銃は水に沈んでそれほど経っていない。これらの状況から、おまえさんはすばらしい手柄を立てたと考える。だから泳ぎのほうは終わりにしてもらえるかね。そうすれば戻って、こいつをもっと詳しく調べてみることができる。おまえさんが泥を洗い流しているあいだに、あっしは車の屋根を上げておくとしよう。エームズの森の上あたりに雨雲がかかっているようだ」

「すぐ戻るわ」

アゼイがゆっくりと車に戻りトップを閉じているときに、雨粒がぽつりぽつりと落ちてきた。

ケイは急いで戻ってくると、白いバスローブを羽織った。

「なかなか気持ちよかったわ、本当に」ケイは言った。「あの池の水、温かかったし。だけど風が冷たくなってきたわね。海辺のシーフードバーベキューは水浸しになりそう。ところでアゼイ、どうやって車をここから出すの? 方向転換できる?」

「ちゃんと出せるとも」アゼイはバックのままやぶを進んでいった。「これがこいつの困ったところなんだ。こういう細い道だと何度も切り返さないとならないし、こっちが出ようとしているときにだれかがこの道に入ってきたらお手上げだ。だれかというか、たとえばサミーと恋人みたいなのがやってきたときにはな」アゼイはヒイラギガシからの距離を見るために身を乗り出した。「で、そういう場合、バンパーを思いっきりぶつけるか、車体にひっかき傷を作る羽目になる。おや、こいつはいったい。なんてこった！」

「今度はどうしたの？」車を止め、ハンドブレーキを引くアゼイにケイがたずねた。

「あそこをごらん。新たな検討材料だ」

先ほどの貯氷庫のそばに、新たな男女ふたり組の姿があった。といっても観光客ではない。小雨が降っていても、J・アーサー・ブリンリーの小太りな体型は見間違えようがなかった。

彼といっしょにいるのは、水着の上からローブを羽織っているマダム・モウだった。

「あらあら」ケイは言った。「親愛なるフェアローンさま、わたしはこれまで夫の浮気を疑ったことはなかったのですが、最近、我が家にはお客さまが泊まりにきていました。別世界からやってきた金髪女です。すると多くの親切な友人たちから、うちの夫と彼女がよくいっしょに肌をあらわにした身なりでいるということを教えられました。フェアローンさん、わたしはこの卑怯な男をぐるぐる巻きにしてミンチにしてやるべきでしょうか。アドバイスをお待ちしています」

アゼイがくっくと笑った。

「あたし、こんな感じの相談欄の回答を書いていたの」ケイは言った。「半年くらいだったかな。その半年間、世界は金髪女と長身の黒髪の男と快活な未亡人と手に負えない頭のおかしいこどもたちだらけになったみたいだった。アゼイ、あなたの金髪のお友だちはあの愛妻家のご主人といったいなにをしてるの？」

「我々はあの高潔な奥方の親切な友人であるからして」アゼイは言った。「このままこの茂みにとどまり、立ち聞きすることにしよう。すべてを知るのは妻の特権だからな」

「でも気づかれちゃうんじゃない？　きっと気づかれるわ！」

「むしろ気づかれて当然だが、ふたりともこっちを見ていないし、車はやぶのかげになってる――もしもJ・アーサーについての我々の想像が間違っていないとしたらどうだね？　彼がマダム・モウを追いかけて貯氷庫のかげまでやってきたのだとしたら？　いずれにせよ、あっしはマダム・モウを信じてる。これぞブリンリー氏に対する新たな見解だよ」

「あたしは」ふたりが再び姿を現すのを待ちながら、ケイが言った。「奥さんにさえ気づかれなければ、あの人はこそこそ浮気をする男だと睨んでるわ。若くてぴちぴちのお肌が好きなタイプよ。アゼイ、典型的なことが起こっているんだわ」

「起こっているというより」アゼイが訂正した。「明らかになりつつあるんだ」

池の砂岸の小さな一角へのんびりと歩いていったマダム・モウがローブを脱ぎ、それをやけに慎重にたたむあいだ、J・アーサーは背後でそわそわしていた。そしてたたむときと同じ異常なまでの慎重さでマダム・モウは水際に歩いていき、片足を水につけ、黙々と池のなかに入っていった。

J・アーサーがなにかよく聞き取れないことを叫んだが、マダム・モウは一度も振り返らなかった。J・アーサーはまたなにか叫び、肩をすくめると、貯氷庫と古い荷積み場のほうへ歩いていった。

「どうやら」ケイは言った。「J・アーサーはずいぶん熱心みたい。ひょっとしたらもう口説こうとしたのかも。アゼイ、ねえちょっと――あれを見て！」

J・アーサーは折れたカシの木の棒を拾うと荷積み場の端へ移動し、ちょうどケイが散弾銃を見つけたあたりをつつきはじめた。

「どうやら」アゼイは車から下りた。「行って、アーサーとおしゃべりしたほうがよさそうだ。ここから立ち去るところを見られたら、アーサーは我々が腹を立てていると思うかもしれん。だがあっしほどアーサーに優しい気持ちを抱いている人間はいないんだからな。誤解されるようなことがあってはならん」

「確かに」ケイもうなずいた。「夜の闇に紛れて逃げていく二艘の舟みたいな真似をしちゃ、あたしたちの名折れよね」

アゼイとケイが近づいてくる音を聞きつけてはっと顔を上げると、ブリンリーはきまり悪そうに岸辺のほうにじりじりと戻りはじめた。

「やあ」アゼイの口調は滑らかだった。

「ああ、こんにちは。元気かい？　その――元気かな？」

「元気だよ」アゼイは言った。「すこぶる元気だ」なんといっても、二回たずねられたのだからとアゼイは思った。

「雨になりそうだね」ブリンリーは先ほどの棒を砂の上に捨てた。

「もう降っている」アゼイは優しく言った。

「うちの犬を」近づいてくるブリンリーの右頬にひどいみみず腫れができていることに気づいたアゼイとケイは愉快な気持ちだった。「うちの犬を、その――なんだ、わたしたちはいつもここで洗っているんだよ。そのほうが、バスタブやホースを使うよりずっと簡単だと気づいたのでね。うちの犬はバスタブが大嫌いなんだよ。狭すぎるし、ホースも怖がるんだ」

「へえ、そうかい」アゼイは丸太に座っているケイの横に腰を下ろした。「あっしは犬を飼ったことがなくてね。しかし——あれはなんと言ったっけ、ケイ」

「人間の最良の友」ケイが答えた。「真の友。そうですよね、ブリンリーさん。ところで、その犬はどこにいるんですか？　どこにも見当たりませんけど」

　J・アーサーは少しうろたえたようだった。「エイモスは——いや、エイモスならうちだ。じつはね、前回エイモスを連れてきたときに——ほら、なにしろ黒い犬だから——前回ここに連れてきたときに、首輪から鑑札が外れてなくなっちゃってね。そもそもどうして外れたのかわからないんだけど、次にこのあたりに来たら探してみると家内に約束したんだ」

「奥さんの様子はどうだね？」アゼイがたずねた。

「すっかり元気になったよ。昨夜あんなことがあったにしてはね。家内は晩餐会に行き、そのあとシーフードバーベキューに行くと言っていた。婦人会の主催なのでね」

「男性は入場禁止なのかい？」

「いやいや——そんなことはない。ああ、なぜわたしは行かないのかってことかい？　わたしはハマグリが苦手でね。拒絶反応が出るんだ。そうなんだよ、だから絶対にハマグリは食べないんだ。それでマダム——その、モウが泳ぎたいと言うし、海の水じゃないほうがいいと言うのでここに連れてきてやって、マダム・モウが泳いでいるあいだにエイモスの鑑札を探してみようかと思ったんだ。そうすれば一石二鳥だから」J・アーサーは陽気にそう付け加えた。

「一挙両得とも言える」アゼイが言った。

アゼイとケイは黙ったまま煙草を吸い、J・アーサー・ブリンリーは片足で立ち、次にもういっぽうの足に踏みかえた。一、二度ぼんやりと頰のみみず腫れを触りながら。

「ああ――そうだ――あんなところにセイタカアワダチソウが」J・アーサーはそう言いながら、池の周囲の森のほうをなんとなく指差した。「家内にあれを摘んできてやると言ってたんだ――ちょっと行ってくるよ。いつも言うんだよ。あれが咲くともう秋だと。では――ちょっと失礼――」

J・アーサーは逃げるように森へ入っていった。

マダム・モウが水から出てくると、ローブを羽織ってやってきた。

「獲物の味はどうだった？」マダム・モウは言った。「あなたたち、ごちそうを食べたばかりの猫みたい！　アーサーは消えちゃったの、それとも溶けちゃった？」

「信じないかもしれないけれど、セイタカアワダチソウを探しに行ったわ」ケイが言った。「どんな正当な理由があってあの人の顔をびんたしたの？　それともJ・アーサーの顔を強打したのは木の大枝？」

マダム・モウはにやりとした。「わたくしの死んだ夫は」マダム・モウは言った。「賭けの喧嘩で生計を立てていたのよ。アーサーはお花摘みをしているのね。あのボタン留め金製造業者連合の会長さんは！」

「あの――なんだって？」

「以前まったくお金がなかったとき、わたくしはその衣服関連コンベンションの公式ソプラノ歌手だったの。ボタンや留め金のことならなんでも聞いてちょうだい。昨夜も言ったけど、あんな格好でベッドに入ることができる女に夫の不倫を責める資格はないわ。あなたたちはなにをしているの？」

「J・アーサーのほうがここに来ようと誘ったのかね？」アゼイがたずねた。「それともこれはおまえさんの言い出したことだったのかい？」

「あなた本気で言ってるの」マダム・モウが冷たく応じた。「わたくしがJ・アーサーとふたりきりになりたがっていると——」

「そう言うわけじゃない。J・アーサーからここで探したいものがあると聞いていたかい？」

「犬がどうとかつぶやいていたわ」マダム・モウはケイの煙草を一本取った。「でもなにか一般的な話をしていたのかも」

アゼイが笑った。「つまりだ、J・アーサーが探しものをしていたまさにその場所で、我々は散弾銃を見つけたばかりだったんだよ。ケイが見つけたんだ。それで我々はJ・アーサーが言っていた犬と鑑札の話について考えていたというわけさ」

「あの犬が羨ましくなるわ」マダム・モウは言った。「わたくしたちよりずっといいお肉を食べているんですもの——アーサーは鑑札を探していると言っていたの？ そんなの嘘よ。今朝その犬と遊んでやったけど、首輪は鑑札だらけだった。予防接種のだとか登録証明のだとか、そのほかもいろいろ。ビリングスゲートの標章が入ったのもあったわ。あの清教徒の服装でだれかに魚を投げようとしてる男の人の絵のやつ。ひょっとしたらエイモスはふるさと祭り《オールドホームウィーク》のマスコット犬なのかもね。ねえ、どこか乾いているところに移動しない？ この雨に降られていても『美しきビリングスゲート』をいまよりうまく歌えるようにはなれそうにないわ」

古い貯氷庫の扉は蝶番《ちょうつがい》が外れかけていたので、アゼイがそれを蹴り開けた。

「変なにおい！」ケイが言った。

「干草やらなにやらさ。ここは取り壊さないのかな。もう長年、使っていないんだよ。ところでマダム・モウ――なあ、スレイド夫人と呼んでもいいかね？」アゼイがたずねた。「そのほうが呼びやすい」

「エミリーと呼んでちょうだい」

アゼイのわき腹にケイの肘が当たった。

「わかった。おまえさんは月曜の晩ブリンリー夫妻と祭りの会場にいたということだったが、ブリンリー夫人が観覧車に閉じ込められたときにもひょっとして現地にいたのではないかね？」

「あら、そうだったかしら」

「J・アーサーはどこにいた？」

「知らないわ。あの人のことは単に衣服関連コンベンションに参加する社長さんぐらいにしか思っていなかったから、楽団の男の子たちとぶらぶらしてたの。アーサーはそこらにいたとは思うけど――あの人は――あら、可愛らしいセイタカアワダチソウね、ブリンリーさん！」

「そうかい？」

J・アーサーはコートの襟を開き、びしょびしょに濡れた顔をハンカチで拭った。

「いやあ、ずいぶん降ってきたよ」J・アーサーは言った。「シーフードバーベキューに行ってる家内が心配だ。それに野球場にいる知事たちも――まあ、ウェストンが雨天の場合の屋内プログラムを考えてあるが。あの男は」アゼイはすぐに、J・アーサーがマイク・スレイドのことを言っているのだとわかった。「なんらかのショーを催そうと考えたんだ。活人画（扮装した人が適当な背景の前に動かずにいてある人物画に見せかける余興）とか。だが、ウェストンは雨天にもちゃんと備えているんだよ」

「おまえさんは、どこにいたのかね」アゼイがたずねた。「このあいだの晩、奥さんが観覧車に閉じ込められていたとき?」

J・アーサーの赤面ぶりは、貯氷庫の薄暗い室内でもはっきりとわかった。

「ええと――いつだって? その、なんだって?」

アゼイはもう一度、質問を繰り返した。

「ああ、あのときか。もちろん近くにいて係員と話し、だれか車のエンジンを修理できないのかと確認していたよ――あの観覧車はどういう理屈なんだか、車のエンジンで動いていたんだ。家内はすっかり動転していてね。本当に家内には大変な一週間だった。観覧車に閉じ込められたり、昨夜のあの男のことがあったり」

「彼のことが好きじゃないようだな」

「スレイドかい? 大嫌いだよ!」J・アーサーのひどく刺々しい口調は、ケイをぎょっとさせ、アゼイを面白がらせた。「わたしはあいつが大嫌いさ! だれに聞かれようと構いはしない! 家内も言ってるよ、あのウォレンとかいう娘もあいつといい勝負だと。この町を見下し、みんなのことを馬鹿にして、ニューヨークはどんなにいいところかと言い立てる! ニューヨークがなんだ」

だれかが反論するのを待ち構えるように、J・アーサーはちょっとことばを止めた。

「家内はそう言ってる、ニューヨークがなによと」

「コンクリートに一酸化炭素、騒音もひどい」ケイが思わず相槌を打った。「サイレンに土埃に――」

アゼイが頭を振るのを見て、ケイは黙った。

「ブリンリー、万が一その必要が生じたときには、おまえさんは月曜の夜にどこにいたか証明できるよな――たとえば、奥さんが観覧車に閉じ込められた時間から花火が終わるまでのあいだとか」

「わたしがどこにいたかなどと問われる理由がわからん！」ブリンリーが食ってかかった。「メアリー・ランドール殺しの犯人を見つけたいなら、マイク・スレイドを探すんだな！」

「しかしどうやって」アゼイは穏やかにたずねた。「おまえさんはメアリー・ランドールが殺されたと知ったんだね？」

ブリンリーが子供用の風船から空気が漏れるような息を吐いた。それは弱々しかったが、ぜいぜいと喘いでいた。

「どうやって知った？」アゼイがもう一度たずねた。「さっきの話は初耳だ。J・アーサー、その噂はどこで聞いたんだね？」

アゼイは腕を伸ばすと、扉めがけて駆け出そうとするブリンリーをつかまえた。

「この雨のなかに出て行きたいわけじゃないだろう」アゼイは言った。「おまけにすごい雷鳴だ！さあJ・アーサー、雨宿りしよう。ゆっくり話しでもしながら！」

ブリンリーは重い口を開いて、ひとつひとつ説明を始めた。メアリー・ランドールはヘル・ホローにいなかった。エロイーズとジェーンはサラの家に泊まっていたし、メアリー・ランドールには病気にせよ、そうでないにせよ、ニューヨークに身内などいないことを自分は知っている。さらに、メアリーほどの商売上手なら、大きな売上げが見込めるこの時期に町を離れるわけがない。スレイドは殺人のことを口にしていた。アゼイがこのへんをうろつき、警察もこのあたりをうろついていた。

「なるほど、そういうことか」アゼイは言った。「なるほどね。それで昨夜、そういう結論に達したと」

「いいや、今日スケリングス知事がメアリーのことをたずねたときさ。知事はこう言ってた。メアリーはどこにいるのかと。というのも、知事は合わせガラスと白目《ピューター》製品をコレクションしていて、以前メアリーから品物を買ったことがあるそうなんだが、メアリーがぜひ見ていただきたいものがあると言っていたので、ここにいるあいだに見せてもらおうと思っていたと言うんだよ。知事がウェストンにたずねると、ウェストンの様子がおかしかったので、はっと思い至ったんだ」

「それであのイズラエル・トラスクについては説明がつくかもしれんが、おまえさんのことは説明がつかん。さっきわしがたずねた時間、おまえさんはどこにいた？　それにエイモスはいつも通り鑑札をつけているのに、なぜ犬の鑑札なんて探し回っているんだね？」

「殺人犯を見つけたいならマイク・スレイドを探せよ！　だいたいあんたは――」

「ここを立ち去り、関わるなというスレイドへの警告文はおまえさんが書いたのかね？」

「わたしは――それはわたしの字だが――おい、あんたはなにをしようとしているんだ？」

J・アーサーはそれから十分間、息継ぎさえ忘れたかのようにまくしたてた。

アゼイは相手のことばを遮ろうともせず、扉のほうへ歩いていって猛烈な勢いで降り続いている雨の様子を確かめた。

ケイは初めてこの池を目にしたとき、水の青さに言及していた。しかし今や池も空もほぼ真っ黒だ。稲妻が空を切り裂き、雷の音がひっきりなしに鳴り響いていた。

「ひどい嵐だ」アゼイは隣にやってきたケイに言った。

「アゼイ、あの人は根っからの悪人ではないかもしれないけれど、かなりの馬鹿じゃないかと思いはじめてきたわ。犬の鑑札がどうこうってなに？」

「裏を取るのは簡単さ」

「あの人が探していたのが珍しいコイン製の鑑札というだけならいいけれど、なんて見え透いた嘘かしら！　あの人、散弾銃を探していたとは思わない？　ずいぶん必死で探していたわよ。いまもちゃんとあそこにあるか確認したかったんだわ。ところで銃はいまどこにあるの？」

「鍵をかけた車のなかだ。そしてその車に入って銃を奪える人間は、ここから三時間以内の土地には暮らしていない」アゼイは安心させるようにそう言った。「あの会社にコネがあって便利なのが、簡単には開けられないカーロックがついていることだ」

J・アーサーが足音高く扉のところへやってきた。

「おいメイヨ、わたしの話をちゃんと聞け！」

「おまえさんが」アゼイが言い返した。「こっちの質問に答えてくれたら、おまえさんが恐縮するくらい熱心に話を聞くとも」

J・アーサーは足音高くなかへ戻っていった。

「あの人がさっき思いついたって言ってたの本当だと思う？」ケイが言った。「殺人のことだけど」

「なんとも言えん。昨夜は、あれはみんなスレイドの引き起こした騒動だと納得させたと思ったんだが」

「スレイドだと！」J・アーサーが名前を聞きつけて言った。「スレイド！　あいつこそ犯人だ。スレイドとウォレンがやったのさ。あのふたりこそ、メアリー・ランドールが死んでもっとも得する人間だからな。それなのにあんたはなんだ。若い娘と茂みに車を止め、逮捕すべき人間を逮捕もせずに怠けているなんて！　あんたそれでも——」

「いいかげんな理由で逮捕なんかすれば」アゼイが応じた。「それこそ、この町のみんなから責められるさ」

「まったく」J・アーサーは怒鳴っていた。「そんなんでよくも探偵などと名乗れたもんだ！　最初はこの女といちゃついて」J・アーサーはマダム・モウを指差した。「今度は若い娘となんて――」

「ちょっとあなた」マダム・モウが冷静に言った。「口を閉じてチャックをしておきなさい」

「だれに向かってそんな口を。わたしは――」

「ちょっと」マダム・モウがまた言った。「口を閉じろと言ったのよ。黙りなさい。さもないとわたくし、あなたと奥さんがちょっとした修羅場を演じるお手伝いをすることになるかもしれないわ」

「なんだって――そんなことできるはずがない！」

「あらそうかしら。よく覚えておいて、アーサー。大人しくアゼイに協力しないなら、家に泊めているソプラノ歌手に対して不適切な態度を取ったことが奥さんの知るところとなるわ、わかった？」

「それは――どういう意味かな？」

「簡単なことよ」マダム・モウが言った。「奥さんが部屋に入ってくるのにあわせてあなたといちゃつくの。言っておくけど、言い訳しなくちゃならなくなるのはあなたよ。わたくしじゃないわ。わたくしには契約書がある。なにが起ころうとギャラはきちんと支払っていただくわ。契約に不道徳な行為を禁じる条項はない。それにわたくしは最後までここにいるつもりよ。だけどもしあなたがわたくしを無理やり立ち去らせようとするなら――そのときはあの優しいリーチさんが信じてくださるはずよ。あなたからの望んでもいないアプローチのせいでここを立ち去らなければならないのだと伝えればね。それに、メイヨさんのいとこからもなにか困ったことがあったらいつでも相談してくださいと言われてるの。あの人が言っていたのはピンキー・アップジョンと楽団の男の子たちのことだけど、あなたでも問題ないわ。ねえアゼイ、雨が上がったらわたくしを家まで送ってくれない？　ここにいる女好きとふたりきりにはなりたくないから」

「なにを言いだすんだ！」J・アーサーは泣きだしそうだった。「きみにはわたしの車でいっしょに帰ってもらわないと！　家内に詮索されてしまう――家内はきみとわたしがいっしょに出かけたのを知っているんだから！」

「それについてはわたくしが詳しくお話ししておくわ」

J・アーサーはその場にへたり込むと、三十分間後に突然、雨が止むまで一言も発しなかった。

「いいわ」マダム・モウはJ・アーサーのことが少し可哀想になったようだった。「あなたの車で帰ることにする。だけど、ちょっとでもおかしな態度を見せたらどうなるか忘れないことね。それでいいかしら、アゼイ」

「いいとも」アゼイが言った。「あっしの代わりにこの男を手なずけておいてくれ。また会おう、ブリンリー。ちゃんと質問に答えられるよう頭を整理しておくんだな。おまえさんにはいろいろと確認させてもらうからそのつもりで。じゃあな――おまえさんの車はどこだね？　東側の道？　それじゃ」

アゼイとともにオープンカーへと戻るケイは、歯の根が合わない様子だった。

アゼイはケイにランブルシート（クーペなどの二人乗り用ツードア乗用車に備え付けられた折りたたみ座席）に置いていた上着を貸してやった。

「ヘル・ホローに寄ろうかと思っていたが、それは後回しにしよう。おまえさんは熱い風呂に入って、乾いたものに着替えないと。おまえさんが初めから濡れていたことを忘れていたよ」

しかし、車がヘル・ホローを通り、次にランドール邸の人形たちの前を通過しようとしたとき、レーンと彼の部下ふたりが勝ち誇ったように大声で呼び止めてきた。

「あったぞ！」レーンは叫んでいた。「おーい、アゼイ！　薬莢が見つかった！」

第十二章

　ケイから車を止めてすぐに詳しいことを聞いてと言われたにもかかわらず、アゼイは車の速度を落とし、レーンにすぐに戻ってくると大声で告げただけだった。そしてアゼイはそのままリーチ邸へと車を走らせた。

「あたしを待ったりしないでね」さっと車から下りながらケイは言った。「急いでさっきのところへ戻って。準備ができたらあたしもチビ車で駆けつけるから。アゼイお願い、早く行って——レーンさん、すごく興奮してたわ！」

「いや、おまえさんを待つよ」アゼイは言った。「さあ急いでくれ。それと、次にシャワーを浴びられるまで持ちこたえられそうな服を着てくれよ。なにしろ——」

「アゼイ、レーンさんがしびれを切らすわ！　あなたを呼んでたじゃない——」

「そうだな。だが、あっしはおまえさんにも来て欲しいんだ。ちょいと頼みたいことがあってな、だから急いでくれ」

　ケイは大急ぎで走っていった。

　ケイがさっと熱い風呂に入り、さらに短時間で冷たいシャワーを浴びるあいだ、アゼイは車の座席でパイプ煙草をふかした。アゼイはこの午後にわかったふたつの事実に深く満足していたが、それはケイが考えているのとは違う理由からだった。

アゼイは薄手のツイードスーツに、黒と白の運動靴を履いたケイが姿を現したのを見て車のエンジンをかけた。

「そこらへんにあったものを適当に着てきたわ——いったい、なにを企んでいるの？」

「じきにわかる」

ヘル・ホローに戻ると、レーンはアゼイが車を止めずに行ってしまったことに気分を害しており、その文句にかなりの時間を費やした。

「いまのところ唯一の手がかりだと言うのに冷たいじゃないか」レーンは言った。「勢いよく走り去られてこっちは——」

「確かに、おまえさんはハムを手に入れたかもしれん」アゼイがレーンに言った。「だがな、こっちはサンドイッチ本体を手に入れたんだ」アゼイはオープンカーのトランクを開け、ケイが見つけた散弾銃を見せた。

「どこでそれを？」

「ケイが見つけたんだ。向こうの池でな。さあ、その薬莢を見せてもらおうか。それから、この薬莢とこの銃が一致するかよくよく確認してみてくれ。それで思い出したが、ジェーンはどこに行ったんだね？」

「ジェーンなら店を閉めてチェイスの息子と出かけたよ。客のことなど放ったらかしさ。あの娘——」

「ゼブ・チェイスと？」

「ああ、シーフードバーベキューがどうとか言ってた。おれが客はどうするんだと聞いたら、客なんてどうでもいいってさ。いずれにしても、さっきからここにはだれも来ていない。ひどい雨だったからな」

一時間後、レーンは半ダースほどの薬莢を並べてアゼイに見せた。

「ほら」レーンは得意そうだった。「よく見てくれ。な？　同じだ。確かにこれはメアリー・ランドールを殺した薬莢を発射した銃だ。ほらこの通り」

「この薬莢を発射した銃だ」アゼイはレーンのことばを訂正した。

「どうやらあんたは――ちょっとおれについてきてくれ。これをどこで見つけたか教えるから」

アゼイとケイはレーンについて、家の横にあるあまり手入れされてない小さな庭へ行った。

「ほら、薬莢はここにあったんだ。雨で穴から流れ出てきたのがわかるだろう？　我々が想定した弾道上ぴったりというか、すぐそばだ。だれかがそこに投げ捨てて土で覆ったのさ。ほら――アゼイ、どうかしたのか？」

レーンは困惑し、いらついていた。いつもならアゼイはこっちが説明をし終わらないうちに物事を察するのに、この午後に限ってやたらと頭の回転が遅い。

「これだけの雨が降ったというのに」アゼイが口を開いた。「ここにある花たちは水で湿ってもいなければ、土が掘られた様子もないのがわかるかね？　地面は岩のようにカチカチだ。地面から少し下までな。あれほどひどい土砂降りだったのに、ほとんどぬかるんでない。このところずっと乾いてるんだ。それにここ、こっちの傾斜では、水が私道のほうへ流れこんでいる。どっちに流れていっているかわかるかね？」

「雨が染み込んでいなかったらなんだというんだ？　それは薬莢を洗い出すことだってできたはずだ、そうだろう？　アゼイ、それがどこにあったかわからないのか？　ちょうどここで土から洗い出されて見つかったんだよ」レーンはまた穴を指差した。

「見つかったのは」アゼイが言った。「それが今朝か昨夜、ここに突き刺されたからだ。だから大雨で洗い出されたのさ。レーン、別におまえさんの手柄にケチをつけようってわけじゃない。だがわからんか？　このあたりの地面はこんなに硬いんだ。おまえさんが薬莢を見つけたあたりの地面はやわらかい。だれかが掘り返し、そこに薬莢を埋めた。雨で流れ出てくるようにな」

レーンは大量の罵りことばを吐いた。

「昨日の朝」アゼイが言った。「おまえさんはこのあたりを隈なく捜索しただろう？　月曜の夜、おまえさんとあっしで懐中電灯を使ってしらみつぶしに探したじゃないか。この庭の一角をいったりきたりし、ここが乾いていて硬いと言い合ったじゃないか。レーン、それなのにふたり揃って薬莢を見逃すはずがあるか？　もしあのとき地面があれほど硬くなかったら、薬莢が流れ出す可能性も受け入れられたかもしれん。だが、実際はカチカチだった。そして、今回の雨はこのような穴からなにかを洗い流すほどの豪雨じゃなかった。それに、薬莢がもっと前に埋められていたら、我々がとっくに見つけていたはずだ。そうだろう？」

「おい」レーンが言った。「これがあの事件においてどれほど重要な意味を持っているかわからないのか？」

「だれかがそう思わせたがっていることは察しがつく」

「あのウォレンという娘は」レーンが厳しい口調で言った。「この近く、おそらくはリンゴの木の陰に立って、メアリー・ランドールを撃ち、薬莢を捨て――」

「それがもうひとつの重要な点だ」アゼイが言った。「出てきた薬莢はひとつだけだ。ほかの薬莢はなぜ見つからない、レーン」

「薬莢はそこらに放り投げたんだろう――この庭を掘り返せば、絶対にほかのも見つかるに決まってる――」

「なんでまた」アゼイがたずねた。「別々に埋めたりする？　レーン、よく考えろ！」

「この庭を掘り返せば、別のも見つかるさ。とにかく、あのウォレンという娘は銃を持って池に急ぎ、それを水中に投げ捨てたんだ。それから戻ってきてあんたを家のなかに入れ、メアリーを見つけさせたのさ」

「あたしなら」ケイが言った。「薬莢一個にせよ、複数にせよ、そこらへんに捨てたりしないわ。すぐに池まで銃を捨てに行くつもりなら薬莢も銃もいっしょに水中に捨てるわよ。薬莢だけこの場に残していくなんて、なぜそんな面倒なことをしなくちゃならないの？」

「女がみんな」レーンは言った。「同じように考えるわけじゃない。どこへ行く、アゼイ？」

「ケイといっしょに、ちょいと地形調査に行ってくるよ。そのあいだヒャクニチソウやらペチュニアのあたりを掘り返してみてくれないか。そしてほかの薬莢を見つけてくれたら、言い値を支払うよ。それを励みに穴から薬莢を見つけてくれ。それじゃまたな」

「今度は」アゼイに肘のあたりを支えられ、森のほうに方向転換させられながらケイがたずねた。「どうするつもり？　あなたの考えは？」

「だれかが状況を熟考し、このことは完全な謎のままにしておくより、我々に容疑者を見つけさせたほうがいいという結論に達したんだろう。最初が薬莢だ。だからレーンは薬莢を見つける。あっし自身がそれこそ目を皿のようにして探した場所からな。レーンはじきに別の薬莢も見つけるだろう」

ケイはアゼイの横を黙ったまま少し歩いた。

「ではあなたは、あたしが見つけた銃も見つかるよう仕組まれたものだと思うのね？」

「そうさなあ」アゼイはゆっくりと言った。「おまえさんが、銃を処分したいと考えたとする。その場合、手っ取り早い方法がふたつある。ひとつがソフの池、もうひとつが大西洋だ。海岸に沿って引き波があり永遠に銃を見つからなくすることができる可能性と、引き潮のときにどこぞの海水浴客に発見される可能性と五分五分だ。海でだれにも発見されないようにするためには銃を深水部で捨てる必要があるが、そのためには船がいる。これは大変だ。池のほうが近い。池を選ぶのは当然だろう？」

ケイはうなずいた。

「そこでだ」アゼイは一瞬、黙ってから続けた。「おまえさんは散弾銃を処分するのに最適な場所はソフの池だと決めた。さてどうする？」

「もちろん、そこに投げ込むわ！」

「そうだな」アゼイは皮肉な調子で言った。「おまえさんはあの古い桟橋をずんずん歩いていって、どん詰まりのところからそれを投げ込むよな？　観光客が飛び込みをしてて、避暑客が体を洗ったり、名犬エイモスを筆頭に犬たちが週に一度のシャンプーをしてもらう横でな。確かに便利で安全な処分場所だ。間違いない」

「それは考えなかったわ」ケイは素直にそう応じた。「そうすると、少なくともかなり遠くのほうに投げ捨てなければならないわね」

「少なくとも、だれも水浴びをしていない反対岸まで回っていかなければならんが、そうすると銃は泥のなかに落ちることになるし、泥の底に沈ませるためには全力で遠くまで投げ込まなければならん。さあ、この切り株に登ってごらん。池が見えるかね？」

「もちろん見えるわ！」

「では家は見えるかね？」

「ヘル・ホローの？　ええ。ついでに言えば、海も見えるし、灯台も見えるし、沖のほうの石炭船二隻も、町役場も第一組合教会の鐘楼も見えるわ。なにこれ、歴史的建造物の講座？」

「その通り」アゼイが言った。「そしておまえさんはジェーン・ウォレンだ。一時間やるから、ホローのランドール邸から貯氷庫までのもっとも通行しやすい最短最速ルートを考えてみてくれ。経路はふたつある。おまえさんがそこを通ってみてどんな道かを知ったあとで、あっしといっしょにちょっとした実験をやってみよう。おっと、また雨が降ってきた。雨降りのなかでやるのは嫌かい？　もし気が進まなければ——」

「あなたのやろうとしていることの半分ほどしかわかっていないけど、協力できることはなんだってやるわ」

「助かるよ。ではこの件はおまえさんに任せる。あっしとしては、下の道のほうが賢明だろうと思う。迂回とかそれ以外にも考えがあれば、好きにやってみてくれ」

「こんなのに一時間も必要ないわ」

「いやいや、必要だとも。さあ、好きな道を行ってごらん」アゼイが言った。「そうすればわかる。

これがあとからどれだけおまえさんの仕事に役立つか考えるといい。地方色という彩りを加えることができる。ヤマモモ、マツ、ヒメコウジとね」アゼイは一枚の葉を手に取り、それを噛んだ。「ケープコッドの澄んだ空気を吸い、ケープコッドの雨を直接、体験するんだ」

およそ一時間後、ケイは切り株に腰掛けているアゼイのもとに戻ってきた。

ケイの両脚にはイバラにひっかけた傷がついており、片方の靴紐はちぎれ、顔は汚れ、ベレー帽の下の赤毛はびしょぬれだった。

「地方色という彩り」ケイは言った。「蚊に赤アリにヘビ二匹、スカンク三匹――幸い、あまり機敏じゃなかったけど――そして、昆虫と棘のある植物という見事な取り合わせ。ここに入植した人々はよくあれに耐えられたものね」

「それについてはあっしも昔から不思議に思ってる」アゼイは言った。「しばらく休んだら、戻ってこれを試してみよう」

レーンは冷淡な態度でふたりを迎えた。

「これはウォレンの娘がプリティマンの小切手で買った散弾銃だ」レーンは言った。「ボストンに電話をして確かめた」

「おまえさんの考えが裏付けられたな」アゼイが言った。

「そうだな。それとほかの薬莢だが――確かに見つかったよ。あんたが言ったように埋められてた。あんたたちはなにをしてたんだ?」

「あっしはなにも」アゼイは言った。「ケイはこのあたりの動植物を調査してたんだ」

「なにを企んでる?」

「いやなに」アゼイは言った。「我々は時間計測プロジェクトを実施中なんだ——うまい言いかただろう！　いとこのシルは自宅のゴミ捨ての穴をゴミ処理プロジェクトと呼んでるんだ。それよりレーン、ケイはこれからそのリンゴの木の横に立ち『バキューン』と言い、それから穴を掘ってふたつの薬莢を埋める真似をして——ほんのお遊びさ——それから池の貯氷庫まで走っていき、銃を捨て、それから大急ぎで家まで戻ってくる予定なんだ。あっしは八分以内にドアをノックする。それまでにケイが戻ってそのドアを開けられるかどうか試してみよう。この薬莢を埋めるための穴掘りの時間も計ってみるんだ。さてどうなるか」

レーンは躊躇《ちゅうちょ》した。「だがジェーンは土地のことをよく知っていた」

「おそらくケイも同じくらいよく知っている。それにケイは散弾銃を持っていないし、昼間だという優位な点と、小雨が降っているという不利な点がある。これらを総合するとふたりはちょうど五分五分だろう。準備はいいかね、ケイ？　腕時計の準備はいいかね、レーン？　おまえさんがスタートの号令を掛けてくれ」

レーンが合図をすると、ケイは庭に走っていってふたつ穴を掘る真似や、薬莢を埋める真似、片手を使って土で覆う真似をした。次にケイはくるりと向きを変えると、池へ向かって駆け出した。

アゼイとレーンは家のほうへ歩いていった。

「たぶんあんたの言うとおりなんだろうよ」レーンが言った。「あんたが間違っていることは滅多にないからな。しかしこれまでにこんな事件を解決した者はいないし、おれは少々舞い上がっていたようだ。だが、なぜわざわざ証拠を捏造する？」

「ジェーンを快く思っていない人間を探すんだ」アゼイが言った。「それと——おまえさんにブリンリーのことを話さなきゃならん」

レーンはアゼイが話している途中で遮った。

「八分経過だ。先を続けてくれ」

アゼイはケイが息を切らしながら戻ってくる前に、自分の話を終えることができた。

「十一分超過」アゼイはケイが正面入り口の階段に座れるよう、横に移動した。「くたびれたかね？」

「煙草をちょうだい！」ケイが言った。「こんなに疲れたのは、学生時代にホッケーをやって以来よ――年を取るに従って、びっくりするほど足腰を使わなくなるわよね。ところでアゼイ、あたし最短距離を全速力で走って戻ってきたわ。だけどあの地面を掘る分の時間を割り引いても全然、間に合っていないんでしょう？」

「つまりこういうことだ」レーンが言った。「アゼイ、マイク・スレイドには出来たはずがな――おっと、忘れてた。あんた、スレイドを町にやってるだろう？　あの娘のもうひとりの彼氏はあんたといっしょだった。だからあの娘が殺しをして、あんたとゼブが来るまでに戻ってこられたはずがない――なあ、最初からそのことを知ってたのか？」

「アゼイはもったいぶっているのよ」ケイは言った。「ねえどうしてわかったの、アゼイ？」

「靴下を履いていたんだよ」アゼイは言った。「ジェーンは。月曜の夜からずっと心にひっかかっていたんだ。しかも、履いていたのは絹の靴下で、裂けたり、伝線したりしていなかったし、脚にだって引っかき傷ができたりしていなかった。おまえさんの脚を見てごらん、ケイ。走り回っただけでそんな具合だ。我々は――おや、お客さんのようだ。サラとジェフだぞ！」

アゼイはふたりを出迎えた。

「これはジェフからの情報提供よ」サラが一枚の紙を差し出した。「わたしが思いついてジェフに聞いてみたの。とにかく、これは記録の写しよ。ジェフが彼女に許可を与えたの」

アゼイが読んでみると、そこにはジェーン・ウォレンに対して二週間前に「自己と財産を守るために」銃の携行許可が与えられたことが記されていた。

「銃の所持許可証かね？　だれが発行した？」

「わたしだ」ジェフが言った。「ジェーンに言われたんだ。ヘル・ホローにいると時々、死ぬほど恐ろしくなる、無気味な音がするからとね。わたしはもっともだと思い、許可証を出した。エドワーズはその週、病欠していたし、ほかのみんなもお祭りの準備で多忙を極めていたから、お役所仕事はわたしが片付けたんだ。ジェーンは小型の銃を手に入れたいと言っていた。彼女に銃は扱えるのかとたずねたよ――銃を扱えない人間に銃の所持許可を与えるのは無駄な気がするし、そんなことをしたらメリットどころか、むしろデメリットのほうが大きいだろう。とにかく、ジェーンは専門家に教えてもらっていて、少しずつ上達していると言っていた」

「その専門家というのは？」

「わたしはゼブのことだと思った。しかしいまの状況を考えると、たぶんスレイドのことだったのだろう。スレイドはこの町にやって来てから、ずいぶんと銃を撃っているからな」ジェフは不思議そうにケイを見つめた。「いったいこの子になにをしたんだ、アゼイ。ずいぶん疲れているようじゃないか」

「ああ、そうなんだ」アゼイは言った。「いっしょに連れて帰ってくれ。あっしはまだちょっとやることがあるんだが、ケイは冷えて歯の根が合わないようだ。この子の世話をしてやってほしい」

ケイはそれを大人しく受け入れた。「探偵をするのにくたびれたわけじゃないのよ」ケイはアゼイに言った。「でもしばらく、具体的な調査はあなたに任せるわ」

アゼイはにやりと笑うとレーンのところに戻った。

「さてと」アゼイは言った。「ジェーンがここで銃所持許可を取ったことがわかった。これについては否定のしようがない。人殺しを考えている者にしては、ずいぶん法にかなった手続きじゃないか。ジェーンには銃の反動でついたかもしれない痣が肩のところにあるが、本人は地下室の階段から落ちたと言ってる。ジェーンが銃を買い、スレイドはそれをもらったが、だれかに盗まれたと言っている。それが池から見つかったが、ジェーン自身が月曜の夜にそれを投げ込めたはずはないし、おまえさんとおまえさんの部下がずっと張り込んでいてくれているから、その後もジェーンにそれができたはずはない。それに、それまでのあいだジェーンは銃をどこに隠していたんだ？　あの子には確かに動機があり、ここにいた。つまりどういうことになる？」

レーンは肩をすくめた。「おれが聞きたいよ。ブリンリーを調べてみよう。部下を何人か呼び、ここを見張らせる。困ったときには藁《わら》にでもすがらないとな」

「それと、だれが我々に銃と薬莢を見つけさせようとしたのかも突き止めないと。レーン、今夜はここをふたりがかりで見張らせてくれるかい？　ここを見るたびになんとなく大惨事の気配みたいなものを感じるんだよ」

町でアゼイは疲れた様子の女性たちにあれこれ言いつけているブリンリー夫人を見つけた。女性たちはアゼイがブリンリー夫人を引っ張っていくのを見て、明らかに喜んでいた。

アゼイはブリンリー夫人がその日の出来事、つまり海辺のバーベキューでみんながずぶ濡れになったこと、知事たちがいかに感じがよかったか、フィルブリック将軍とマルカーイー元上院議員がその晩のパーティまで自分たちの面倒を見てくれたこと、みながウィンズロー・ビリングをどうするつもりか知らないが、あの男は恩知らずのできそこないだ、と語るのを遮った。

不屈の忍耐力を発揮しながら、アゼイは黒犬エイモスの失くなった鑑札についての話を持ち出した。

どうやらエイモスは実際に鑑札を失くしたようだったが、ブリンリー夫人はメイヨさんがなぜそんなことに関心を持つのかわからないと主張した。あたくしはエイモスに昨年の鑑札をつけていただけなんだし、みんな自分たちが正直な人間であることを知っているし、記録を見てもらえばちゃんと登録料を支払っていることがわかるはずだし、主人は行政委員だからそれが最善の対処法だと思ったし、犬の登録料なんて些細な問題でしょう？　三セントの郵便料金にガス税に、それ以外にもいろいろとあって大変なんだし。主人はね、なんだかんだ言って単一税には一理あるのかもしれないと考えはじめているんです、とブリンリー夫人は付け加えた。

観覧車が動かなくなっていたあいだＪ・アーサー・ブリンリーがどこにいたのかという問題は、もはや迷宮入りとなった感があった。ブリンリー夫人は、これまであんな時間を過ごしたことは一度もなく、そのことを思い出すだけで恐ろしいし、観覧車が倒壊でもしていたらどうなっていたか考えたくもないと率直に語った。

アゼイはようやくブリンリー夫人のもとを去ることに成功し、郵便局の前でレーンと落ち合った。「ブリンリーがどこにいたかを知る者はいないようだ」レーンはアゼイに言った。「バッジを着けている者たちに片っ端から聞いているんだ。メリーゴーラウンドに乗るあいだバッジを着けていた係員のだれかにメガネを預かってくれるよう頼み、その人はたぶんブリンリー氏だった気がするんだが、それ以来、彼を見つけられずにいるという口実で。そうしたら、もちろん彼らはみな月曜の夜は祭りの会場にいたけれど、あなたからメガネは預かっていないし、さらに言うなら、当日ブリンリーを会場で見た覚えはないと言うんだよ。これからどうする？」

「あっしは」アゼイは言った。「家に帰り、早めの食事をいただくよ。レーン、あっしは超能力の持ち主じゃないが、問題の人物が行動を起こしはじめている気がするんだ。おまえさんの部下や投入できる人員ありったけを、今夜またみんなの家やブリンリー宅を見張らせてくれ。昨夜、ブリンリー邸は大騒ぎで、スレイドはセイヨウサンザシの木に登っていたが、おまえさんの部下はどこかで油を売っていたようだからな」

「あいつらもその話は耳にしたようだ」渋い顔でレーンは言った。「祭りの会場にいる旅の女がどうとか言い訳していたからな。だからおれがよくよく言い聞かせておいたよ。なあアゼイ、気になっているんだが、あの薬莢と銃はいつそれぞれの場所に隠されたんだ？」

「スレイドはあの銃が月曜の夜に盗まれたと言っている。だから、それ以降どのタイミングであの池に投げ込まれていてもおかしくないが、あっしは今日か昨日じゃないかと思う。薬莢のほうは――あの家にはおまえさんか、おまえさんの部下が月曜の夜から張り込んでいる。プリティマンが昨夜、コンラッドを縛り上げていたときを除けばな。あとは、あっしとターシャス・プリティマンがおしゃべりしていたときっていうのもありそうだ。コンラッドもいっしょに家のなかにいたからな。そのときに薬莢を隠すのはリスクはあったが、うまくやってのけたというわけだ」

「おれは客たちのことも気になっているんだよ、アゼイ。大勢がこのあたりをうろついて、あのマネキンを眺めたりしているし、なかには庭の近くまで行くやつもいる。おれは残されていた証拠のことを考えるのに忙しくて、だれかがなにかを置いていくかもしれないなんて考えもしなかったんだ」

サラ・リーチ邸に戻ると、アゼイはバーサが語るその日の出来事を聞きながら、ひとり台所で食事を取った。お祭りであんなことがあった、こんなことがあったというのは、続き漫画かアニメーションのようだとアゼイは思った。自分自身でそれを見ていなくても、必ずだれかがそのことを話してくれたり、説明してくれたりする。しかも内容をちゃんと理解できるように、たいてい二回。

食事を終えると、アゼイはゼブと共同で使っている部屋へと戻り、ベッドに寝そべった。昨夜とおとといの晩のことから判断して、なにか起こるとすれば夜も更けてからだろうし、今夜に備えておこうと思ったのだ。

なぜだが、厄介な問題が迫っているような気がしてたまらず、アゼイは落ち着かなかった。

これまでアゼイは、自分たちが立ち向かっている者が行動を起こすことを願っていた。だがそいつが手の内を見せはじめているいまは、次になにが起こるかまったく予測がつかない。薬莢隠しのタイミングは見事だったし、散弾銃もそうだ。そいつは自分がなにをやろうとしているかをちゃんとわかっていて、それを実行している。

アゼイは立ち上がると、サラを探しだし、細心の注意が必要だと心に刻んでもらおうとした。

「わたしたちみんな知事のパーティへ行くことになってるの」サラは言った。「みんなのことを充分に気をつけると約束するわ。ええ、エロイーズも行く予定よ。すっかり元気になったと本人は言ってるけれど、エロイーズと顔を合わせるスレイドは気まずいでしょうね。ええ、よく気を付けるわ。ゼブとジェフとわたしで、エロイーズやジェーン、それからケイの面倒も見るわね。ところでアゼイ、ジェーンにとってゼブの株はまた持ち直しつつあるのかしら。どうやらジェーンは今日の午後はずっとゼブといっしょのようだし、スレイドは今日、電話もしてこないし、家の近くにもやってきていないわ。まったくねえ、わたしだって若いころはあんなふうにぎこちなかったんでしょうけど、あんなではなかったと思ってしまうのよ。自分はああじゃなかったのにと」

「みんなが言っていることが本当なら」アゼイはサラに言った。「ジェフはおまえさんに恋い焦がれ、それ以外に四十七人が発狂寸前になったそうじゃないか。そのおまえさんが、お相手がふたりいるぐらいでジェーンの心配をするとは！　とにかく、みんなのことを気を付けてやってくれ」

花火の開始予定時間になるのを待たずに、アゼイは自分のオープンカーに乗ってヘル・ホローに向かった。

すでに雨は上がっていたが霧が出てきており、両手で握っているハンドルが濡れてつるつる滑った。私道へとハンドルを切りながら、アゼイは二方向から懐中電灯の光を向けられたことに満足した。

「勤務中かね？」アゼイは駆け寄ってきたコンラッドにたずねた。

「聞いてくださいよ」コンラッドが言った。「今夜ここは昨夜よりもさらに嫌な感じなんです。本当ですよ、霧は薄気味が悪いし、昨夜以上にいろんな音がして――」

「今夜は非番になると思っていた？」

「ええ、でもレーンからふたり必要だと言われて」コンラッドは悲しそうだった。「自分がそのひとりという訳です」

アゼイは自分の車の懐中電灯をハンドルのクランプから外した。「しばらくおまえさんといっしょにいるよ」アゼイは言った。「ここを見張りたいんだ、その理由は説明できないが」

アゼイは腕時計の蛍光文字盤を見た。「そろそろ花火が始まる。あと十二分だ。思うんだが――」

「その時計、遅れてるんじゃないですか――ほら始まった」コンラッドが言った。「ほら――聞こえますか？」

「静かに！」アゼイが言った。「耳を澄ますんだ！」

もうひとりの警官が霧のなかから現れた。「あの」警官は言った。「あれは花火？　それとも銃声ですか？」

「打ち上げ花火が始まったんだよ」コンラッドが言った。「ほら、聞こえるでしょう？　いまの。あ、まただ――」

しかし、アゼイともうひとりの警官はすでに森めがけて駆け出していた。

アゼイが前にも聞いた例の奇妙な笑い声が前方の霧のなかから聞こえてきた。

「なんてこった！」警官は言った。「聞きましたか？　あれは女性の悲鳴ですよ、間違いありません！」

「いいや」アゼイが応じた。「さっきのは違う。だが、いま聞こえたのはそうだ！」

第十三章

また女が絶叫し、その声はナイフのように霧を切り裂いた。

「こっちです！」さっきの警官がアゼイの腕をつかんだ。「女はどこかこのあたりに——」

「いや、違う——」

「こっちです！　さあ早く——」

「ちょっと待て」アゼイは霧のなかで音がどんなふうに聞こえるかよく知っていた。「よく聞くんだ」

しかし背後のコンラッドの騒々しさもあって、悲鳴がどの方向から聞こえているか正しく判断することはできそうもなかった。

「自分が思う方向へ行け」アゼイは言った。「あっしはこっちへ行く。待てよ——ひょっとすると」

アゼイは四五口径のコルトを引き抜くと、空へ向かって一発撃った。「相手を怖がらせて追っ払うことができるかもしれん——」

アゼイは再び発砲すると、おもむろに駆け出した。

アゼイはまた女の声を聞いた。

「アゼイ！」

その女がだれにせよ、自分の名を呼んでいるのだから少なくとも叫ぶことはできるのだ。少なくとも女は生きている。そしてだれかを蹴りつけているらしい。

アゼイは大声で返事をした。

全速力で走りながら、アゼイは今日の午後このあたりがどういう状況だったか思い出そうとした。周囲の地形などをまるごと記憶に刻むために、長いあいだこの切り株に座っていたのだから。

アゼイには、あたりを走り回っているふたりの警官以外の足音は聞こえなかった。しかし、依然としてなんらかの格闘が続いている気配があった。

だがその音はしない。ということは——アゼイは左に方向転換した。ということは、その格闘は高いマツの老木の生えている一画で行われている。そこは足元に厚く積もったマツの葉のせいで音が消えるのだ。

「アゼイ！」

アゼイはだんだん近づきつつあった。確かに目指す相手はマツ林のなかにいる。いまやその物音ははっきりと聞こえていた。足元はマツの葉で滑り、低く垂れさがった太枝のおかげで二度ほど転びそうになった。アゼイは低く身を屈め、突進した。

ついに前方の霞んだ懐中電灯の光のなかに、一本の木の前にいるひとりの人影が判別できた。アゼイが近づいていくと、その人影はぐったりと地面に崩れ落ちた。どこか先の方で、だれかがマツ林のなかに逃げていくのが聞こえた。

ジェーンが目の前にぐったりと倒れている。アゼイはジェーンが着ていたキャメルのコートに見覚えがあった。

アゼイは跪き、息を呑んだ。

ジェーンではない。ケイ・セイヤーがマツ葉の上に倒れ、顔から血を流していた。

「ケイ！　けがをしているのか――」

「あいつを追って」ケイは言った。「あたしは――別にたいした――」ケイはやっとのことで言った。

「けがはしていない。ただちょっと殴られただけ。あのくそったれを捕まえて――」

アゼイは大声で警官たちを呼んだ。

「おい、おまえさんがた！　ここだ！　こっちだ、マツ林だ！　こっちこっち！　おーい！」

アゼイはふたりがこちらを見つけるまで叫び続けた。

「この子を頼む」アゼイは警官たちに指示した。「ヘル・ホローに連れて行って、それからだれかを――」

「どこへ行くんです、メイヨさん」

「やつを追う。いいや、おまえさんは来るな。この子を見ていてやってくれ。レーンに電話をし、この子に治療が必要ならカミングス先生を呼ぶんだ――」

アゼイは相手が逃げたと思われる方向にある二本のマツの木のあいだに分け入った。

また奇妙な笑い声がした。霧のせいでそれはなんとも不気味で、人間のものではないように聞こえた。

「ふん」アゼイはつぶやいた。「ブタとカナリアお供に連れて、彼はボウズ少佐（一九三〇～一九四〇年代に米で活躍したラジオパーソナリティ）と大儲け――」

アゼイはその音がどちらの方向から聞こえているのか判断がつかなかった。だが、おそらく相手はマツ林のなかでしばらく息をひそめているだろう。そこにいれば足もとも柔らかく、居所を悟られずに済むのだから。とはいえ、そこから逃げ出すときに多少の物音がするはずだ。ヤマモモやオークの茂み、小低木はあとをつけようとする者にとってよい警報装置となってくれるだろう。

アゼイはじっと動かずにいた。

おそらく相手は自分がつけられているかどうか確かめるために様子をうかがうはずだし、それが利口なやりかただ。そして自分の身の安全を確信できたら、悠然と去っていくだろう。様子をうかがうことが勝つためのすべてであり、現時点で急いで逃げようとするのは負けを意味していた。

「そういうことなら」アゼイは思った。「絶対におまえさんよりも辛抱強く待ってみせる」

アゼイは猫のようにマツの木にひょいと登ると、待機に入った。

幸いなことに、警官たちを呼んだとき、アゼイはこちらが何人いるか相手にわかるようなことは一切言ったり、したりしなかった。だからふたりの人間がケイを連れ戻ったのを聞いていたなら、相手はそれがアゼイと警官で、あとはだれも追いかけてきていないと考えるかもしれない。

両目を閉じると、アゼイは耳を澄ました。

アゼイの頭上の枝がかさかさと鳴った。遠くのほうで、ケイとふたりの警官が家に戻っていく音が聞こえた。

アゼイは考えた。あの娘はこんなところでいったいなにをしていたのだろう。サラは家の者たち全員に気を配ると約束してくれた。なのにケイはこんなうら寂しい森のなかで、我々が追っている男に殴られていた。これまでのサラのあれこれから考えるに、じつは彼女と犯人は親しい間柄なのかもしれないし、犯人から連絡だってあるのかもしれない。夢遊病でそこらを歩き回り、ケイを家に招いた――厄介者というより役に立つ存在だったからではないと思うが、彼女のおかげで事態が動いたのは事実だ。あの散弾銃の一件も助かったし、犯人が自らの居所を明らかにせざるをえない場所にケイがいたということ自体が助けになっている。

相手の男がだれだかわかったのなら、ケイは自分にそのことを伝えただろう。だから、ケイには相手がわからなかったのだ。だが、なにか教えてくれるかもしれない。背が高かったとか低かったとか、太っていたとか痩せていたとか、あるいはそいつがなにかしゃべったとしたら、その声がどんなふうであったかとか。またはそいつが魚臭かったとか、たばこ臭かったとか、香水の匂いがしたなんてこともあるかもしれない。アゼイはケイを信頼していた。ケイならなんらかの特徴に気づいているはずだ。たいていの女性なら取り乱してしまうだろうが、とても冷静な娘なのだから。もちろん心底、怯えていただろうが、それでも声を限りに叫ぶだけの分別は失なわなかった。ケイならきっとなにか重要なことに気づいたに違いない。

アゼイにはもはや三人が家に戻っていく音は聞こえず、代わりに打ち合げ花火のパチパチ、ドーンという音が響いていた。おまけに妙な風がヘル・ホローの松林のあらゆる音や反響を吹き飛ばしており、アゼイの相手に逃げようと思えばいつでも逃げられる状況を作っていた。そいつが太鼓をうち慣らしたとしても、自分には居所はわからないだろう。

アゼイは船乗り時代に覚えたありったけの語彙を使って、フィルブリック将軍と花火を心のなかで罵った。そうしているうちに、アゼイにとってフィルブリック将軍は封筒に入れて郵便ポストに投函できそうな小物になっていた。

一度か二度、アゼイはもう諦めて家に戻ろうかと考えた。謎の男はすでに何マイルも逃げてしまっているだろう。とはいえ、ここにとどまることでアゼイ自身が失うものはなにもなかった。

二十分以上、打ち上げ花火は続いた。アゼイはその後、十五分以上待ってから家に戻ることに決めた。

アゼイが下の大枝に片足をついたところで、近くのどこかの大枝がパキンと鳴るのが聞こえた。その一瞬あとで光が点き、すぐに消えた。

犯人はケイがいたところに戻ってきていたのだ――なるほど！　きっとなにかを落としたのだろう。アゼイが走ってきたときには拾う時間がなかったが、だれか別の人間に見つけさせるつもりのないなにか。そいつは花火のあいだ、じりじりとその場所へ戻ってきていたわけだ。

アゼイはさっと木から下りると、光が見えたほうへ移動しはじめた。

アゼイは全速力でそいつのあとを追いたくてたまらない気持ちを抑えた。こちらが物音ひとつ立ててしまえば、犯人はまた沈黙を守り身動きしなくなるだろう。それに、相手を追いかけようとしているアゼイ自身が標的にされかねない。懐中電灯を使うなど論外だ。ヘッドライトと同様、懐中電灯も遠くを照らすものだが、実際のところ霧のなかでは十から十五フィートぐらいしか光が届かない。

アゼイはじりじりと忍び寄った。初めのうちは相手に気取られていない自信があったが、進むにつれて不安になってきた。

アゼイは動きを止めると、自分がちゃんと目指す方向に進んでいるか確かめるために耳を澄ました。ブラックベリーのつるが足首に引っかかっている。そのつるはアゼイの靴の上の部分とゴムの底にからまっており、そこから靴を引き抜く際に、ごくかすかな音を立ててしまった。アゼイにとってそれはフィルブリック将軍の花火さながらに轟いて聞こえ、彼はとっさに木の横に身を隠した。

なにかがヒューっとアゼイをかすめて飛んでいき、パンという音が聞こえた。

アゼイは息をひそめ、できるだけ木の陰から体が出ないようにした。

相手はサイレンサーを使っていた。

アゼイはにやりと笑った。ポケットのなかにはパイプタバコが詰まった缶がある。彼はそれを引っ張り出すと、力いっぱい右のほうに投げた。

それは切り株に当たって大きな音を立てた。アゼイは四五口径ピストルを手に、相手がなにかするのを待った。

二発の銃弾がそばの木に撃ち込まれ、さらに二発飛んできた。

「おやおや」アゼイはつぶやいた。「あっしのことが嫌いらしい」

相手の居所の見当が付いたので、アゼイも三発の銃弾をお返しした。

どこか遠くのほうで、アゼイの発砲に応えるように三度の銃声が聞こえた。アゼイはうなずいた。ありがたい、あれはレーンか彼の部下だろう。

その銃声が消えると同時に、相手は走り出した。こちらの味方がやってきたことに気づいたらしい。アゼイは相手を追った。

そうして相手を追いかけながら、アゼイはこの前の土曜の夜のゼブ・チェイスの気持ちがだんだんわかってきた。

どれだけ歯を食いしばって追いかけても、何度、速度を上げようとしても、相手はつねに先にいた。それも、一度も自分の目でちゃんと見ることができないくらいはるか先に。アゼイは一度、適当に発砲してみたが、その足の速い、あちこち向きを変える、身のこなしの軽い人物にはなんの変化も見られなかった。

「あくまでも」アゼイは思った。「相手が人物であれば、だが！」

彼らは円を描くように、少しずつ池や周囲の湿地へ続く傾斜へと近づいていた。

しかし湿地帯の端まで来ると、アゼイはスピードを落とした。

アゼイはこのあたりに特別、詳しいわけではなかったが、どこに危険が潜んでいるかわからない沼地全般を警戒するだけの分別を持ち合わせていた。子ども時代、アゼイの自宅そばの沼地は迷子になった家畜、のちには自動車、犬などにとってひじょうに危険な場所だったからだ。いくつもの場面がアゼイの心に浮かんだ――父親の一番上等な雌馬がホルブルック家そばの泥の穴にはまってしまったときの急ごしらえの滑車とロープ、ちらつくランタン、そして最後には叔父がネイト・ホルブルックから猟銃を借りてきたことを。

さっきの奇妙な笑い声が前方を漂っていたが、アゼイはその場を動かなかった。たとえ殺人犯を捕まえられる可能性があろうと、沼地に誘導されるつもりはない。

アゼイはそこに腰を下ろし、四五口径に弾を込めた。

アゼイの計算では池の東側の沼地の縁にいるはずであり、ケイ、ブリンリー、マダム・モウとともに日中いた貯氷庫から三百ヤードも離れていないと思われた。

相手はどこかに車を置いてあるはずだ。この池に来るにはふたつの方法がある。アゼイとケイが使った短い狭い道か、ブリンリーが車を置いていた道路かである。後者のほうがはるかによい道だったが、そちらのほうが池からは遠く、急ぎながらやってくるのは大変だ。しかし自分が相手の立場なら、狭い道で動けなくなる危険を冒すよりも、非常時に敵との距離を確保できるほうがいいと考えるだろう。およそ三対一の確率で、その車は東の道路に駐車してあるはずだ。

アゼイは相手を追いかけることを諦め、退路を調べることにした。この人物を捕まえようとするのは、バーンスタブル祭で体に油を塗った豚を捕まえようとするようなものだ。このふたつの最大の違いは、少なくとも豚のほうは目に見えるということだった。

三度の失敗のあと、アゼイはとうとう東の道路に出た。

止まっている車が前方の霧のなかから現れ、それを見たアゼイは思わず声を上げそうになった。

アゼイは茂みのなかで待った。片手に懐中電灯を、もういっぽうの手に四五口径を持って。この件はこの場でいまにも決着がつくのだ。

とうとう男がやってきた。音もなくやぶからするりと出てきたので、アゼイはもう少しで男に気づかないところだった。

そいつがゼイゼイと喘いでいることに気づいて、アゼイはいい気味だと思った。男の息は浅く苦しげで、疲労困憊しているような足取りだ。アゼイにはその両足がどんな感じなのかわかった。自分もまったく同じように感じていたからだ。

その男はアゼイの横に並んだ。

アゼイは懐中電灯を点けて男の顔を照らし、四五口径を相手のベルトのバックルの上に向けた。

「手を——なんと！　おまえさんだったのか、J・アーサー？　同志ブリンリー——まさか、おまえさんだったとは」

J・アーサーは頭から足までぶるぶる震えていた。

「わたしだ——おまえは——だれだ——アゼイなのか？」

「あのメイヨさ」アゼイが言った。「俊足メイヨだ。向こうを向け。それでいい。手は伸ばしたままでいろ。そうだＪ・アーサー。こう言っちゃなんだが仰天したよ。まさかおまえさんだとは夢にも思わなかった。背中に銃が押し付けられているのを感じるか？　本当かね？　いいかＪ・アーサー、行儀よくしてないと撃つぞ。そうすりゃきっとおまえさんも心を入れ替えるだろう」

懐中電灯を上着のボタン穴のあいだに差し込むと、アゼイは空いた左手でブリンリーのポケットをたたいて確認した。

「肩掛けホルスターにはないな——おやおや、空気銃とサイレンサーはどこにやった？」アゼイはたずねた。「池にでも落としたのか、それともどうしたんだ？」

「どういう意味だ？　わたしは——」

「ブリンリー」アゼイは言った。「二歳児だっていまは偉そうな口を聞いているときじゃないと言うだろうよ。元気を出して、この道を進め。今夜はもう茂みには入らんぞ。それでいい。そのまますぐ行進だ。あっしが後ろにいる。行進しろ」

ブリンリーは歩いた。

「なあ」一、二分後、ブリンリーは息を切らしながら言った。「わたしの車に乗らないか？　そこにあるのは、わたしの車なんだ——」

「おまえさんといっしょに車に乗る自信がなくてね、Ｊ・アーサー。今夜のことがあったあとじゃとてもとても。そんなことをしたら、歩いて家に帰れなくなるような気がするんだ。ひょっとしたら車から放り出されるんじゃないかってね。だから断る。車には乗らない」

主要道路に出る前にブリンリーは突然、立ち止まった。

「さっさと進め」アゼイは言った。

「魚《うお》の目《め》ができてるんだ」ブリンリーが言った。「嘘じゃない、靴を脱ぎたいんだ。痛いんだよ。それに、わたしはこんなふうに両腕を伸ばしたまま主要道路を歩かねばならないのか？　だれかに見られでもしたらことだ――それにどういうことかさっぱりわからないんだが！　これはなんの真似なんだ？」

「おまえさんのような人間が厄介なのは」アゼイが言った。「手遅れになるまで、だれも真面目に取り合わないところだよ。虚勢を張っている尻に敷かれた意気地なしの亭主だと思ったら大間違い。思ってもみないことに――おい――こっちを向くな。J・アーサー、おまえさん――」

「振り返るとも！」ブリンリーは言った。「わたしがなにをしようと勝手だ。あんたに邪魔される筋合いはない！」

「余計なことは言わんほうがいいぞ」アゼイは言った。「黙って進め――おや、あれはだれだ？」

だれかがアゼイの名前を呼んでいた。

「アゼイ、アゼイ・メイヨ！　どこです？」

アゼイが大声で返事をすると、すぐにハミルトンが森から姿を現した。

「捕まえたんですね！　だれでしたか――ブリンリー？　こいつは驚いた！」

「この男は目下」アゼイは言った。「生まれたての子羊よりも汚れを知らないとおおせだ。まったく恐れ入るよ」

「なにがあったんです？」

「ことの始まりについてはわからない」アゼイは言った。「だが、この男はあっしが今後しばらく忘れられそうにない運動をさせてくれた。ちょっとしたサイレンサー一式をお持ちで、それを気前よく使った。あっしを沼にはまらせようとした。こっちは断じてその手には乗らなかったが。ケイの様子はどうだね？　彼女に会ったか？」

「彼女なら大丈夫だと思いますよ。家にいますし、カミングス先生が手当てしていましたから。頭に怪我をしてましたが、傷は深くありません。血はずいぶん出てましたけどね。彼女の話を聞く暇はありませんでした。すぐにあなたを追いかけるために飛び出しましたから。レーンとあの人の部下たちもこのあたりにいるはずです」

「プリティマンは首尾よく追っ払えたかね？」アゼイはたずねた。

ハミルトンは声を上げて笑った。「あの人なら問題ありませんよ、アゼイさん。列車に乗ったらつかつかとバーリーに歩み寄ってこう言ったそうです。『仲良くしよう。そのほうがお互いやりやすい』と。わたしがボストンを出発する前にバーリーから連絡があったそうです。バーリーによれば、ふたりはすこぶるうまくやっているそうですよ。なんでも――おいどうした、ブリンリー？　さっさと行け！」

J・アーサーが振り返った。

「断る」彼はきっぱりと言った。「この靴を脱ぐまではもう一歩だって進むつもりはないし、脱いだあとでも歩くのは数歩がせいぜいだ！　いいか、足が痛むんだよ！」

「ここにハミルトンがいてくれるおかげで、おまえさんのわがままにも耐えられるよ。さあ進め」アゼイが言った。

「気をつけて」ハミルトンが警告した。「待て、ブリンリー。わたしは靴に石が入ったと言い出したある男に、殺されかけたことがあるんだ。靴に隠し持っていた小道具が火を噴いたのさ。わたしがあんたの靴を脱がせてやろう。片足を持ち上げろ」

靴ぐらいひとりで脱げるというブリンリーの抗議には構わず、ハミルトンは彼の靴を脱がせた。

「これでよしと」ハミルトンは言った。「まったくなんて洒落た靴を履いてるんだ――」

「おや」アゼイが口を挟んだ。「ちょいと気になることが――その靴を見せてくれ、ハミルトン。いま気づいたんだが――」

それは革底付きの白のバックスキンオックスフォードだった。

「懐中電灯を点けてこいつを見張っといてくれ、ハミルトン」アゼイが言った。「ちょいとこれを調べてみたいんだ」

それはただの白のバックスキンシューズではなかった。アゼイがこれまで見たこともないほど真っ白なバックスキンシューズだった。傷もしみも汚れもなにもない。新品の靴だった。

アゼイは自分のゴム底の茶の革靴を見下ろした。イバラやブラックベリーのつるのおかげで、その革の部分にはざっと二十を超えるほどの傷がついていた。紐のところには折れた松葉がいくつも刺さっている。爪先は濡れていた。爪先にも靴の横の部分にも、湿地の埃や泥の塊がこびりついていた。

アゼイは片足を上げた。落ち葉と埃が入り混じって、低い踵部分と甲まわりのあいだに詰まっていた。

いっぽう、J・アーサーのバックスキンシューズは真っ白で、革底はほとんど濡れてもいない。

「靴を履き換えたのかもしれませんよ」ハミルトンが思ったことを口に出した。

「そうだな。しかし、着ていたもの全部を取り換えられたはずはないんだ、ハミルトン。あのズボンを見てみろ」アゼイは言った。「カフスもきれいでパリっとしている。シャツも、カラーも、ネクタイもそうだ。だが、あっしを見てくれ。なあハミルトン、あっしは大馬鹿者じゃなかろうか！」

J・アーサーが咳をした。その咳はことば以上にはっきりと言っていた。アゼイが見事な正確さと明快さをもって本件を語ったと。

「ブリンリー」アゼイがしんみりと言った。「おまえさん、あんなところでなにをしてたんだ？　説明してくれ」

「なにしてたって、それは家に帰ったあと」ブリンリーは言った。「ウォルター・ラトリッジから電話があって、ウィン・ビリングスが逃げたから、探すのを手伝ってくれと言われたんだ。わたしはすでに服を脱いでしまっていたしあまり気は進まなかったけれど、まあ手伝わないわけにもいかないだろうと思ったし、家内は家のことで忙しく――言うまでもなく、このところ家内は多忙で家事どころじゃないからね――しばらく手伝ってきたらとわたしに言った。家内は、わたしの立場上そうすべきだと思ったんだ。それでわたしも思い直し、ウオルターにわかった行くよ、と言ったんだ――」

「雨の夜に人探しをするときに、いつもそんな格好をするのかね？」アゼイがたずねた。

「家内が明日のために清潔な服を用意してくれていたんだ」ブリンリーは言った。「だが、わたしはウォルターのところに行くまでそれに気づいていなかった。ウォルターがウィンは森のどこかにいるに違いないと言うのを聞いて、ふと貯氷庫のことが頭に浮かんだ――ウィンはそこで一冬越したことがあるって話だから――それでここに来た。この道はよく知ってるんだ。しょっちゅうエイモスの散歩に来るし、ちょっとここを見てすぐ立ち去ればそう汚れることはないと思ったんだよ。実際は」

J・アーサーは思わず本音が出てしまったようだった。「わたしはウィンが町からこれほど遠くまで来ているはずはないと思っていたから、貯氷庫までわざわざ行きはしなかった。これはわたしの最後の汚れていないズボンだし、クリーニング屋の御用聞きは明後日まで来ないからな」

「ふむ」アゼイが言った。「じゃあ、ウィン・ビリングスを探している連中はほかにも大勢いるのかい？」

「ああ、そうだ。ウェストンやジェフ・リーチも——それで、わたしも行かない訳にはいかないと思ったのさ。彼らもわざわざ探しに行っているんだから。他にも一ダースほどはいたし、ジェフとウェストンが町の地図を持っていてウィンがいそうな場所に印をつけていたから、みながそれぞれ探す場所を分担したんだ——」

「おまえさん、なにか明かりは持っていなかったのかね？」

「懐中電灯を持っていたんだが、森のなかで失くしてしまったんだ」ブリンリーは言った。「この道は熟知しているつもりだったが、なにかにつまづいて懐中電灯をどこかにやってしまった。そして服を汚すよりはと引き返してきたんだ。この雨で、木の根が地面に出ていたんだろう。エイモスを連れてこのへんに来たときにそんな根がなかったのは確かなんだ。この道はしょっちゅう通っているんだから——」

「おまえさん、今夜の花火のときはだれといっしょにいた？」

「サラ、ジェーン、ジェフ、そして家内だ」ブリンリーは言った。「それ以外にも大勢いたよ。今夜の花火はあまりパッとしなかったがね。湿気のせいだろうな。山の手のほうはいまは霧がかかっていないし、ラジオによれば明日は晴れるそうだから、募金日はきっと快晴に——」

「あっしがおまえさんに声をかけ、引き止めたとき」アゼイが言った。「なぜその話をしなかったんだね？」アゼイは理不尽なことを言っているとわかっていたが、追っていた男を逃がしてしまったと確信したいま、いらいらした口調になるのを抑えられなかった。

「しようとしたさ」J・アーサーは言った。「だが――怖かったんだ。わたしはとにかく銃の類は苦手だし、あんたはその銃をわたしの腹に突きつけていたじゃないか！　だからつまり、デベンズ軍事訓練センターにいたとき事務職だったのも、わたしが銃嫌いだったからで――」

「ブリンリー」アゼイが言った。「おまえさん、車のキーは持ってるかね？　それをハミルトンに渡すんだ――おまえさんが他人に自分の車を運転させたくないのは知ってるが、車のところまで歩いて戻りたいか？　そうだろうとも。ハミルトン、ブリンリーの車を取ってきてくれ。ふたりでこの男をヘル・ホローまで送っていこう。それとあっしも送ってくれ。生まれてこのかた、これほどくたびれたことはなかった気がするよ」

アゼイは疲れ切ってもう年だと痛感しながら、ランドール邸で車から降りた。

レーンが駆け寄ってきた。

「すごいじゃないか、アゼイ――捕まえたんだろう！　いったいどうやったのかは知らないし、気にもしないが――」

「捕まえていない」アゼイが言った。「ブリンリーはただ、人探しをしていただけで――」

「ブリンリーのことなんかだれが言った？　いいから家に入って見てみろよ――やつを見つけたんだ。おまえさんの撃った弾が肩に当たったのさ。たいした傷じゃないが、彼の足を止めるには十分だったようだ。池のそばで倒れてた。早く！　それにしてもこんな夜に、これほど霧が出ているっていうのによくも命中させられたもんだ！　本当にすごい――」

「レーン、頭がいかれちまったのか？」アゼイがたずねた。

「いいから早く！　あいつの横にはなんとケイのベレー帽まであったんだ——やつが犯人さ！　来てくれ——」

第十四章

アゼイはゼンマイ仕掛けのようにぎくしゃくと、レーンのあとからランドール邸の居間に入っていった。

ソファにはげっそりとやつれた男が横たわっていた。泥だらけで汚らしく、服は破れており、髪はぐしゃぐしゃだった。

カミングス医師が男の上に屈みこんでいるせいで、顔はよく見えない。

「だれだ？」アゼイがぼんやりとたずねた。「そいつはだれなんだ？」

「ウィン・ビリングスだよ」カミングス医師が言った。「ビリングスは——おやアゼイ、ずいぶんお疲れのようじゃないか！」

「そうさ。ウィン・ビリングス——ウィン・ビリングスだって？」

カミングス医師は一枚の絆創膏をふたつに裂いた。「ビリングスゲートに住むビリングスの末裔さ。おまえさんなら、彼からなにか聞き出せるかもな。我々はだめだった。きれいな傷だよ、アゼイ。わたしが知るかぎり、おまえさんは手に負えないようなひどい状態にすることなく人を撃ち抜ける稀有な男だ。沿岸警備隊の連中と来たら、いつも酒の密輸人たちのすごく厄介な箇所を撃つからな。これでよし。じき治るよ、ウィン。実際、ケイに負けないぐらいすぐに良くなるだろう」

アゼイはチンツ（光沢のある平織綿布）張りの肘掛け椅子に腰を下ろした。

「先生《ドク》、よく理解できないんだが、いったいここでなにがあったんだね？」

「ウィンに聞くんだな」カミングスは言った。「ひょっとしたら、話してくれるかもしれん。我々には話そうとしないんだ。黙秘の誓いでも立てたのかと思うくらい、一言もしゃべらない」

アゼイはウィンのほうを見た。

「レーン」アゼイは言った。「先生といっしょに数分、席を外してもらえるかね？　あっしがなんとかできるかもしれな――」

「こいつは信用できない」レーンが言った。「おれはここにいる。こいつは死んだふりをしているんだ。すっかり弱っているのは見せかけだ。それに素面《しらふ》だ――」

「いいから」アゼイは言った。「そうだ、おまえさん、弾丸はひとつも手に入れてないんだろう？」

「こいつもケイもひどい怪我だったからだよ。アゼイ、おれは――」

「さあ早く」

ハミルトンがドアからひょいと部屋をのぞきこんだ。「わたしは――」

「全員すぐに出てってくれ」

一同はしぶしぶ部屋から出て行った。アゼイはパイプを取り出してから、煙草を持っていないことを思い出した。

女性しかいない家のなかに、煙草缶がひっそりと置かれているはずはないということを忘れて、アゼイはあたりを見まわした。

「ポケットにある」ウィンが言った。「椅子の上のコートのポケットだ」

「悪いな」アゼイはコートのポケットを探り、油脂加工された絹の煙草入れを見つけた。「いかしてるじゃないか」アゼイは言った。「だれかからの贈り物なのかい？」

「全然だめだ」ウィンが言った「味が薄い」

「あっしも同じ煙草を使ってるぞ」アゼイが言った。

「わしだって同じ煙草だ。だが煙草は缶入りのをくれと女どもに言ってるんだよ。女みたいな袋は欲しくないって！」

「ふるさと祭り《オールドホームウィーク》にうんざりしているようだな？」アゼイがたずねた。

ウィン・ビリングスはソファにまっすぐ背筋を伸ばして座ると、すばらしい正確さで暖炉のなかに唾を吐いた。

彼は長身で腰も曲がっておらず、滅多に素面のときがない高齢者の割にとても若々しかった。手元は驚くほどしっかりしていたし、声も力強く、意志の強そうな突き出た顎はアゼイを感心させた。町役場にある一連の肖像画から判断するに、鷹のような鼻、秀でた額、突き出た顎はビリングス家の特徴らしいが、これまでを思い出してみても、ウィンがこれほど頑固そうな態度を示したのは初めてのことだった。

「ふん」ウィンは壁に寄り掛かりながら言った。「忌々しいこの肩め。リューマチよりたちが悪い。なあアゼイ・メイヨ、わしがこれまでなにかを頼んだことがあるか？　いいや。家は？　いいや。食べ物？　いいや。慰めは？　いいや。年金は？　いいや。だれにも一度も頼んでない。まあ、煙草は別だが。それにわしは仕事をしたうえで頼んでる」

「なのに、みんなはおまえさんを洗ってめかしたてた」アゼイは言った。「おまけに――」

「おまけに、このわしを見世物にした！」ウィンは語気荒く言った。「これ以上、我慢するつもりはない。もう一秒たりともご免だ。はっきりそう言ったし本気だ」ウィンはポケットからパイプを出した。「煙草入れをくれ」

アゼイは自分のパイプに煙草を詰めると、火をつけてウィンに渡してやった。

「ウィン」アゼイは言った。「いったい今夜なにがあったんだ？」

「あいつらはわしを寝かしつけたんだ」ウィンは吐き捨てるように言った。「七時だった。ドアには鍵をかけられた。だから窓から抜け出した。前にもそうしたことがあったのさ。あんなふうに男の飲み物を取り上げやがって！　もうたくさんだ。どこかのにいちゃんがここまで車に乗せてくれた。話がわかるいいやつだった。わしが車に乗せてくれと言ったら、そうしてくれたんだ」

「貯氷庫に向かったのかい？」

ウィンはうなずいた。「ああ、だが霧のなかでなんだか道が思い出せなくなってしまった。そして次に気づいたら、だれかが銃を撃ちだした——一発、二発、三発とこのわしに。そのとき、わしは自分に言った。なんてこった、わしはもう終わりだ！　もうこれ以上、耐えられない。やつらはその気になりゃ、わしを蜂の巣みたいにできるんだぞ。もうやつらのために見世物にはなるもんか。なぜかって？　こっちはなにひとつ頼んだことがないのに、なぜやつらのためにめかしこまなけりゃならんのだ？　わしはそう自分に言ったんだ。なにが祭りだ！　アゼイ、やつらは祭りのやりかたもわかっちゃいない！　将軍が来たときのことを考えてみろ。赤のトルコ絨毯、花を生けた壺、シルクハットのアルバート公（イギリス女王ヴィクトリアの夫）みたいな連中、たくさんのごちそうにたくさんの酒——アゼイ、わしはこういったもん全部のことをよくよく考えてみたが、やっぱりおかしい。その気になればわしを撃つこともできるなんて、おかしいじゃないか。こっちだってもう我慢なぞしてやるものか！」

アゼイはパイプをふかした。ビリングスゲートがビリングス家末裔の気概を甘く見ていたのは間違いない。

「政府なんてクソくらえ」ウィンは言った。「あれが元凶だ。アカなんだ。これはだめだ、あれはだめだ、許可なく銃を撃っちゃならん。許可なく魚は釣っちゃならん、許可なく自分が食べるホンビノスガイを掘るのもならん、酒を飲むのもだめ――わしの父親がこの状況を見たら、自分で自分を撃ち殺すだろう。ひいじいさんがこの状況を見たら、イギリス軍が打ち負かされた日を残念に思うだろう。ひいじいさんはいつも言ってたんだ。あれが間違いだったって。イギリス軍を打ち負かし、新しい政府を始めたことが――」

「ウィン」アゼイが言った。「おまえさんいくつだい？」

「八十九か、九十か――あれまあ、きっと九十二だ！　よくわからん。だいたいそれぐらいとしか。だがわかっていることがひとつある。もう見世物にされるのはご免だ」

「あっしも」アゼイが言った。「そうしなくちゃならん理由はないと思うよ、ウィン。なあ、おまえさんが撃たれたあとにはなにがあった？」

ウィンは薄青の瞳をアゼイに向けると、少しのあいだまじまじと見つめていた。

「わしはもう戻らん。そう決めた」ウィンはにやりと笑った。

「わかった」アゼイは喉の奥で笑いながらそう言った。「なんとかしよう」

「約束するか？」

「自分の名誉にかけて約束するよ、ウィン。さあ話してくれ」

「肩が痛い」ウィンが言った。「わしはやつらに見つからないよう、貯氷庫に行ったんだ。死ぬほど喉が渇いてたんで、水を飲むために足を止めた」ウィンは顔をしかめた。「ひいじいさんがなんと言ってたと思う？　こう言ってたのさ、水は畑の作物を育てる神の手段だが、人間の体を錆びつかせてしまうって。ひいじいさんの言う通りだ！」

アゼイは戸口まで行くと、カミングス医師を呼んだ。

「先生《ドク》、なにかアルコールはないかね？　ウィスキー？　それでいい」

「その飲んだくれと十分、過ごしただけで」カミングス医師は言った。「酒をくれと叫ぶとは恥ずべきことだぞ。夫人募金団体に見つかったら――」

アゼイはウィスキーの瓶を取って、ウィンに渡した。

「いいかい」アゼイはきっぱりと言った。「一口で飲み干してはだめだよ。そうそれでいい。水を飲んだおまえさんは、それからどうしたって？」

「ありがとう、アゼイ。あんたはいいやつだ。下らんことをつべこべ言ったりしないし、話が早い。ええと、そうだ、わしはなんだか疲れたので池のほとりに腰を下ろして、休憩してから貯氷庫に行くつもりだった。それが気づいたら連中がうしろから近づいてきてわしの頭をしたたか殴りつけたんだ。そして気がついてみたら、警察やら医者やらとここにいたというわけさ――しかもみんな一斉になにか言ったり、叫んだり、わしのことを刑務所送りにするとか言ってるんだ。なんでそうなる？　わしがおめかしさせられたり、見世物にされるのは法律で決まってるわけじゃない。そんなことで刑務所送りになるはずがないじゃないか。自分の権利はちゃんと知ってる。ひいじいさんがいつも言ってたんだ。自分の権利はちゃんと知っていなくちゃいけない。そしてだれにもそれを奪われるな、そうすれば――」

「なぜそれをみんなに言わなかったんだね、ウィン？」

「なぜ言わなきゃならん？　それにみんなあんたのことを話していた。だからあんたが来るってわかったんだ。それであんたを待っていたのさ。そうしたいなら、またわしを撃てばいい。そして刑務所でもなんでも入れればいい。だがわしはもう戻るつもりはない」

「おまえさん一昨日の晩はどこにいた？　月曜の夜だ」アゼイがたずねた。

「昨晩は」ウィンが言った。「いいやつに会った。あのサーカスでな。親切で話の分かるやつだった。ごちゃごちゃ下らんことを言わず、わしが酒をくれと言ったら酒をくれて、それから――」

「その前の晩だ」アゼイが言った。

「その前の晩か」ウィンは顎をさすった。「その前の晩は、酒がなかった。その前の晩はサーカスに行った――そこであんたを見た。あんたは射的をしてた――神かけて、あんたはそこにある粘土の的を全部仕留めてたな」

「おまえさんの言う通りだ。どれくらいの時間あそこにいたんだね、ウィン？」

ウィンはくっくと笑った。「思い出したよ。そうとも、観覧車が止まっちまったな。あの大馬鹿女――あいつが乗ってた。それでどうなったと思う？」

「どうなった？」アゼイが調子を合わせた。

「若いのが――どこかの若いのが――わしにはスウェットみたいに見えたんだ。色が浅黒くて。そいつが近寄って来たら――スウェットじゃなかった。ヒギンズだった。あれはやつらが最初にわしに酒断ちさせようとしたときで、その若いのは店で働いてるんだ」

「ゼブ・チェイスかい？」アゼイは当てずっぽうに言ってみた。「あいつの母親はヒギンズ家の出だ」

「そうそう、それだよ。若いのはわしに少し金をくれた。やつらが最初にわしに酒断ちさせたときに。はい、おじいちゃん、若いのはそう言って金をくれたんだ。二十ドル札が一枚と十ドル札が二枚だ」

「ゼブはいいやつだな」アゼイが言った。「じゃあ、おまえさんは四十ドル持ってたのかい？」

「いいやつだ。はい、おじいちゃん、みんなに閉じ込められてたんだろ、そう言ってた。これで少し楽しんでよ、おじいちゃんはこれぐらいもらって当然だよって。四十ドルだが、どれもこれも最近じゃ小さな紙幣だ。なあ、金まで小さいんだから！　だがそれでも四十ドルは四十ドルだし、わしがもらった小遣いだ」

　アゼイは例の朝に、ウィンがどのようにして機関士をグラント将軍と勘違いすることになったのかを理解しはじめていた。

「それで、わしはにいちゃんに十ドルやった」ウィンはそう言ってクスクス笑い出し、しまいには肩の痛みで無理やり笑うのをやめなければならなくなった。

「にいちゃん？」アゼイがたずねた。カミングス医師にそう認めるつもりはなかったが、アゼイはウイスキーをやったのは間違いだったかもしれないと思いはじめていた。

「観覧車のにいちゃんさ。にいちゃんはすぐにわかってくれた」ウィンが片目をつぶって見せた。

「あの忌々しい大馬鹿女、わしを見世物にしようとして。逆にあの女を見世物にしてやった！」

　アゼイが大声で笑ったので、カミングス医師とレーンがドアのところに駆けつけた。

「来なくていい」アゼイは言った。「行くんだ。なあウィン——おまえさんは観覧車係のにいちゃんに、観覧車を止めておいてもらうために十ドルやったってことかね？　ベッシー・ブリンリーを

――」

「そいつだ。大馬鹿女だ。けちで、おせっかいで。このわしがあの女になにか頼んだことがあったかね？　ありはしない。なのに、なぜわしがあの女のために見世物にならなくてはならんのだ。それで」ウィンがにっこりと笑った。「あの女は、観覧車を止めたのがわしの仕業だとは知らないのさ！　わしが恥をかかせてやったんだ！」

　アゼイは笑いすぎて、頬を涙が伝い落ちた。

　アゼイはようやくドアのところまで行くと、ハミルトンを呼んだ。

「ハミルトン」アゼイは言った。「ウィンをあっしのいとこのシル・メイヨのところまで送ってもらえるかね？　これから直行して、ウィンをあっしの狩猟小屋に連れてってくれとシルに伝えて欲しいんだ。それからウィンがこれ以上、内臓を水で錆びさせることがないよう充分なだけの酒を与えてやってくれと」

「なんだそれ？」レーンが言った。「そんな――このじいさんが犯人なんだぞ！　セイヤーって娘がそう言ってるんだ！　じいさんは娘の帽子を持ってたし、それに――」

「ウィンは九十歳を超えてるんだぞ」アゼイが言った。「それを忘れるな」

「だが、彼は正装をさせられたことで町やみんなに腹を立てているし、それに――ブリンリーからたったいま聞いたんだ。ブリンリーが言うには、彼は――」

「ウィンは」アゼイが言った。「自分の権利が剝奪されたことを深く恨んでいるし、正装させられてみんなからじろじろ見られるために、バンカーヒルの戦い（アメリカ独立戦争初期、ボストン包囲戦中の一七七五年に起こった大陸軍とイギリス軍の戦闘）でひいじいさんが勝利したわけではないと思ってる。レーン、ウィンは九十歳を超えてるんだ。あっしが追いかけて、見失った相手は走って逃げきった。あっしを出し抜きもしたし、一枚上手だったし、耐久力もあった。ウィンはたまたまあっしが適当に撃った弾の先に居合わせただけなんだよ。だれかがウィンを気絶させ、その横にベレー帽を置いておいたんだ。それに、ウィンには月曜の夜の鉄壁のアリバイがある——」

「どんなアリバイだ?」ブリンリーが強い口調でたずねた。「彼はホルト夫人のところに閉じ込められていたあいだ、毎晩、家から抜け出していたそうじゃないか——しかもその方法はだれにもわからないんだ。あのじいさんはイカレてる。狂ってる。完全に頭がおかしいんだよ」

「その反対に」アゼイが言った。「ウィンはあっしが知るどんな人間とも変わりなく正気だし、これ以上、口やかましい女の言うなりになるつもりはないんだ。レーン、ケイは確かに犯人はウィンだと言ったのかい? ケイはウィンをはっきりと見たのか? 相手がだれか言い切れると?」

「いや、そういうわけじゃない。相手が彼だったとはっきり言ったわけじゃないが、きっとそうだったのだろうと我々の意見に同意したんだ。我々と彼女がその件についてよく話しあったあとで」

「なるほど、わかったよ。それでケイはサラの家に戻ったのかね?」

「ああ、いっしょに帰った——それはだれだ、コンラッド?」

コンラッドはジェフ・リーチとウェストンを部屋に押し込んだ。ふたりとも心配そうで、取り乱していて、服がよれよれだ。ジェフの白いフランネルスーツはこびりついた泥が固まっており、ウェストンはびしょ濡れで薄汚れていた。

「おれたちは——おや、彼を見つけてくれたのか! 助かったよ」ウェストンが疲れ切った様子で言った。「さあウィン、これで——」

「わしがあんたに何か頼んだか？　いいや！」ウィンが言った。「なんでわしが見世物に――」

「座るんだ」アゼイがソファから立ち上がったウィンに言った。「おまえさんもだ、ウェストン。いったいなにがあったんだね？」

「ああ、我々はウィンだと思った相手を追いかけたんだ」ジェフが言った。「ミル通り沿いの草地で。ウェスは小川にはまり、わたしは泥穴に落ちた。どうやらなんの関係もない観光客を追いかけていたらしい。相手は我々がだれかわかっていなかったろう。この服を見てサラになんと言われるか頭が痛いよ」

「おいアゼイ」ウェストンが言った。「いったいどういうことだ？　ウィンはどうしたんだ？」

「ウィンはこの町の公務中に名誉の負傷を負った」アゼイが言った。「これにより、彼は今後のパレードその他一切を辞退する」

「その通り」ウィンが満足げに言った。「わしはもう戻らん」

「そんなわけにいくか！」ウェストンが言った。「わからないのか、明日、彼はラジオに出るんだよ！　明日は町の記念日で、彼は自分が少年だったころの町について短い文章を読み上げる予定なんだ。彼はこの町で一番年長の住人なんだ。それに――」

「やなこった」ウィンが言った。

「いいか、ウィン・ビリングス」ウェストンは怒り心頭に発していた。「この件について話はついていたはずだ、あんたは――」

「いいや」アゼイが言った。「ダメだ、ウェストン。ウィンは降りる」

「だったら」ウェストンはそう言いながら、切り札を出した。「ウィンがラジオに出ないなら、おまえが代わりに出るんだぞ！」

　アゼイは深く息を吸い込んだ。「えっ——ああそうか、わかったよ。だがあっしは自分の原稿を読ませてもらう」

「それからウィンには」ウェストンは続けた。「十ドル支払う予定だったんだ。どう思う、ウィン？　十ドルだぞ！」

「いまわしの懐にはそれ以上の金が入ってる」ウィンは陽気に言った。「人頭税（納税能力に関係なくすべての国民ひとりにつき一定額を課す税金）の分と、半年暮らせるだけな。その十ドルはあんたが自分でとっておくといい」

　ウィンの口調は、十ドルなどはした金だと告げていた。

　ジェフが笑った。「彼のガッツには感心するよ。もう解放してやりなさい、ウェストン。アゼイの言う通りだ。もうたくさんだと言ってるんだから。きみもそう思うだろう、ブリンリー？」

「いいや」ブリンリーが言った。「思いませんよ！　この人はこのところ、長年されたこともないほど気にかけてもらい、心配りされていたんですよ。それなのに感謝もせずにこんな勝手を」

「そうしたければ、わしをあのほうきの先に鍋がついたやつの前に立たせればいい」ウィンはマイクのことをそう表現した。「だが、ひいじいさんがよく言ってたよ。人は馬を水辺に連れていくことはできるが、水を飲ませることはできないって」

　アゼイとジェフはクスクス笑った。

「よく考えてみるといい」ジェフが言った。「こういう可能性を。もし、ウィンがなにか不適切なエピソードを放送に乗せようと思ったらどうなるかを。これは絶対によく考えてみるべき状況だと思うよ」

「わしはみんなに教えてやる」ウィンが宣言した。「あんたのことを」ウィンは長い人差し指をブリンリーに向けて振った。「あんたとあの娘のことをな。ちゃんとこの目で見たんだ。あんたの女房が観覧車に閉じ込められていたとき、わしはあんたがたふたりをあのテントの裏で見た！　あんたがあの娘におべっかを使っていたのを。そいつをみんなに言うからな」

幸いブリンリーのうしろには椅子があり、彼は崩れ落ちるようにそこに座った。

「嘘だ！」ブリンリーは男らしく言い返そうとしたが、その声は掠れて囁くようだった。「まったくの嘘だ！」

「嘘なもんか」ウィンが反論した。「わしはあんたがあの子に言い寄るのを見た。その一部始終をね。にいちゃんがナイフを投げていた女の子だ。ガイジンさんだ。イタリヤ人とかそんな感じの」

「ということは」アゼイが言った。「あの観覧車の騒ぎのあいだ、おまえさんはそこにいたわけだな？　ちょっとおふざけしてたのかね。J・アーサー、ウィンに暴露されて幸いだったな。あのときおまえさんがどこにいたのかどうにもわからなかったんだ。居所がわからない限り、おまえさんは遅かれ早かれひどい目に遭わされていただろうよ」

「負けを認めるよ」ブリンリーが言った。「わたしの負けだ。だが頼む――家内には言わないでくれ！　家内に知られたくない！　家内は絶対にわたしを許さないだろう！　それにあれはほんの――ほんの出来心で――つまり――」

「つまりなんだね？」

「いや、降参だ！　わたしが政治の世界に入った当初、家内に言われたんだ。ちょっとしたつまずきが評判を傷つけると――つまり、政治生命の終わりだと。そしてわたしの目標は」ブリンリーが悲しげに言った。「州議会へ行くことだったんだ！」

　アゼイがジェフを見ると、彼は頷いていた。

「よしよしアーサー」ジェフが慰めるように言った。「ここにいる我々以外はだれも知らないんだから。さあ――うちに来なさい。ウェス、きみも来るといい。きみたちは明日の挨拶、諸々の説明をどうするか考えなくてはいけない。このことはもう忘れよう。アゼイ、きみはウィンを頼む。表向きはひどい風邪をひいたことにしよう。おそらく地元民は郷土愛から、なにがあったか知っても黙っていてくれるだろう」

「それから忘れるなよ」ウェストンがアゼイに言った。「ラジオのことを！」

　カミングス医師はウェストンとジェフとブリンリーが立ち去るのを見送ると、また居間にふらふらと戻ってきた。

「時々」カミングスは言った。「政府はどうやって存在しているのか不思議になるよ。ナイフ投げの的になっている見世物小屋の娘が、町にこれほどの混乱を引き起こすならね――やれやれ。それでウィンはどうするんだ？」

「あっしの狩猟小屋でシルに面倒を見てもらうよ」アゼイが言った。「ウィンの肩が良くなるまで。冬の予定はどうなってる、ウィン？」

「このところ冬になると」ウィンが言った。「フィルブリックの大きな納屋で過ごしてる。ゴミ置き場でストーブを拾ったんだ。コンセントを差し込むタイプのだよ。それであそこはとっても快適なんだ。いいところだよ暖かくて」

「なるほど」カミングス医師が言った。「将軍が冬の電気代が高すぎると言って電力会社を訴えているのはそのせいか！　アゼイ、我々はウィンのために多少の問題を解決してやらなければならないようだ」

　アゼイはうなずいた。「そうだな。さあウィン、ここにいるハミルトンがおまえさんを連れていってくれる。そしておまえさんはシルといっしょにあっしの小屋に泊まるんだ。シルは知ってるかい？　ネイトの孫さ。あっしが行くまでそこにいてくれるかい？　ふらふらどこかに出かけたりしないでくれよ。そうしないと、だれかがおまえさんをここに連れ戻すかもしれない。あっしの小屋にいてくれるな？」

「なあ」ウィンが言った。「そいつはハイ・ロー・ジャック（トランプゲームの一種）ができるかな？　ネイトはできたんだが」

「あいつはおそらく」アゼイは言った。「国一番のプレイヤーだよ。さあウィン、大人しくしていてくれるな？」

　ウィンは笑顔でソファから立ち上がった。「ひいじいさんがよく言ってたよ。自分の用が済んでから他人に施せって。さもないとそいつらは飲み物に水を寄越すだろうとね。もっと煙草をくれ」

　ウィンはハミルトンについて車へ向かった。

「たいしたじいさんだな」カミングス医師が言った。「アゼイ、彼を解放して本当に大丈夫なんだろうね？」

「ウィンはあっしが追っていた男じゃない。だいたい、ウィンのどこにサイレンサーを買う金が？　ウィンのどこにそんな体力が？　ケイのことはどうなる？」

「わたしもいっしょに行こう」カミングスが言った。「彼女が事情を詳しく話してくれるだろう」

レーンはふたりについてアゼイのオープンカーのところまでやってきた。

「こう言ってはなんだが」レーンは言った。「おれたちが手に入れた新たな手掛かりや容疑者を、もののの十分も経たないうちに取り上げないでもらいたいね。まったく、こっちは取り上げられる前にろくにかぶりつく暇さえないんだぞ！」

「鶏ガラだったからな」アゼイが言った。「だがそれでも、今後は徐々にうまみがあるものになるだろう。部下の見張りは続けさせてくれ、レーン。おやすみ」

「だれかをまた森にやってはどうだ？」レーンが言った。「目当ての男を見つけられるかもしれない。あんたの弾が当たっているかもしれん」

「ここの見張りを続けてくれ」アゼイが言った。「負傷者は一晩にふたりで充分だ。じゃあまたな」

アゼイとカミングス医師が行くと、ジェフをのぞく家の者全員がケイ・セイヤーの寝室に集まっていた。

「犯人はウィンじゃなかったのね？」ケイがたずねた。「アゼイ、ほかに――ほかにだれか見つかったわけじゃないんでしょう？」

「J・アーサーを見つけたが、なにも収穫はなかった。ケイ、なにがあったんだね？　おまえさんあそこでなにをしていたんだ？　なにが起こった？」

ケイはアゼイと目を合わせなかった。

「今日の午後」彼女は言った。「あなたが教えてくれたふたつの小道を見つけてから、もうひとつ貯氷庫に続く小道があることに気づいたの。その道は貯氷庫のまわりを通って、森に入り、道路へと続いていた。そこが今日の午後、ブリンリーが車を止めたと言っていた道路なんだと思う」

「なぜそれをあっしに言わなかった?」

「そのときは、それが重要なことだとは思わなかったのよ。それに、あなたは一番の近道を通るように言ったけど、この道はぐるりと迂回していたから。それが今夜、あの小道こそ殺人犯が使った道なんじゃないかって閃いたの。結局、そいつが主要道路に駐車したはずはないし、どこかに車を置いておく必要があった。それでなんだかその思いつきに興奮しちゃって、こっそり抜け出して――」

「この子ったらわたしにはこう言ったのよ」サラが責めるように遮った。「ある記者に会わなきゃならないからって!」

「そう言ったわ。そしてそのあとでチビ車に乗り込んで、現地まで行ったの――アゼイ、そんなふうに見られたら泣きたくなっちゃうわ。本当よ! 馬鹿な真似をしたってわかってるけれど、そのときはそう思わなかったの」

「先を続けて」

「ええと、あたしは銃を持っていた」ケイは言った。「それを撃ちもした。二回も――あなた、全然驚かないのね!」

「相手はサイレンサーを持っていた」アゼイが言った。「だが我々は二発の銃声を聞いた。だとすれば、おまえさんが銃を持っていなけりゃおかしいし、前に射撃が好きだと言っていたからな。続けて」

「あたしはそこで待ち伏せしていた。でもしばらくしたら退屈して、恐ろしくなってきて、寒くて――あたしって都会っ子なのよ。田舎のいろんな音がなんなのかわからなくて、正直そういうのが怖いの。だから煙草に火をつけたら、その二秒後ぐらいに――」

「なにかが横をかすめて飛んで行った。そしておまえさんは気づいたわけだ。自分はなんて馬鹿で、銃撃がどんなに恐ろしいか。そんなタイミングで煙草に火をつけるとは！　まったく――まあいい、先を続けて！」

「あたしは銃で応戦した。理由はわからない。なにしろ撃っている先はまったく見えなかったから。そのときなにかが空を切って飛んできて、頭が刺すように痛んだ――撃たれるのがああいう感じだとは知らなかった。でも、あの破裂音がサイレンサーだということには気づきはじめていたわ。その時点で」ケイは正直に認めた。「あたし立っていられないくらい恐ろしかったし、へとへとだった」

「それで？」

「木の陰に倒れ込んで、母なる自然に紛れて身を隠そうとした。そうしたら、だれかがこっちにやってくるのが聞こえたの。ただ近寄ってくるんじゃない、あたしに向かって来る音が。だから起き上がって逃げ出した。そうしたら相手がつかみかかってきて、あたしは悲鳴を上げてそれを振り払ったんだけど、つまずいて頭から転びそうになった――ねえ、例の説を知ってる？　クマが怖いんじゃなくて、クマから逃げるから怖いんだってやつ。あれ、本当だわ。とにかくそうやって少しばかり動いたら、あたしは気が遠くなりそうになって――」

「そのときおまえさんの銃はどこにあったんだ？」アゼイがたずねた。

「とても言いづらいんだけど」ケイが答えた。「銃に弾は二発しかこめられてなかったの。とにかくあたしは相手が襲い掛かろうとしてきたときに立ち上がり、その銃で殴りつけようとしたし、ずっと大声で叫んでいたわ――」

「なぜあっしを呼んでいたんだね？」

「その時点であたしは少しずつ自分を取り戻しはじめていたの」ケイが言った。「冷静になりつつあったのよ。自分がどういう事態に陥っているのかわかりはじめていた。だからあなたの名前を大声で叫んだの。そうすることで男があなたが近くにいるんじゃないかと考えて、逃げ出してくれることを期待しながらね。あなたの名前には不思議な効力があるのよ。だから、あなたが叫び返してくれたのが聞こえたときはどんなに心強かったことか。最初は幻聴かと思ったわ。あたしは木の陰に隠れたんだけど、男は木の幹のまわりであたしを追いかけまわして――」

「撃ってはこなかったのか？」

「撃ったとしても、あたしには当たらなかった。いずれにせよ気づかなかったでしょうね。身をひるがえしたり、ひょいと動いたり、右に左に飛びのいたり、舞踏病患者みたいに動いてたから。あたしはあなたが来る直前に捕まって、喉を絞められると思った。だけどそのときあなたが駆けつけてくれて――あたしがなにを考えてたと思う？ あの製材工場の女の子の歌と、のこぎりがどんどん近づいてくるところ――」

「それよりももっとふさわしい歌があるわ」サラが言った。「『主よ御許に近づかん』よ。ケイ、あなたのあまりの分別のなさを叱るべきなのか、生き延びたことを称賛するべきなのかわからないわ」

「あっしがもっとも気になっているのは」アゼイが期待するように言った。「その男だ」

ケイがため息をついた。

「ケイ、まさかそいつについてなにも教えられないと言うんじゃないだろうな？」

「射撃の腕は良かったわ。身をかわすのも巧みだった。力も強い――ピラウィンクさながらの力の持ち主よ」

「なんだって？」カミングス医師がたずねた。

「ピラウィンク」ケイが言った。「指先をつぶすのに使う拷問道具のことよ。辞書に載っていたのを見て覚えて、十年間いつか使ってやろうと思ってたの。そう、ぴったりのことばだわ！ そいつはあたしの右手の指の骨を全部折るところだった、たった一回握りつぶしただけでね。全部の指が――」

「どんな男だったんだ？」アゼイがたずねた。「そいつに首を絞められたなら、なにか見えるくらい近づいたはずだ」

「黒っぽい服を着ていて、首と顎をハンカチで覆っていた。そいつが小柄だったか長身だったかもわからない。あたしが倒れていたときは巨大に思えたけど、立ち上がってみたらそうでもなかった。あまりにも暗くて、大きさはまるでわからなかったのよ。それにあたしは一度もちゃんとそいつに近づいてないの。首を絞めているあいだもそいつは腕を伸ばしてあたしを近づけないようにしていたから。あたしを殺すつもりだったのよ。カミングス先生が最初、言っていたような破壊活動《サボタージュ》を目的にしたものじゃなかった。だからアゼイ、あたし少しもあなたの役には立てないわ」

「そいつはなにか音を立てたり、しゃべったり、罵ったりもしなかったのかね？」

「一言も発しなかったわ。『うわっ』とかそういうのさえ」ケイは言った。「力が強くて寡黙だったの。これまで会っただれよりも残忍で意志の強いやつだった。確かに、あたしのしたことはたぶん人生で一番愚かなことだったかもしれない。だからこれからこの件はすべてあなたに任せるわ。次にこの男がやってくるという虫の知らせがあったときは、絶対にあなたに教える。それとジェーン、あなたのコートを台無しに、というか完全にダメにしちゃったわ。新しいのを買って弁償させてね」

「なんて恐ろしい、恐ろしいとしか言いようがないわ！」エロイーズが目をぎょろつかせた。「あなたは勇敢だったわ、本当にそう思うわよ！　あのおぞましい男と来たら――あたくしはいつも言ってるの。アカたちはわからないもんだって。もちろん顎ひげはないけれど、それでもアカなのよ。今回のことを内密にしておきましょうなんて言わなければよかったわ――母がそれを望まなかっただろうと思うってわけじゃないのよ。もちろん、だれだって遺志を疎かにしてはならないし――だけどそれでも、みんながちゃんと知ってたら、あの男は――新聞がすぐに刑務所送りにしてくれたでしょう――ねえ、メイヨさん、もちろんあたくしはあなたが一番よい方法を知っていることを疑っているわけじゃないんですよ。ただいつだって納得したいんです――どうしてあなたはあの男をすぐに逮捕なさらないの？　あの殺人犯のことを考えるだけで血が煮えたぎる思いです――それに、ケイのことだって最悪の場合、殺すつもりだったに違いないわ――実際、際どいところだったんでしょう？　だから明日にでもあの男を逮捕すべきだと思うんです。少なくとも、あたくしたち全員が寝こみを襲われて殺される前に」

「ひょっとして」ジェーンの声は妙に冷たかった。「マイク・スレイドのことを言っているの？」

「まあ、もちろんよ――ほかにだれがいるって言うの！」エロイーズは落ち着きなく言った。「わかっているのよ――つまり、あたくしたちちゃんとわかっているじゃありませんか――もちろん、みんな謎に包まれているようなふりを続けているけれど――だけどいまここでなら言えますとも。親しい人ばかりのこの場所でなら――みんなマイク・スレイドが犯人だとわかっているわ！」

ジェーンは歩いていくと、エロイーズの前に立った。

その後は気まずい沈黙に包まれた。サラ・リーチが二度なにか言いかけて、二度それを思いとどまった。だれもがこれは修羅場になると察していたが、どうやって止めたらいいかわからなかった。

「あなたって変わってるわよ」エロイーズはそれまで腰掛けていた水夫用収納箱《シーチェスト》から立ち上がった。「本当に、あたくしはいつも母に言っていたわ。あの子って本当におかしな子よねって——あなた少しばかり勝手が過ぎたと思わない？　ほら——母さんが何度も言っていたはずよ——あたくしとしては母がもっとよく言い聞かせていればと思うけれど——あの男はごろつきだわ。本当にあなたらしくもない。あんな態度を取って——とても——とても意気消沈していいたわ。あなたにとってはっきり——」

その動きがあまりに素早かったので、ジェーンがエロイーズの口をまともに殴りつけるところを見ていなかったとのちにアゼイは告白した。エロイーズはバランスを崩し、勢いよく隅に倒れ込んだ。

「次にマイク・スレイドについてなにか言ったら」ジェーンは言った。「あんたの口元をぶん殴るくらいじゃ済まないわよ。殺してやるから。聞こえた？」

第十五章

ジェーンのことばとそれに伴う態度が与えた衝撃の大きさは、カミングス医師の職業的本能にさえ影響を及ぼした。

　自らの患者候補が呻き、床の上でわないているあいだ、カミングス医師はジェーンが冷静に部屋を横切り、ドアを開けて、そこから出ていくのを見つめていた。たっぷり十秒間、彼はことばを失っていた。

「こ、こいつは驚いた！」カミングス医師は言った。「あの娘は本気だぞ！　驚くじゃないか、よく考えてみれば。あんな、明らかに健康そのものの気立ての良さそうな娘が情緒不安定だなんて。そうだとも、情緒不安定だ。サラ、彼女が最近、どんな食生活だったか知ってはいないかね？」

「先生《ドク》」アゼイがエロイーズを指差した。「こっちの状況をよく考えてくれ」

「わたしのバッグを取ってきてくれ」カミングスがゼブに言った。「外の車のなかだ。やれやれ、またヒステリー発作だろう――彼女がいま起こったことを理解したらな。たぶん、静かにさせるのに一晩中かかるだろう――おや、どうしたんだ？　いったい――」

　エロイーズの口はちゃんと動かないようだった。彼女は両手を顎に当てた。

「顎の骨が折れたのよ、間違いないわ」サラが言った。「あのパンチは――アゼイ、こういう場合はどう対処するの？　これは暴行事件とかになるんじゃない？　この哀れな人は——」

「先生《ドク》」アゼイが言った。「ジェーンが歯をへし折ってやるとか言ってたが——それは入れ歯なのか？　もしそうなら、入れ歯はくさび状に曲がったか壊れただろうな」

「それよ！」サラが言った。「うちの母も一度そうなったことがあるわ。エロイーズはええと——彼女の部屋に運びましょう。この状況じゃジェーンとエロイーズの部屋は別々にしないと。だけどそうしたらジェーンにどの部屋を割り振ればいいか。屋根裏部屋の脚輪付きベッドくらいしかないわ——ケイ、今回のことはあなたの頭のけがの回復の助けにはならないわね！」

「ケイは心配ない」カミングス医師が言った。「どう見てもエロイーズのほうが重症だ。ケイのけがはごく浅いもので——おお、ゼブ——手を貸してくれ。バッグはどこかそのへんに置いてくれ。それでいい。うんしょ！」カミングス医師はエロイーズを持ち上げるアゼイとゼブを手伝いながら唸り声をあげた。「昨今のように痩せ型ばかりがもてはやされるのはバカバカしいと思うことがあるが、今回のようなときにはもっと痩せ型の人が増えて欲しいと思うよ」

一同はようやくエロイーズの口をこじ開けると、彼女の壊れた義歯を外した。そしてそれはサラとアゼイの予想通り、彼女の顎を締め付けるような格好で曲がっていた。

しかしいったん口が開くようになると、エロイーズは失われた時間の埋め合わせを始めた。

エロイーズの大騒ぎは、階下の居間で町の問題解決のために話し合っていたジェフとブリンリーとウェストンに階段を駆け上がらせたほどだった。

「なすすべなしだ」アゼイが手短に状況を説明した。「とりあえずお引き取り願えるかな。そうだゼブ、ジェーンを探してみてもらえるかい。あんなにご機嫌斜めだったんだ、なにをしでかしてもおかしくない」

「アゼイさん」ゼブが言った。「あなたの頼みを無下にするつもりはありませんが、それはできません。ぼくは踏みつけられてばかりいる立場から引退します。金輪際、使い走りはしません。だれか別の人にジェーンを探させ、その怒りに対処させてください。ぼくはご免だ。彼女にはどれだけだまされてきたことか。ぼくは思ったんです、昨日のことがあって――でも、そんなこともうどうだっていい。エロイーズのことはお手伝いしますが、ジェーンは知りません」

「おまえさんの気持ちはわかるよ」アゼイは言った。「ウェス、おまえさんかブリンリーかだれか――ジェーンを探してくれ。よろしく頼む」

「彼女はいったいどうしたんだ?」ブリンリーがエロイーズを顎で示した。「なにがあったんだ? まるで発狂したような騒ぎだが」

「呂律《ろれつ》が回らんのだ」アゼイが言った。「ケープコッドの古い表現を借りれば、無駄口《ガミング》をたたいてるだけさ。さあ、みんな行ってジェーンを見つけてくれ」

ビリングスゲートの行政委員たちは言われた通り、ジェーンを探すために出て行った。

しばらくしてエロイーズは静かになった。

「やれやれ助かった」カミングス医師が言った。「まったく、この人はどんな神経回路の持ち主なんだか。これほどのヒステリーが可能だなんて――女性のことを弱き者と呼ぶのは勝手だが、こんなふうに泡を吹くほどの恐慌状態に陥っておいてケロリとしていられる男はいないよ――え、なんだって?」

「ふぁふぁふぁふぁふぉひ《ジィ・ジィース・イン・ザ・ゼェイス》」エロイーズがアゼイを指差した。「ふぁふぁふぁふぃのふぁ《ジィ・ジィース・ジー》」

「彼女は貝殻を売っている《シー・セルズ・シー・シェルズ》」カミングス医師が陽気に言った。「海岸《バイ・ザ・シー・ショア》で。あの手のやつだ――エロイーズ、いったいなんだね？　もう一度、言いなさい」

エロイーズはもう一度言ったが、さっきとほとんど変わりなかった。

「わかった」アゼイが言った。「入れ歯《ティース》だ――予備があるんだな？」

エロイーズが勢いよくうなずいた。

「どこにある？」

エロイーズが指差した。

「ああ、その箱《ケース》か。その箱に入れ歯がある《ティース・アー・イン・ザ・ケース》。サラ、おまえさんの出番だ。エロイーズの入れ歯を取ってくれ」

アゼイは如才なくぶらぶらと歩いていくと野に四匹の太った羊が描かれた絵を見つめて、エロイーズが新たな入れ歯を装着するまでをやり過ごした。

「本当によかった」しばらくして、エロイーズが言った。「これを持ってこようと思いついて――忘れたことも何度もあったのに。それにしても恥ずかしいわ――だけどだれに予想できるでしょう――転ぶとか、落とすというのなら考えられる。だれにだって不慮の事故はありますもの。でもとても予想できないわ――その――殴られるなんてことは絶対に。だけど、これを持ってきて本当によかった」

そう言って、エロイーズはこの話をおしまいにした。

「災難だったわね」サラが言った。「だけど、居合わせたわたしたちはこのことを一切口外しないわ。ジェーンはこのところとても不安定だったし、いつもは感情を露にするタイプじゃないもの。きっといろんなことが心のなかで渦巻いていて、それが一気に爆発してしまったんでしょう。その爆発があなたに向かい、あの子の感情のはけ口にされたのは本当に気の毒に思うわ――あの子はいまごろどこかで大泣きして、どうやって謝ろうかと考えているはずよ」

「可哀そうなジェーン！」エロイーズが言った。「もちろん父親があんな――あの子は人生を台無しにされたんだから――母親は軽率としか呼べない人だったし。とにかく軽はずみで。母からは気をつけるよう言われてたんです――もちろん母はジェーンのことをよく理解していたから。だけどあたくしは願わずにはいられなかった――ゼブは本当にいい子なんだもの。とてもハンサムだし、もちろん彼の家柄の方が上だけど――でも最近の状況を見たら、水を向けないわけにはいかなくて――あの子は賢明な判断をしてくれるに違いないって信じているわ。母もそう思っていたし、あたくしたちふたりとも期待していた――だけどあの子は自分自身の気持ちをよくわかっているんでしょうね」

「どうやらそのようね」サラが言った。

エロイーズがうなずいた。「あたくしがいけなかったんだわ――だけど、あの子をしつこく悩ませるつもりはなかったのよ――本当に少しも！　ええそうよ！　ただあの子にわからせたかっただけ。ゼブがどんなに――だってあのアカの男なんて――しかもよりによっていま、こ、の、と、き、に」

「つまり」アゼイが言った。「おまえさんは現状を考えたらスレイドなんかに関わるより、ゼブをひっかけることこそまともな娘のやることだとほのめかしていたんだね？」

「ええ、その通りよ。あたくしはあの子を苦しめるつもりなどなかった。あの子が――だけど、人にはわからないものよね――」エロイーズの声が小さくなった。

「ああ、そうだな――」アゼイが言った。「わからないものだ――おっとサラ。これ以上ここにいたら、あっしまで同じ話しかたをするようになってしまう。彼女を頼む。また戻ってくるよ」

アゼイにはよくわかった。まとまりがないにせよ、エロイーズが絶えずゼブ・チェーンを絶賛する宣伝活動を続けていたら、ジェーンがどんなふうに限界点に達するかということを。そして実際にエロイーズはそれをやっていたのだ。これでジェーンが前日、ゼブといっしょにいたことの説明がつく。エロイーズがジェーンをその状況に追いやっていたのだ。

ウェストンとジェフは居間にいて、紙の束を前に忙しそうにしていた。

「さすが探しものは得意のようだな」アゼイは言った。「ジェーンはどこだね?」

ウェストンがにやりとした。「ブリンリーが見つけた。あの男があれほどの女たらしだとは知らなかったよ。木の下にいたのを見つけてここに連れてきたんだが、あの娘、食堂でいまブリンリーの肩に顔をうずめて泣いている。ブリンリーのやつ、とても上手に慰めているようだから彼に任せておくことにしたのさ。アゼイ、これからどうする? おれは頭がおかしくなりそうだ。これは誇張でもなんでもないぞ!」

アゼイは肩をすくめた。「我々にできることと言ったら、待つことと望みを捨てないことぐらいだよ、いまのところ」

「明日のことが心配なんだ」ウェストンが言った。「明日は町の祝典日で、新しい病院のための街頭募金日だ。予定通りにことが運んで欲しいんだよ。金曜日は歴史の日だ――こちらはあまり重要ではないし、土曜日は放っておいても盛り上がるだろう。週末で人が大勢詰めかけるだろうからな。だが、明日はどうしても万事順調に進まないとまずいんだよ。おっと忘れてた。州警察長官が電話をくれとさ。長官は知事といっしょには来ていなかった。あとから来て、ほんの数分いただけだ。レーンに電話するとと言ってたよ。アゼイ、明日が台無しにならないよう我々になにかできることはないか？」

アゼイは腰を下ろした。「明日については心配する必要はないと思う。明日の夜もな。あっしは世間のやつ並みの体力はあったんだが、犯人のせいでヨレヨレだよ。犯人はケイのこともやっつけた。せめて明日は大人しくしてくれるといいんだが。それに、相手はじっくり腰を据えて熟考しなけりゃならないようなことを山ほどしでかした。こちらとしてもじっくり吟味しないとな。やつはおそらく、金曜の晩にはこれまで以上に元気いっぱいで戻ってくるだろう。それまでに、今夜やつがヘル・ホローでなにをしようとしていたかを明らかにすることができるかもしれん。きっとなにかまた企んでいたんだろう」

「なにか企む？」

「そう、やつはこれまでにも企みを実行してきた。だが、いまそれについての説明は勘弁してくれ。向こうがそうやって悪企みを続ければ、こちらは相手のしっぽをつかむことができるかもしれない。正直な話、あっしはいま動けない。我が友である犯人も、どこかで疲れた足をお湯に浸していると思いたい。なにしろ、あっしなんか自分の靴をだれかに切り落としてもらいたいくらいなんだ。ブリンリーにここにジェーンを連れてくるよう伝えてくれないか？　そしておまえさんがたは食堂に行ってくれ」

ジェフはため息をつきながら立ち上がった。「きみもそうかもしれないが、ウェスとわたしなどもっとひどいぞ。あの野原での冒険ときたら――サラはまだこのスーツの惨状に気づいていないがね。妻がいることのもっとも厄介なのがこれだよ。妻という連中は清潔な服でいることにそれはうるさいんだ。ウェスもアゼイも、好きなときに自分のスーツを物干しに吊るしたり、クリーニング屋にやったりできるだろうが――」

「あらそう?」サラが戸口に姿を現した。「ジェフ・リーチ、いますぐ行きなさい。そしてウェストン、あなたもすぐに帰って着替えて。あなたたちふたりとも日曜日が終わるまで風邪を引くわけにはいかないのよ。アゼイ、あなたも――ジェーンと話をしなくちゃならなくたって知ったことではないわ。これ以上なにかする前に、二階に行ってその服を脱いできて!」

「すまない」アゼイが言った。「なにも着替えを持ってきていないんだ」

「大丈夫、あるわよ!」サラが言った。「今夜、シルの奥さんに電話して、あなたの家に行って適当に服を持ってきてくれるよう頼んだの。そのコーデュロイも上着もフランネルシャツもみんな町の色には合っているけれど、それがあなたの一部になるほど着たきりでいいという理由にはならないわ」

「ひどいじゃないか」アゼイが言った。「あっしはゼブの服を借りてるんだし、着たきりなんかじゃ――」

「それはあなたの考えでしょう。笑っている場合じゃないわ、ウェストン。あなたもひどいものよ。清潔なフランネルはある? それならジェフといっしょに二階に行ってその服を脱ぎ、ジェフのズボンを借りるといいわ。汚れた服は明日までにきれいになるよう手配しておくから。さあ、全員すぐに行って!」

男たちはブツブツ言いながらも出て行った。サラはみなが二階へ行くのを見届けると、J・アーサーと話をするためつかつかと食堂へ入っていった。

「あなたはまばゆいほど清潔ね」サラは言った。「だけどもう家に帰ったほうがいいわ。ベッシーが心配してここにくる前に。やれやれ、男って分別ってものがないんじゃないかしら」

サラはJ・アーサーが玄関から出ていくのを見送ると、おもむろにジェーンのところに戻ってきた。

「さて、あなたについてだけど」サラは言った。「自分を哀れむのはそろそろおやめなさい。二階に行ってエロイーズに謝り、それからアゼイから聞かれたことになんでも答えて、それが終わったらもう寝なさい。エロイーズは人をイライラさせるわ、それは認める。わたしだってあの人といるときはたいてい心底イライラするもの。でもだからと言って、あなたがしたことや言ったことが正しいということにはならない。見方を変えればあなただって十分に人をイライラさせるし、自分だけが特別に可哀そうなんだと思い込んでいなければ、そのことに気づけたはずよ」

「ひどいわ、サラおばさま！」

「本当のことよ。あなたはあまりにも囚われすぎている。自分自身の問題、人生、不運、なかでも不運に――あとはふたりの求婚者と自らの試みと苦しみに――そんなにマイク・スレイドがいいなら、彼と結婚すればいい。彼が毎日あなたをぶん殴るようになるのは確実だけど、彼は彼なりの理屈があって殴るのかもしれない」

「わたし――そんな――これまでだれにもそんなこと言われたことないのに――」

「それがあなたの困ったところなの。だけどこれで真実を耳にすることができた。さあ行って」

サラは照明を消し、足早に廊下へと出た。

「ご親切にありがとうございました、カミングス先生」サラはにこやかに言った。「ひとまずわたしたちは寝ることにします。ゼブ、あなたも寝て。あなたは朝早くお店に行かなければならないんでしょう。そう言ってたじゃないの。おやすみなさい、先生」

「なんとまあ、サラ、ずいぶんと帰りを急かすじゃないか――」

「おやすみなさい」

サラはカミングス医師が玄関から出てすぐにドアを閉め、鍵をかけ、その上のかんぬきもかけた。そのときアゼイが自分の部屋から出てきた。

「わたしが外に出て行かないようにジェフはドアに錠をするようにしているの」サラは言った。「今夜、わたしが眠りながらうろつきそうなことは神がご存知だわ！　じゃあ、おやすみなさい。だれかに用があるにしても、みんなとっくにそれぞれがいるべき場所、つまりベッドに入っているわ」

アゼイはにやにやしながら自分の部屋に戻った。

「サラは」アゼイが言った。「戦っている。敵を追い払う偉大な兵《つわもの》だよ！」

「彼女はジェーンに自分の部屋を明け渡したんです」ゼブが言った。「なので、ぼくも言うことをきく気になりました」

「ジェーンのことは残念だったな」アゼイが言った。「こうなったら、おまえさんの食料雑貨店に対する気まぐれもおしまいなんだろうね？」

「不思議なんですが」ゼブは言った。「ぼくがあれを始めたのは確かにジェーンのためでした。ここにいる口実が欲しかったし、父はやる気のない跡取り息子にいらだっていましたから。でもいまはすっかり仕事に入れこんでいます――ジェーン、ベイクドビーンズはベイクドビーンズですよ」

アゼイは重々しく、おまえさんの言うことはもっともだと応じた。

「じつは」ゼブが続けた。「ぼくはマットの店の権利を半分、買い取ろうと思っているんです。大きな可能性があると思うんですよ。それに――豆には可能性がある。こんなこと言うと父みたいですが、本当のことです。まずこういう事業に携わり、それから父といっしょになにができるか探りたいと思っています。我が家は昔、スパイスを扱う商売をしていました――キャラバンとかそういうのです。現在、豆を取り巻く状況を見るにつけ――」

ゼブが豆事業への夢を語り続けるのを聞きながら、アゼイは眠りについた。どうやらジェーンがマイク・スレイドを庇うために立ち上がったことは、ジェーンやそれ以外が予想したほどゼブには影響を及ぼしてはいないようだ。

街頭募金日はウェストンの希望通り順調に運んだ。

午前中アゼイはレーンとともに過ごし、午後にはサラの厳格な指示通りに正装をして、ラジオ番組でウィン・ビリングスの代役を務めた。

放送終了後、美声のヴィンセント・トリップがやってきてアゼイをねぎらった。

「きみは普段と違う話しかたもできるんだね」ヴィンセント・トリップが言った。「いつもの――その――きみの話しかたとはまるっきり違っていたものだから」

「ボストンに知りあいが大勢いるんでね」アゼイが説明した。「そのせいだろう。それに冗談抜きで、生粋のニューイングランド人がいつも通りにラジオで話したら、聞いてる人たちは気絶してしまう。いつか時間を取って、我々がここ寒冷地でどんな話しかたをしているかおたくのラジオ局の出演者たちに教えてあげよう。鼻にかけず、口から発音するんだ。それじゃまた」

マダム・モウが戸口でアゼイを待っていた。

「素敵だったわ」マダム・モウは言った。「明日になったら、あなたは六十一人から結婚を申し込まれ、資産を四倍にする方法について千通もの手紙が舞い込むでしょうね。そうそう」彼女は声をひそめた。「月曜の夜、あのぼくちゃんがどこにいたのかあなたが本当に知りたいのなら――」

「J・アーサーのことかね？　知りたいとも。どうやって突き止めた？」

「ピンキーよ」マダム・モウがオーケストラの指揮者を指差した。「昨夜、例の女の子とデートして、危ないところだったのよ！　ナイフ投げの男が気づいて、ナイフを持ってふたりのあとをつけたの。だけどその前に、ピンキーは女の子を通じてそのことを知り、わたくしは彼から今日それを聞いたってわけ。ねえ、あの犬の鑑札票の件は本当よ。あの子の首輪についている鑑札は去年のだもの。昨夜はなにがあったの？」

「なにかあったってどうして知ってる？」

「アーサーは自分がどこにいたか女房に説明するのに二時間もかかったのよ」マダム・モウが言った。「部屋を仕切っている壁は薄いわ。だからあの人たちがビリングスじいさんの話を終えるまで寝付かれなかったの。あのおじいさんのこと以外にはなにがあったの？　アーサーはずいぶん端折っていたみたいだけど」

アゼイがマダム・モウに昨夜の出来事を説明した。それを話し終えたとき、町役場の前でスレイドが駆け寄ってきた。

「アゼイ、いますぐあんたに話がある。悪いがこの人を借りるよ、義姉さん。それと、例の金については土曜日に返す」

「神の啓示でも受けたのか、マイク？」

「結婚するんだ」スレイドが言った。「じゃあ義姉さん。アゼイ――あんたの車はここにあるかい？　なら車でこの人混みから抜け出して、この件をはっきりさせよう」

湾を一望できる丘の上で、アゼイは車を止めた。

「なにをはっきりさせたいのかは知らないが、さあ話してくれ」

「さっきジェーンに会った」スレイドは言った。「少なくとも、おれは昼に彼女に会った。彼女は自分の行動をひどく恥じているし、おれも同じだ。彼女はひどいふるまいをしたし、おれもそうだ。おれはそのことを申し訳なく思うし、彼女もそうなんだ」

「いったいどういう風の吹きまわしだね？」アゼイは不思議そうにたずねた。

「理由はふたつある」スレイドが言った。「ジェーンとおれは結婚するんだ。そして――その、おれは今日までことの重大さをわかっていなかった。このあいだはどうかしてたよ。ランドール家の連中がジェーンをチェイスと結婚させたがっていたことは知ってる。向こうの立場から考えれば、仕方のないことだろうと思うよ。おれは金なんて重要じゃないと思ってるわけじゃ――だが、やつらだってよくわかっていないのは同じだ。いろいろな仕事や手伝いをしてきたから、今日と昨日でおれはこれがこの町にとってどういう意味を持つのかわかりはじめてきたんだ。商売繁盛、宣伝効果、借金返済のため――あんたが殺しのことを秘密にしている訳は理解できる。おれはようやく気づいたんだよ。この町がなにを担ったのか――そしてほら、首尾は上々だと知ってるかい？」

「それはよかった」アゼイは言った。「あまりにもいろんなことが起こるから、聞くのを忘れてたよ」

「この祭りは大成功するよ」スレイドは言った。「今日の昼はどれだけ募金が集まったか忘れたけど、この町には新しい病院ができる。大病院ってわけにはいかないだろうが、おれたちで支えられるし、地元の医者たちに来てもらって――本当におれはこの町を誇りに思うよ！　今週はすでに借金を返せるだけの金を稼いだし、これでこの町も――」

アゼイはスレイドが話すのを黙って聞き、徐々に相手の興奮が落ち着くのを待った。

「だけど、ひとつだけ気になっていることがあるんだ」スレイドが意を決したように言った。「今度の話が広まったらいったいどうなる？」

「この週末までにすべて片付けたいと思っている」アゼイが答えた。「そうすれば、ビリングスゲートはすばらしいクライマックスを迎えられるだろう。たぶんな、スレイド」

「おれに考えがあるんだ、アゼイ。いかれた考えかもしれないが、この町にいるだれか、あるいはこの町の出身だっただれかが、そのことを苦々しく思っているとしたら？　社会でうまくいかなかった人たちが、そのことを町のせいにしているとしたら？　観光客とか昔ここを開拓した入植者たちのなかに、恨みをかかえたやつがいるのかもしれない」

「そうかもな」アゼイが言った。「だが、あっしが追っているやつはこのあたりを正確に知っていた。だから観光客じゃない──ああ、それで思い出した。ジェーンとエロイーズに聞きたいことがあるんだ。ケイが見つけたあの小道のことなんだが――」

「エロイーズはジェーンに殴られたことで、暴走していないのかい？　あの人はずっといい人だったんだよ。ジェーンが言うには、トロイ人のように猛烈に働いて、話が分かるいいおばさんだったそうだ」

アゼイはうなずいた。「彼女のようなタイプが暴走するんだよ。まるっきり予期しないときに。ところでスレイド、おまえさん昨夜はどこにいた？　花火が上がっていたころだ」

「知らなかったのかい？　おれは夜のラジオ番組に出てたんだぜ」スレイドはどこか自慢げにそう答えた。「どれくらいの時間かって？　ええと、花火の三十分前に始まって、町の花火がスタートするときに終わったんだ。花火の番組には録音したものを使っているんだ。知ってたかい？　おれは知らなかったよ。トリップにすごくよかったたって褒められた。だからな、大勢の人たちがあのラジオを聞くべきだよ」

「ファンレターはもらったかい？」

「いいや。だが以前よく知っていた美術品商がボストンから来ていて、おれがラジオに出てるのを聞いて、それで――絵を四枚も買ってくれて、もっと欲しいと言ってるんだ」

「すごいじゃないか！」アゼイは言った。「これで借金も返せるし、結婚できるというわけだな？」

「あの白いフランネルズボンのせいさ」スレイドは忌々しそうに言った。「あれとラジオ出演のせいで、あいつはおれの絵を買う気になったんだ。あいつはおれが大金を稼いでいると勘違いをして、その分け前に預かろうと思ってるんだ。おれの絵は以前とちっとも変っちゃいない。だがあいつは――なにがそんなにおかしい？」

「いやなに、サラの言ってた冗談を思い出してね」アゼイは言った。「それで、おまえさんに共和党員として死ぬ気はないんだろうかと思ったもんだから――おっと、怒るなよ。ほんの冗談だ。それにしても、おまえさんがあのラジオ番組に出ていてよかったよ。そのおかげでおまえさんにはアリバイも金も手に入ったんだからな」

「つまり、あんたはおれが森にいた男だと思ったのか？　おい、いいか」スレイドは怒ったように抗議しはじめた。

「落ち着けって」アゼイがなだめた。「おまえさんとジェーンが新居を構えたら、その家の暖炉の上にぴったりの刺繍見本《サンプラー》を贈るよ。赤い文字で『我が家に神の恵みのあらんことを』と十までの数字が入っているやつだ。さあ、小道のことでジェーンとエロイーズに会いにいこうじゃないか」

ヘル・ホローに着くと、彼らは芝の雑草取りのふりをしているレーンを見つけた。患者識別票がシャツボタンからぶら下がっている。

「エロイーズだよ」レーンは識別票を示した。「彼女をとっちめてくれないか？　あと、観光客たちも。アゼイ、まったく気に入らんよ。群れをなしてここに押しかけてる。いっそのことここを立ち入り禁止にできればと思うが、まあ無理だよな。あとふたり部下に見張りをさせてるんだが、なんとも気に入らん――うわっ、また人がやってきた！」

「最善を尽くしてくれ」アゼイは言った。「いまエロイーズやジェーンに質問するのはやめたほうがよさそうだ。客の相手で忙しそうだからな。行こう、スレイド」

その日の残りは穏やかに過ぎていった。ただしケイが翌朝ぽつりと漏らしたように、実際になにごとかの渦中にあるより、ただじっと大人しくなにかが起こるのを待っているほうが辛かった。

森のなかの出来事の痕跡は、ケイの側頭部の小さな当て布だけになっていた。ケイはそれについてだれかに説明しなければならないときには、転んでけがをしたのだと言った。

「今日の催しはなに？」ケイは朝食の席でそうたずねた。「プログラムはどこかしら？」

「歴史をたどる旅だよ」ゼブが言った。「とても面白いんだ。最初に作られた教会、店、墓地、校舎をめぐる。ピルグリムたちが上陸しなかった場所をね。いや、上陸した場所と考えられてはいるんだけど、個人的にはどこも湿地だったと思うんだ。あとは追い詰められた農夫たちにイギリス人が撃退された場所とか。一七七〇年代に一度、それから一八一二年にもう一度。ここビリングスゲートの民はとにかく攻撃的だったのさ。あとソロー先生（『ウォールデン　森の生活』の著者ヘンリー・デイヴィッド・ソローのこと）が暮らしていた場所、それからウェブスター先生（アメリカ合衆国建国の父のひとりでアメリカ学問・教育の父と呼ばれた）とクーリッジ先生（元アメリカ大統領）が釣りをした場所――」

「いいこと思いついた」ケイが言った。「釣りよ。あたしの上司は釣りをするの。だから、こんなのはどうかしら――ええと、底なし沼で釣りをした有名人たち――底なし沼はある？　たいていひとつはあるでしょう。アゼイ、あたしを釣りに連れていってくれない？　そうすれば釣りに関する記事を書いて上司を喜ばせ、だれにも負けない地方色をにじませられる」

「そいつは無理だ」アゼイが言った。「レーンに会いにいかなければならないし、なにかの審査をしてくれとウェストンから電話で町役場に呼ばれた。なぜあいつは、あっしが人よりトマトだか瓶詰めジャムだかのことがよくわかると思うんだか――」

「いとこさんがあなたを審査員に？」皿を下げに来たバーサが口を挟んだ。「あなたが審査を？」

「そうさ。おまえさんの品のことはけして忘れないよ」アゼイはバーサに言った。「すべてに番号が振られていて名前は書いてないらしいんだが、心配しなくていい――おまえさんのジャムは食べたらすぐにわかるさ！」

「あたしは釣りに行きたいな」ケイが言った。「どうしよう――」

「ぼくが連れていってあげるよ」ふいにゼブが言った。「たぶん雨が降ってくるだろうけど――行くだけ行ってみよう」

　アゼイとサラは愉快そうに視線を交わした。

「ほう」アゼイがサラにそう言ったのは、ゼブとケイが行ってしまい、エロイーズとジェーンがヘル・ホローへ出発したあとのことだった。「これが彼の言ってたベイクドビーンズのロマンスってやつか！」

「これぞ若者の立ち直りの力よ」サラが言った。「ジェフ、あれはなんの音？」

「『また止まった、また始まった、また止まった、フィネガン』（一九一〇年に発売された楽譜 Off Again, On Again, Gone Again, Finnegan にかけている）だろうよ」ジェフが妻に言った。「遅刻するぞ、運転手がクラクションを鳴らしてる」

午後三時ごろになって、アゼイはケイが見つけた小道のことをジェーンとエロイーズに聞き忘れたのを思い出した。審査員としての最後の票を投じると、アゼイは車でヘル・ホローに向かった。

小雨は観光客たちの熱を冷ましてはいなかった。ランドール邸と納屋は客たちに囲まれていた。

「まったく」レーンが言った。「歴史的な場所がみんなこの道路沿いでなければよかったのに。だれもがあの人形たちを見て足を止める。それに――ひとり車で行った。おっと、またひとり。少しましになるな。ジェーンかい？　彼女はいま動きが取れんよ。エロイーズはたったいま家のなかに入った。少なくとも、おれは入ったと思う。ジェーンだ――大声で聞いてみろよ」

アゼイは大声でジェーンに呼びかけた。

「エロイーズですか？」ジェーンが言った。「丈夫な紐と箱を取りに行きました。あるお客さまが願いの井戸の見学から戻るまでに商品を荷造りしておかないとならないんです。家の地下室にいますよ。急がないと――彼女に急ぐよう伝えてもらえますか？」

アゼイは家のなかに入り、台所へ行った。地下室への急な階段はその片隅にあって簡易的な手すりで囲われているだけだった。

「エロイーズ！」アゼイはその手すりから身を乗り出して叫んだ。「ランドール嬢！　申し訳ないが――」

片手を電灯のスイッチにかけて電気を点けると、アゼイは小さな丸い地下室をのぞきこんだ。エロイーズが階段の下のところに倒れていた。

その数分後、アゼイが階段をのぼっていると、レーンが大急ぎで台所に入ってきた。

「おーい、アゼイ」レーンが言った。「ジェーンがエロイーズに急ぐように伝えてくれって。例の客が戻ってきた――」

「行ってジェーンに伝えてくれ」アゼイが言った。「エロイーズ抜きでなんとかするようにと。あっしはエロイーズのことで取り込み中だとも。それからドアに鍵をかけて、ここに戻ってきてくれ」

「どうしたんだ？」

「下を見てみろ」

レーンは地下室に倒れている人影を見下ろした。

「大けがをしてるのか？　足を踏み外したのか？」

「死んでる」アゼイが言った。「足を踏み外したか、突き落とされたかだ。おそらくは後者だろう。つらい現実に目を向けるならな」

第十六章

「ここにいる人々を立ち退かせてくる」レーンがそう言って、ドアに行きかけた。

「そういうことは一切しなくていい」アゼイが言った。「いいかね、今回の件もこれまでと同様、公けにするわけにはいかないんだ。だから人々を追い払うことはできん――おまえさんは庭師ってことになってるんだから。身分を明かすにはすべてを明らかにしなくちゃならんだろう。ジェーンを探しに行って、さっき言ったようにこう伝えてくれ。取り込み中だと――いや、やっぱりこうしよう。エロイーズは気分が悪くなったので、医者を呼んだと言うんだ。そしてエロイーズが興奮するからこっちに来ないで欲しい、そのまま接客を続けてくれと。さあ、急いでくれ。ジェーンがこっちに来る前に」

アゼイが電話すると、奇跡的に診療所にいたカミングス医師がつかまった。

「ホローだ」アゼイは短く告げた。「今回は地下室への階段へ来てくれ。いや違う、ジェーンじゃない。そうだ、だれかジェーンを手伝ってくれる人を連れてこられないか――先生の奥さん？　助かるよ。必要なことはみんな奥さんに話して構わない。ぜひ来てもらいたいんだ」

それから一時間後、カミングス、アゼイ、レーン、ハミルトンが台所に勢ぞろいしていた。日よけは下ろされていた。テーブルにはカミングスの口の開いたバッグ、レーンのカメラ、必要な道具類が入ったスーツケースが置かれていた。

「とりあえず」カミングスが言った。「ことは内密に運んでいる。それでアゼイ、自殺じゃないという根拠は？」

「仰向けに落ちて、倒れていた。頭部をセメントの床に強打して即死しているというのが先生の見立てだろう？」

「そうだ。だが、階段を下りていたのと同じくらい上っていた可能性だってあるんじゃないかね？　わしが初めて二焦点眼鏡を手に入れたときは、一週間も二階に上がるたびに足を踏み外していたもんだ」

「エロイーズは地下におりたんだ」アゼイは言った。「丈夫な紐と箱を取りに行くために。そのいずれにも手が触れられた形跡はなかった。従って、彼女は必要だったものを取りに行こうとしたものの、生きて地下に到達してはいない。その機会はなかったんだ」

「待ってくれ」レーンが言った。「床にはあの大ばさみがあった。だから半分ほど下りたところで、大ばさみを置いてきたことを思いだし、再び上ろうとして足を踏み外したということは？」

「大ばさみは」アゼイが指摘した。「ずっと離れたストーブの横にあった。彼女は食堂のドアから入ったんだ。もしも遠回りしてストーブの方へ行き、それをそこに置いたんだとしたら、間違いなく階段を半分ほど下りる前にそのことを思い出すはずだ。それに、なぜわざわざ遠回りする？　彼女には必要なものがあり、それを取りに行く途中だった。なぜストーブのほうへ行く？」

レーンは拳でテーブルを叩いた。

「じゃあ説明してくれ。大ばさみがそこにある訳を。エロイーズは家に入ってきたとき手にあれを持っていた。おれはこの目で見たんだよ。なぜあれがストーブの横に落ちていたか説明してくれ！」

「だれかに投げつけたんだ」アゼイはレーンがどんな反応をするかよくわかっていたし、その期待が裏切られることはなかった。

「投げつけただと――」レーンが小馬鹿にしたように言いかけた。「アゼイ、あんたは――」

「ちょっと待て、レーン」カミングス医師が遮った。「それはわたしも――そうとも、アゼイの言う通りだ。わたしはエロイーズをよく知っている。彼女が階段を下りかけたとき、だれかがやってきた物音を聞くとする。そして振り返り、だれかを見たとする。恐ろしいだれかを。自分の身が危険だと気づいた彼女は唯一の武器、すなわち手に持っていた大ばさみをその人物に投げつける」

レーンはカミングス医師の話を笑い飛ばした。

「大ばさみを持っていて、だれか恐ろし気な人物に気づいたとする。ならどうしてそのまま待って、そのはさみで相手を刺さなかった？　それがだれにとっても一番、理にかなった行動じゃないか」レーンは言った。「だれかに向かってはさみを投げつけるなど、弾を込めてある銃を撃たずに投げつけるようなものだ！」

カミングス医師はため息をついた。「確かになレーン、もっともだ！　きみの言う通りだ！　論理的な人間ならそうするだろう。わたしもそう思うし、アゼイもそう思っているよ。しかしながら、きみはエロイーズは論理的な人物じゃないということを忘れている。彼女の脳裏に地面をしっかりと踏みしめて、暴漢を刺すなんてことが思い浮かんだはずはない。絶対にな。大ばさみを無駄に投げつけるというのは、いかにもエロイーズのやりそうなことだ――死者に鞭打つなと言うし、もちろん彼女にもたくさんいいところはあった。だが役に立たない女だったのだ」

「わかった、わかったよ」レーンが言った。「そうしたければ心理分析でもなんでもするといい。だが、おれが興味があるのは実際の事柄なんだ。だれかが彼女を突き落としたのなら、なぜ手すりは無傷なんだ？　彼女は自分で手すりの扉を押し開けたはずだ。つまり、地下室に下りようとして一番上の階段に足をかけていたなら、彼女は手すりにしがみついていただろう――そしてそれで助かっていたかもしれない。そうじゃなければ、手すりも彼女といっしょに下に落ちていただろう。このどちらかのはずだ」

「レーン」カミングス医師が悲しげに言った。「とにかくきみは被害者がどういう女性であるかを理解していない。きみは彼女がしつこかったと言っていたが――それを思えば、彼女が愚かだったということがわからないのかね？　エロイーズについてきみが知っていることから考えて、彼女がドアを解錠するのに鍵をどちら側に回せばいいかもわからないような人間だったと気づかんのか？　彼女は自分の命がかかっていようとラジオを特定の局に合わせることさえできなかった。切れた電球を外して新しいのを取り付けることもできなかった。エロイーズがステーションワゴンを運転しようとしたところを一度でも見たことがあるかね？　彼女があの車を運転しているときは間違いなく公共の安全を脅かす存在だった。レーン、きみの困ったところは実際的なところなんだ。エロイーズは実際的ではない。きみなら手すりにつかまるだろう。だがエロイーズは手すりにつかまらない。彼女を難破船に乗せてみるといい。そして救命胴衣を投げたら、彼女はそれを身に着けるだろうか？　いいや。彼女ならその上に座ろうとするだろうな。レーン、まだわからないのか？」

「あの女は足を踏み外して転げ落ちた」レーンが頑なに言った。「そうに決まってる」

「あの女は」アゼイが言った。「突き落とされたんだ。レーン、階段の上のところまで近寄ってみるといい。そうだ。さて、手すりに触れるよりもまず最初にやることはなんだ？」

「もちろん電気を点ける」レーンがイライラした様子で言った。

「あっしでもそうする。だが、電気は消えていた。彼女は階段を下りかけてから電気を点けるために振り向き、そして落ちたんだとおまえさんは言うかもしれない。しかし彼女の落ちかたとしてそれだけはありえない。そうするためには、手すりからさらに身を乗り出していなければならないからな。そういう状態で落ちていたら助かっていたはずなんだ」

「なぜ先に照明のことを言わなかった？」レーンが食ってかかった。

「言う隙を与えてくれなかったじゃないか。たぶん彼女は階段を下りようとして、一番上の階段から電気を点けようと手を伸ばしていたときに、だれかが入ってきた物音を聞いたんだと思う。それで階段の一番上に立ったまま振り返ったんだろう。相手はストーブわきのところからこちらに向かってきた。それで彼女はハサミを投げた。だが相手は突進してくると、エロイーズの両肩をつかんで下に投げ落とした」

「あんたの靴のゴム底が上がったり下がったりする跡は残っていた」レーンは言った。「彼女の靴跡はない。だが、彼女は木を敷いた通路を渡ってきたのであって、湿った芝生には入らなかった。だが、もしだれかが彼女を投げ落としたのなら、そいつは彼女が死んだことを確認するために地下室へ下りたとは思わないのか？　そして、そいつが外からやってきたのなら、なぜ我々はその痕跡を見つけることができない？　どこにもそんなものは――」

「靴下姿だったんだろう」アゼイが言った。「それに、九フィートも地下にあるコンクリートの床に真っ逆さまに落としたんだから、目的を達したと考えるのは当然だろう。ひょっとしたら、電気を点けて下をのぞいて確認したのかもしれないし。もう一度、あそこへ下りてよく見てみようじゃないか」

四人の男たちはほとんど垂直の階段を用心深く下りていった。

「ケープコッドの地下室ってのはなぜどれもこれも、こんな感じなんですかね?」ハミルトンが質問した。

「昔はレンガがほとんど手に入らなくて、高価だったんだ」アゼイが言った。「円形の地下室は四角形のよりもレンガが少なくて済む。たいていは半円形だ。うちの地下室もそうさ」

「でも、これは新しいですよ。このコンクリートブロックは古いものじゃありません」

「おそらく、古いレンガの上に重ねて積んだんだろう。家を改修したときに」

階段の右側には電気ポンプと貯水槽があり、そのそばに電気メーターがあった。階段のうしろにはきちんと積み重ねられた段ボールの山があり、それとは別にたたんだ包装紙の山があった。どれも見るからに新品ではない。メアリー・ランドールはかなりの倹約家だったようだ。

「なぜ彼女はこれを納屋の地下室ではなく、ここに保管していたんでしょう」ハミルトンがたずねた。

「ネズミだよ」アゼイがあっさり説き明かした。

ハミルトンはあたりをうろうろ歩きまわりながら、保存食や「出来合いの」野菜や果物の瓶詰がぎっしり並んだ古い本棚をのぞきこんだ。ハミルトンはわざわざ古びた石の壺の蓋を開け、中身のにおいを嗅いでから、急いで蓋をもとに戻した。地下室にザワークラウトのにおいが充満した。

「上に戻ろう」レーンが言った。「ここに我々の役に立つものはありそうにない。彼女が殺されたのなら、彼女は殺されたんだ。ウォレンの娘から話を聞いて、けりをつけてしまったほうがいいだろう」

「なんだって？」アゼイがキッチンへの階段をのぼりながらきき返した。「それはどういうことかね？」

「ジェーン・ウォレンだよ。あの娘はエロイーズのあとに家に入ったんだ。おれはそれを見たんだよ。あの娘は数分間ここにいた。おれは彼女がここに入って、また出るのを見たんだ」

「そんなこと一言も言わなかったじゃないか」

「あんたは」レーンが辛らつに言った。「おれにその隙を与えてくれなかったじゃないか。これで彼女は突き落とされたんじゃなく、足を踏み外したんだと言いたくなってきたんじゃないか？」

アゼイはかぶりを振った。「いいや。先生《ドク》、エロイーズの具合が悪いと告げたとき、ジェーンの反応はどうだった？」

「エロイーズは昼食に大量のロブスターサラダと桃のショートケーキのホイップクリーム添えを食べたと言っていたよ」カミングスが言った。「そしてその後、大量のミントソーダを飲み続けていたとも。ジェーンは諦めの境地に達していて、まったく動じていなかった。エロイーズの食生活の異常さは、彼女と同じ屋根の下で暮らす者にとっては公然の事実だからな」

「先生と奥さんがここに来たことに関して、不審に思っている様子はなかったかね？」

「お心遣い助かりましたと言っていたよ。自分だけじゃ観光客をとてもさばききれなかっただろうと」

「よくもぬけぬけと」レーンが言った。「あの娘がどんな状況だったか考えてみろよ、アゼイ！　マイク・スレイドのことでエロイーズがこれ以上なにか言ったら――」

「きみはわかりやすいな、レーン」カミングス医師は自分のバッグに道具をしまいはじめた。「きっとそう言うと思ったよ。きみがそう言うのを待っていた。ときに、きみは普段なにを食べているのかね？」

「あるものを食べている」レーンはむっとしていた。「それ以外ないだろう？」

「具体的にはなにを？」

「そりゃあ、肉だとか魚だとか野菜を――」

「一般的な食材だ」カミングス医師が楽しそうに言った。「その影響がわかるかね、アゼイ？　エロイーズは無益なものを食べている――これでわかるだろう」

「そんなことより」アゼイが言い返した。「犯人がなにを常食にしているかを教えてくれ。そうすれば、先生の食料雑貨店の代金を一年分支払ってやるよ。ハミルトン、ジェーンをここに連れてきてくれるかい？」

ハミルトンはカーテンを持ち上げ、外をうかがった。「観光客たちはいなくなったようですね」

ハミルトンはジェーンを食堂に連れてきて、椅子に座るようにと目顔で示した。ちなみに、居間の長椅子に寝かせてある毛布で覆われた人影は見えるはずのない位置だった。

「エロイーズの具合はどうですか？　また消化不良ですか？　アゼイさん、エロイーズはわたしが殴ったことについてあれこれ言ってませんでした？　わたし、本当にとんでもないことをしてしまって。サラおばさまにこっぴどく叱られました、簡潔かつ的確なことばで。それにしても、もうたくさ！」

「ジェーン」アゼイが言った。「おまえさんがエロイーズのすぐあとに、家に入ったのはなんのためだったのかね?」

「カードです。ショップカードを取りに来たんです。名刺みたいなものです。観光客の人たちにカードをくれと怒鳴られて、納屋に置いてあった分はみんななくなっていたので」

「それはどこにあったんだね?」

「カードですか? この食器棚のなかです。ほら、何枚か床に散らばっているでしょう? わたし、すごく急いでいたんです。エロイーズがなんていったと思います? あのオークのチェストを売ることができたら、その代金はわたしのものにしてもいいと言ってくれたんですよ。それで本当に売れたんです! フィルブリック将軍のお友だちに。これで結婚の持参金ができました。素敵でしょう? マイクから、彼の絵を買ってくれた人の話は聞いていますか——」

「家に入ったときは台所へ行ったかね?」

「いいえ、カードを取ったら出ていきましたから。アゼイさん——」ジェーンは彼を見つめた。「いったいどうしたんですか? エロイーズがまた盲腸になったと騒いでるとか? だとしたら、エロイーズはすでに盲腸を取ったし、メアリーが医師の署名があるその証明書を持ってます。いいかげんに理解してくれないかしら。エロイーズったら、医師たちが手術のために開腹手術をして盲腸を見て、なにもせずにまた縫い閉じたと思い込んでるんですよ。どうしてそんなことになるのか想像もつかないわ。そういったことって自然にわかるものじゃないのでしょうか。自分に盲腸があるかないかは。いくらお医者さまを信用していなかったとしても。アゼイさん、わたしたち来週に結婚するつもりなんです。マイクから聞きましたか?」

「ジェーン」アゼイが言った。「エロイーズが事故に遭った」

「えっ――なんですって？　なにがあったんですか？」

「地下室の階段で、その――」

「まあ、殺されたと言い出すのかと思いました。メアリーのように――驚いて息が止まるところでした！　ひどいけがなんですか？　そうじゃないといいんですが。エロイーズは前からあの階段をひどく怖がってたんですよ。あの階段はわたしたち三人にとって心配の種だったんです。以前は『止まれ、よく見て、つかまれ』と書いた張り紙をしていたくらい。けがはひどいんですか？」

アゼイは思わず居間のほうに目をやった。ジェーンはアゼイの視線を追い、ソファに横たえられている人影を見た。

「えっ」ジェーンは言った。「ええっ！」

ジェーンは立ち上がると居間に入っていった。そしてすぐに戻ってきた。

「あなたはなんとかわたしに言おうとしていたんですよね？」ジェーンは感情のない声で言った。

「話してください、なにもかも。ただ落ちたわけじゃないんでしょう？」

「そうだジェーン。だれか――つまり、おまえさんかメアリーかエロイーズがこれまでにあの階段から落ちたことはあったのかね？」

「いいえ。わたしたちあの階段を怖がっていて、とても気をつけていたんです」

「おまえさんのその肩の痣は？」

ジェーンの顔が赤くなった。「まあ、ケイから聞いたんですか？　本当のことを知りたいですか？　エロイーズにぶたれたんです」

アゼイはパイプに火をつけようとしていた手を止めた。

「本当です」ジェーンが言った。「月曜日のことです。エロイーズがわたしに腹を立てて。そういうことはよくありました。エロイーズはやきもちを焼いていたんです。メアリーが自分よりわたしのことを可愛がっていると思いこんでいて。もちろん、実際はそんなことなかったんです――でも――エロイーズに愛情深い態度でいるのがどれほど難しいかおわかりになるでしょう？　あの人は――あまりにも要領を得ない人でした。言うこともやることもめちゃくちゃで。でもそうかと思うと、非の打ちどころのない完璧なふるまいをしたりする。このあいだの夜、殴ってしまったわたしを許してくれたように。それでこの人は本当は素敵な人なんだと思ったとたんに、人の膝の上にインク瓶をひっくり返したり、これまで以上にとんでもないことをしでかす。すべてに手際がいいメアリーにとって、そういうエロイーズの相手をするのがどれほど難しかったことか――」

「貯氷庫へ行く例の小道のことを話してくれ」アゼイが言った。

「そのことについてはなにも知りません」ジェーンが言った。「わたしはこの家の周囲が死ぬほど怖いんです。わたし――うまく説明できないんですけど、あの沼地だとか霧だとかそういったものには、なにか邪悪な雰囲気があるような気がして。本当に薄気味が悪いんですもの」

「銃の所持許可証を持っていたのも、怖かったからなのかい？」

ジェーンはうなずいた。「マイクはそんなの下らないし、なにも怖がることはないと言っていましたけど、急にわたしの気持ちに気づいてくれたみたいで、きみのために銃を手に入れてやるし、そうすれば銃の扱いにはそれほど慣れていなくても少し安心できるだろうと言い出したんです」ジェーンはため息をついた。「わたしがもう少し射撃について学んだら、彼はわたしに銃を買ってくれることになっていました――」

「ジェーン、おまえさんはいつもどこでマイクと会っていたんだ、貯氷庫のところかね？」

「アゼイさん、本当にわたしあそこには一度しか行ったことがないんです。わたしはこのあたりが怖いんです。ケイと同じく街育ちなので、田舎の静けさや物音がとにかく恐ろしくて。だからマイクとはたいてい浜辺で会っていました。エロイーズがあんな騒ぎを起こしたせいで、彼はここには来られなかったんです。このあたりは人目を避けることができませんから」

「では」アゼイが言った。「この家から池のほとりに行ったのはだれだったんだろう」

「それはわかりませんが、わたしにはいつもあたりに大勢の人がいるように聞こえました。メアリーはそう言うわたしに笑って気のせいだと言いましたが、メアリーも絶対にここでひとりきりで夜を過ごそうとはしませんでした。心底ぎょっとするような音がしたんです――笑い声のような。あれは最高に薄気味悪かったですけど、その正体は突き止めました」

「突き止めたって――それはなんだったんだね？」

「なにかの合図の笛です。笛というよりオカリナみたいな見た目ですけれど。何週間も前に納屋のそばで見つけたんです。だから、それまで聞こえていたのはあたりに車を止めている地元の若者たちの仕業だったんだなと思いました――あの裏道には車がびっしり止まっているときがありますから。それ以降もその音を聞くことはあったんですが、正体がわかってしまえばあまり気にならなくなりました。最初はどこかから脱走してきた異常者じゃないかと思いましたから。そんなふうに聞こえたんです。でも少年や少女たちが合図のために吹いていたに違いありません」

「いまその笛は持っていないかい？」アゼイがたずねた。「あるいは、そのありかを知っているかね？」

「火にくべてしまいました。たぶんキャンディかポップコーンかそんなようなもののおまけだったんだと思います。ほら、お菓子によくおまけで付いているでしょう――アゼイさん、エロイーズのことはどうするんですか?」

「メアリーのときのように、エロイーズについてもなにか口実を設けなければならないだろう。ジェーン、おまえさんがエロイーズを殺したのか?」

ジェーンはまっすぐアゼイの目を見つめた。「いいえ、誓ってやっていません。このあいだの夜は殺してやろうかと思いましたけど。あまりにも混乱していて。でもわたしがマイクとのことをはっきりさせてからは、すべて片付きました。あなたはわたしのことを信じてくれると思いますが、レーンさんや他のかたたちはどうでしょうか?」

「おまえさんがメアリーを殺せたはずがないことはみんなわかっている」アゼイが言った。「そして、あっしとケイが例の男と遭遇したとき、おまえさんはサラやジェフといっしょだった。今日のエロイーズのことに関しては、現時点ではなにひとつ証明できないが、あっしはおまえさんを信じるよ。レーンについてはあっしがなんとかする」

エロイーズを殺したのがジェーン・ウォレンではないとレーンに納得させるのは簡単な仕事ではなかったが、アゼイとカミングス医師はレーンが折れるまで説得を続けた。

「わかったよ、あんたたちの好きにするといい! 彼女はやってないんだな。なにもかも勝手にするといいさ! おれの部下は外でなにも見なかったし、この家にはジェーン以外だれも足を踏み入れてない。おれも部下もこの家の見張りはうんざりだ。だいたいなんの役に立つと言うんだ、こんなふうにあんたたちが――」

ぶつぶつ言いながら、レーンは大股で台所から出ていった。

「あの人は頭に来ているだけです」ハミルトンが言った。「いずれ機嫌は直ります。こちらのことは先生《ドク》と自分に任せてください。アゼイさんはあの娘とカミングス夫人を送っていってください。それからあなたとわたしとでだれかにここを見張らせるよう手配しましょう。ここの警備をまだ続けるべきなんでしょう？　またあとで来てください。レーンの頭が冷えたころに」

アゼイはカミングス夫人を家まで車で送ると、ジェーンをサラのもとに連れ帰った。

「思うんですが」ジェーンは言った。「この家の人たちには本当のことを話さなくてはなりませんよね。アゼイさん――犯人はなにをしようとしているんでしょう？」

「その答えがわかればいいんだが」アゼイは言った。「さあ、家に入ってさっさとやるべきことを片付けてしまおう」

その夜の九時ごろ、アゼイはヘル・ホローに戻った。

「エロイーズ絡みのあれこれは終わったよ」レーンが言った。「カミングスがうまくやってくれた。カミングスによれば、ウェストンは今回のことでほとんど卒倒しそうだったそうだ。ブリンリーもな。ブリンリーも町役場の行政委員室にいたのさ。アゼイ、あんたは今夜もここに見張りをつけて欲しいんだろう？」

「いいや、それは自分でやる」アゼイが言った。「おまえさんの部下のひとりがちょくちょく様子を見に来てくれると助かる。相手にこの場所が見張りもなく、空っぽだと思わせることができれば、そいつは自分のやろうとしていることに取り掛かるかもしれん。このあいだの夜の犯人の狙いはエロイーズではなかった。エロイーズは町のほうにいたんだからな。あっしの車は人目につかないよう、道路のほうに止めてきたよ。やつは花火の時間に行動を起こすのが気に入っている。そのころ、おまえさんはこの近くにいてくれると助かる。そのときになればなにか動きがあるだろう」

「アゼイ」レーンが真面目な顔で言った。「今日の午後はあんなムキになってしまってすまなかった。だがカミングスが言っていたように、エロイーズ殺しでは追い打ちをかけられたとしか言いようがない。しかも、おれの目の前で！　まったく理解できない――まあ、あんたがジェーンは無実だと言うなら、それで構わない。だがやはり合点がいかんよ。それと、あんたをここにひとり残していくのは気が進まない。なにか合図を決めておくべきじゃないか」

「もし例のやつに出くわしたら」アゼイは言った。「合図なんかなくても、おまえさんにもちゃんとわかるよ。あっしは大丈夫だ」

アゼイは茂みの陰になるポーチに陣取ったが、数分が経過するうちに、午後から降り始めた小雨が土砂降りに変わった。アゼイはドアを解錠して家のなかに入った。

ドアを閉めかけたとき、だれかがポーチを走ってアゼイのあとを追ってきた。

アゼイはさっと振り返った。「だれだ――」

「撃たないで」ケイが言った。「道路の向こう側で三十分ほど、ここに身をひそめているのがあなたなのか、あたしの気のせいなのか、それともこのあいだの夜の男なのか見定めようとしていたの」

「いいかげんにしないか」アゼイが強い口調で言った。「まったく、水曜日にあんな目に遭ってまだ懲りないのか？　邪魔をするな。とっとと家に帰れ」

「セイヤー家の人間は」ケイが言った。「どうしようもない頑固者の血筋だって、母が言ってるわ。でも父に言わせれば、それはハーディングの血筋だって。両方とも筋金入りの頑固者で、厳格な個人主義者なの。だからいまだに四輪自家用馬車《バギー》を――」

「それを言うなら二輪馬車《サルキー》だろう」アゼイは言った。「あっしがここにいるとだれから聞いた？」

「勘よ。あなたは例の犯人と決着をつけなければならないはずだって。で、あなたがそうしたときに、あたしもそうしたってわけ。あなたが例の男に落とし前をつけさせるつもりなら、あたしもそうしたっていいでしょう？」

「わかったよ、入れ！」アゼイが言った。「入るといい。おまえさんはこの窓を見張ってくれ、あっしはこっちの窓を見張る。こんな雨のなかをうろうろする馬鹿者は、両方の目の玉を繰りぬかれても自業自得だからな」

十分が遅々として過ぎていった。

「今夜の花火は絶望的ね」根負けしたようにケイが言った。「開始時間はとっくに過ぎたわ。フィルブリックは雨にも耐えられる花火を用意するべきよ。防水花火とか。きっとすごく儲かるわよ。暇なときはそんなことをつらつらと考えるのもいいかもしれない。ねえ、エロイーズはなぜ殺されたの？」

「一般的に」アゼイは言った。「殺しの動機は二種類だ。ひとつが痴情のもつれで、もうひとつが金。エロイーズは銀行に四十一ドルと国際電話会社の株を十株持っていた。それを、自分の部屋の右側の整理ダンスに保管していたんだ。それからエロイーズはカミングス先生に九ドル二十五セント、クインビーにチョコレートソーダ四杯分の借りがあった。エロイーズのメモ帳にそう書いてあったんだ。この状況から考えるに、エロイーズが金目当てで殺されたとは思えない。メアリー・ランドールの骨董品の品ぞろえは悪くないが、五千ドル以上の価値はあるまい。土地と家は四千か五千ドルの価値はあるだろうが、しっかり抵当に入っているからな」

　ケイは自分のハンカチで窓ガラスを拭いた。

「でもだれが」ケイが言った。「エロイーズを愛したり、憎んだりするかしら。あの人を愛したり憎んだりできる？　ありのままの彼女を受け入れる以上のことなんかできっこないわ」

「マダム・モウならこう言うかもしれん」アゼイは言った。「人は歯がカタカタ鳴る女は愛せないとね」

「でも、その女を憎むこともできないわ」ケイが言った。「歯がカタカタ鳴るからこそ。あたしには歯が鳴る祖母がいるけれど、心の底から愛しているもの。ねえ、煙草吸ってもいい？」

「先端を隠してくれるならな」

　十二時を過ぎた。

「わたしが息子のジョンをこの部屋に寝かせたら」いきなりケイが言った。「ジョンが最初に目にしたのは大きなＦと小さなＦだった」

「大きな阿呆《フール》と小さな阿呆《フール》」アゼイがすかさず答えた。「じゃあＳＣＹＴＨＥ（大鎌）という単語を並び換えてなにかひとつことばを作るとしたら？」

「ＣＨＥＳＴＹ（胸が大きい）」ケイが言った。「六十二章からなる心理学の本で読んだの。精神的発達と精神的退化。それがどう関係あるのかさっぱりわからなかったけど」

　さらに三十分が経過した。

「まったく」ケイが疲れた声で言った。「水曜日はあんなに行動的だったと言うのに、今度は妙にやる気がないわね——これが適切なことばかどうかわからないけど。アゼイ、例の男はすでに一日の気力を使い果たしてしまったんじゃない？　なんといっても、もうひとり殺しているんだし。ベンヴェヌート・チェッリーニ（ルネサンス期のイタリアの芸術家）ならもう充分だと考えるわ。あれが起こったのは朝食前ではなかったけれど、勘定には入れるべきよ」

「ふうむ」

「いったいなにを考えているの？」

「バーサだよ」

「バーサ――いったい、どうして？　心密かにバーサを想っていたの？　バーサの手に触れてみたいと願っているとか？」

「ちょいと気になってね」アゼイが言った。「今日の午後の審査会で、自分がバーサのビーチプラムジャムをちゃんと選んだかどうか。その件ではちょっとした小細工をしたんでな」

「あら嫌だ、どんなふうに？」

「サラの保存食用の戸棚のところに行って、そこになにが入っていて、どんな瓶かを確かめておいて、それに一番似ているやつを選んだんだ。バーサの料理の腕前はすばらしいんだから、別に構わないだろう。トロフィーやらなにやらもらえるらしいから、J・アーサー・ブリンリー夫人同様、バーサがそれをもらっても悪いことはあるまい？」

「悪くあるまい？」ケイが言った。「それどころかマイク・スレイドも大賛成してくれるでしょうね」

「それに、J・アーサーのいわゆる不公平な働きかけが気に入らなくてな。J・アーサーは抜け目なく十四通りもの方法で、ベッシーのジャムがどんな見かけで、どんなに毎年優勝を獲得しているかを伝えてきたんだ。番号以外のありとあらゆることを吹きこんできて、こちらがちょっと水を向けさえすれば、番号すら教えてくれていただろう――ケイ、ゆっくりと近づいてくる車がある。レーンかな――おまえさん、もっとこっちに寄ってくれるかね？」

「通り過ぎたわ」ケイが言った。「よくいる浮かれた連中でしょ。ラジオが鳴っていたのが聞こえなかった？　たぶん、人形を見るために寄ったんだと思う――あれ、道路の向こう側から見るとゾッとするから。ところで、あれが雨に濡れないようなかに入れなくていいのかしら？　もうずいぶんくたびれてしまっているし、雨や風で傷んでしまっているけれど――」

「とっくにびしょびしょだよ」アゼイが言った。「あの人形を雨から救出しようとすれば、我々もそうなるだろう。ケイ、もう一度見てくれ。さっきの車が行ってしまったというのは確かかね？　なんだかラジオの音が聞こえるような気がするんだが」

「あたしもそんな気がしたわ」ケイが言った。「だけどテールライトも見えないし、ライトがまったく見えない。きっと車を止めていちゃついてる若者よ。こんな夜に、こんな不気味な場所に車を止めるなんて――アゼイ、こんなふうに家の前を見張っているなんて骨折り損のくたびれ儲けじゃないかしら。だれかがここに来るなら、その人は前から来て、玄関のノッカーを鳴らしたりしないはずよ。後方の森から忍んでくるはずだとは思わない？」

「それについては、あっしも考えてはいた」アゼイが言った。「後ろを見てまわってくるから、おまえさんは車のほうを見張っているというのはどうかね」

アゼイが戻ってきたとき、ケイは別の窓のところに移動していた。

「あいかわらずラジオが聞こえるわ」ケイが言った。「車は家のすぐ先の、道路の端にいるんだと思う。下品なコメディか、品のないオーケストラでも聞いているみたい――アゼイ、あそこには四体の人形があったと思うんだけど」

「そうだよ」

「それが三体しか見えないのよ」ケイが言った
「おそらくまた一体、倒れているんだろう。男の人形のひとつがよく落っこちるんだよ。レーンが直そうとしたんだ。それが倒れているのを見るとイライラするからってね。たぶん、大勢の観光客に触られたから――」

「三体しかないわ」ケイが言った。「芝生の上にも落ちてない。変ね――もしかして――こっちの窓から見てみましょう。やっぱり、こちら側の地面にも落ちていない。いったいどこに――」

外から、急に車のエンジンがかかる音がした。

「観光客め！」アゼイがドアに向かって駆け出した。「あいつらがひとつくすねたんだ――」

ケイも彼のあとを追って走った。

「車が行ったわ――アゼイ！　忌々しい連中！　なんとかならないかしら――」

アゼイのコルト式拳銃が火を吹いた。

「驚かせてやれたかな――ケイ、ちょいと追いかけてみよう。行こう、あっしの車はこの先だ」

ケイが息を切らしながらオープンカーの座席に腰を下ろすと、アゼイに腕を引っ張られた。

「下りるんだ――すぐに――」

「どうして？」

「下りろ！」

「なんのために？」

「おまえさんの車はここに？　どこだね？　急いで！　案内してくれ。早く！」

「でもそれじゃあ――あなたの車はどうかしたの？」

「タイヤを切られた」ふたりで道路を駆けながら、アゼイは言った。「あれは観光客の人形泥棒じゃない――我々が探している男だ！」

第十七章

アゼイはケイのおんぼろクーペの運転席に飛び乗ると、ケイが差し出したキーをひったくった。

「アゼイ、あいつを見失ってしまう！」ケイが言った。「テールライトが見えないわ――考えてみれば、最初からずっとテールライトは点いていなかった。あたしがチョーク（ガソリンエンジンの空気吸入調節弁）を引くから――」

その小さな車はだれかに後ろから蹴飛ばされたかのように飛びだした。

「アゼイ」ケイが言った。「この車じゃ自転車だって捕まえられないわ！　時速四十マイル（時速約六十四キロ）がせいぜいよ。タイヤも――ドアは気にしないで。開いてるような気がするだけだから。本当は閉まってるの。裂けてるんだか、歪んでるかで――アゼイ、あいつが見える？」

「ああ」ふいにアゼイが言った。「あそこを見てみろ。学校の先だ」

「あれがその車だとどうしてわかるの？」

「ヘッドライトは点いているが、テールライトは消えている。それにあのスピードだ。そうとも、あいつだ！」

「確かにあれがそうかもしれない。だけど、彼を捕まえるのはいますぐ諦めたほうがいいわ」ケイが言った。「無茶よ！」

「諦めるものか」アゼイが言った。「少なくともやつを追うことはできる。敵は頭のいいやつだ。ラジオを鳴らしっぱなしにして我々を欺いた——あっしの知るかぎり、やつはブラスバンドを引きつれてきたようなものだ。そしてあっしの車のタイヤを切り裂いた——そうとも、これぞ目指す相手だ。さあ、しっかり捕まってろよ。分かれ道のところでやつがどっちに曲がるかわかるぐらい、追いつかないと」

アゼイはアクセルを踏み込み、ケイはつかまっていろというのが、本当にことば通りの意味だということを理解しはじめていた。その小さな車は飛んだり跳ねたりしながら猛スピードで進んでおり、車体はまるで死ぬのを恐れているように小刻みに震えていた。

呆然としながら、ケイは速度計のテープが揺れるのを見つめ、それからぼろぼろのシート、座席の後ろに詰め込んである自分のレザージャケット、今日の午後、ゼブ・チェイスが食品売り場で買ったジャムドーナッツの紙袋を見まわした。それらを見て彼女は納得した。これほど猛スピードで突進しているのは、確かに自分の車だ。

「そうとも」アゼイは言った。「あいつはあっしを欺けると思っている。そうだろう？　ふん、ちゃんとつかまってろよ。ちょいと面白いことになるぞ——」

速度計が揺れながら最後の数字を通り越し、さらに揺れながらゼロを通過し、勝ち誇ったように、二週目の十に到達した。そして悠々と、誇らしげにそこに留まっている。

「ちょっと！」ケイは車のさまざまな騒音に負けないように大声で怒鳴らなければならなかった。「ちょっと——アゼイ！　これ——こいつ、この車を職場で受け継いだときには、すでに六年落ちだったのよ。少なくとも六年は経ってた。それにタイヤも——」

「いいからしっかりつかまってろ」アゼイが怒鳴り返した。「あっしはポーター社の最初の車の組み立てを手伝い、あとからそれを運転もした。ボストンからニューヨークまでを四週間もな。この車はそのモデルにいくつか改良が加えられていて——」

「でもタイヤが！　うわっ——痛っ！」

ケイは両膝をダッシュボードに強打し、次の衝撃に備えて身を固くした。

車は側道かなにかを走っていた。左側がビリングスゲートの中心部で、お祭り会場の中通りに立っているマストのてっぺんに黄色い星が見えたが、ケイがそれを見ているうちにその星は一度またたき、消えてしまった。

「我々は道を走っているんじゃない」アゼイが言った。「飛んでいるのさ——ヤッホー！　頭に気を付けろ！」

「赤いランタンが！」ケイがなじるように怒鳴った。「赤いランタンよ！　看板に『道路封鎖中！』と書いてあったわ」

「道路は走ってない」

確かに、道路は走っていなかった。車は平然とアップダウンしながら、それでもさっきよりわずかに速度を落としてトウモロコシ畑の端に沿って走っていた。

しばらくして、車はまた大きく揺れながら道路に戻った。ヤマモモの小枝がフロントガラスを激しく打った。

「あのあたりはちょっと道が悪いんだ」アゼイがなだめるように言った。「そのことはよく知っていたんだ。本当さ」

「なるほど」ケイが言った。「当然よね。全知全能のメイヨですもの。アゼイ、野暮なことは言いたくないんだけど、あなたはただ楽しむためにドライブしているの？　それとも、敵がどこにいるかわかっているの？　見たところ、前方に車がいる気配はまったくないんだけど」

「前方にはいない」水たまりをよけながらアゼイは言った。「やつは我々の横にいる」

「本当に？」

「ああ、向こうは公道を走っていて、我々は下の道を走っている。だが、こっちのほうが向こうより先に着くはずだ――」

「それを言うなら」ケイが言った。「先に天国へ着いちゃうわよ！」

「それにしても、なぜやつはきみの車に気づかなかったんだろう」

「きっとあなたの車のことしか頭になかったのよ」ケイが言った。「切り裂きジャックはあなたのことだけを考えているんだわ。アゼイ、あなた本当にこの車のタイヤの状態を考えるべきよ――神さま！」

車は水たまりのなかを横滑りし、完全に二回転した。

「あらよっと」アゼイはそう言うと、気にする様子もなく運転を続けた。「このちっこい車にもあっしのオープンカーさえ負かす強みがある。ポーター社の車だったらスリップしても半回転しかせずに、進行方向と反対向きになっていただろう。ケイ、フロントワイパーが動かなくなったようだ。手伝ってくれ」

「どうやって？」ケイがなじるように言った。「這っていって、ハンカチを持ってボンネットに座っていろとでも？　あたしのことなんだと思ってるの？　あたしは――」

「ハンドルを持っていてくれ」アゼイが言った。「あっしがなんとかする」

突然の揺れの勢いを借りて、アゼイはなんとか前を見通せるだけのスペースをきれいにした。

それから数百ヤード進むと、アゼイは車の速度を落としてヘッドライトを消した。

「前方に」アゼイはケイに教えた。「ボストンへ続く主要道路がある。そして、ここから左下のほうに道があり、そこからやつが出てくるはずだ。そっちの道のほうが我々が通った道より二マイルほど長い。失業対策で作った道路で、うねうねと曲がっているから——」

「そいつが姿を現すとして、どうするつもり？　彼を撃つの？」

「そいつを殺したいという願望はない。正体を突き止めたいんだ——おや——来たぞ——」

一台のセダンが猛スピードで新しい道路から飛び出してくると、ふたりの前をぎょっとするような速さで通り過ぎた。

「あれだ」アゼイは急いでクーペの向きを変えると、追いかけはじめた。「ナンバープレートは覆われている——さて、やつは何をするつもりなのか。そしてどこへ行こうとしているのか。おや、あそこだ——あそこで曲がるぞ。これはいい。我々もついていこう」

「どこを目指しているのかしら」主要道路をあとにしながら、ケイがたずねた。「あたしたちどこへ行くの？」

「わしの故郷の町のほうだ」アゼイが言った。「そこらの裏道で鬼ごっこをすることになりそうでワクワクするよ。あのへんの道はよく知ってるんだ」

「確かによく知ってそうね」

「今日、審査をしているときに」アゼイが言った。「あのすばらしいふるさと祭り《オールドホームウィーク》のプログラムに最後まで目を通したんだ。過去と現在のロードマップまで隈なく。固まった波をクローズアップで見ているみたいだったが、いろいろなことがわかったよ。おっと、やつがスピードを落としているぞ。気に入らんな――」

「どうして?」ケイがたずねた。「追いついて――何者か見てやればいいじゃない――チャンスよ――ああ、行っちゃった！　なぜあなたまでスピードを落とすの?」

「このフロントガラス越しに見てみたくてね――大丈夫、なにもしていないようだ」

「なにをしていないって?」そうケイがたずねたとき、アゼイはまたアクセルを踏み込んだ。

「やつが車の行く手に瓶かなにかを投げたんじゃないかと思ったんだ――このあたりは道が狭くなってる。ケイ、しっかりつかまってろ」

速度計のテープがまた揺れ始めたが、今度は負荷が大きすぎたようだった。それは激しく飛び跳ねてから、数字の八のところで止まり、そのままそこに留まった。

「アゼイ」ケイが彼の耳元で叫んだ。「諦めて！　あいつ、見えなくなったわ――ヘッドライトすら見えない――」

「もう一度やってみる」アゼイが言った。「今度はしっかり備えて、おまえさんの傷にさわりがないようにしてくれ。かなり揺れるぞ」

アゼイは舗装道路から外れ、森のなかに入っていくようだ。ケイは初め、車が完全に制御不能になっているのかと危ぶんだ。

「古い馬車道なんだ」アゼイが気軽な調子で説明した。「無事に通り抜けられれば、やつを捕まえられる」

ケイはサイドウィンドウから外をのぞき、反射的に頭をひっこめた。だがその木はガラスを割ることなく、窓に強く押し付けられたかと思うと、車が揺れながら通り過ぎるのに合わせて車体が傷つくガリガリという音がした。

ケイは呆れてアゼイを見つめた。太い枝が実際に、窓がきちんと閉まらない彼の側から車に入っていた。茂みや木々が車のフレームとステップをこすっている。

ケイは身を乗り出しフロントガラスに奇跡的に前が見える部分を見つけた。

「道ですって？　ちょっとアゼイ、森じゃないの！　あの木を見てよ！　到底――あれ――あれどうなってるの？　道の真ん中に――」

「以前、調べに来た。自分の車じゃ通り抜けられなかった」アゼイが言った。「低く垂れさがり過ぎてる」

二度、アゼイはフロントガラスの雨を拭うために車を止め、一度、車から降りて倒れている木を進路からよけた。

「ここはな」アゼイが言った。「かつてはボストンへ行く主要道路で、駅馬車が行き来してたんだ。いま通っているこのあたりは以前、大きな集落だった。宿屋や店や教会や鍛冶屋などがあってな。おそらく、あの人形が着ている服はよくこのあたりを訪れたんじゃないかな。ひょっとしたら、ここらのものなのかも――」

「アゼイ、あの人形のことはどう思う？　なにか意味があるとして、なぜあんなものくすねるんだと思う？」

「このやっかいな場所を抜け出すまで待ってくれ」アゼイが言った。「たぶん――ケイ、瞬く間《ま》に我々はまた主要道路に戻れるだろう。運がよければ、やつに先んじられる。そうでなかったとしても、すっかり引き離されていることはないはずだ――」

　しかし、旧道の最後の四十フィートはこれまでで最大の難所であることが判明した。

　アゼイは小声で悪態をつきながら、ギアを変えたり、慎重に通れそうなところを選びながら、突如として目の前に現れた空き缶やゴミの山を通過し始めた。

「どこぞの怠け者が」アゼイが毒づいた。「ここをゴミ捨て場に使ってるんだ。バックでやってきて、ゴミを捨て、走り去る――」

　小さな車《クーペ》は激しく揺れながらも果敢に通り抜けた。

「この車に敬意を表する」アゼイが言った。「それだけの仕事をしてくれた。このへんに車を止めよう。ライトは点けっぱなしにして、様子を――」

「車を道の真ん中に出したらいいのに」ケイが言った。「それで車を下りて、待ち伏せすれば――」

「件《くだん》の善良な市民を待ち伏せして、まんまと殺されるのかね？　そんなのご免だ。やつが通り過ぎたら、我々は追う。捕まえることはできなくても、最後まで追いかけることは可能だ。次の分岐点でやつがなにをするか見ることさえできれば、クモのように糸を巻きつけ、いくら猛スピードで逃げようと捕まえられるだろう。ケイ――」

「すごいスピードで近づいてくる！」ケイが言った。「間違いなく――」

　その車の姿がこちらのヘッドライトに映った。

「あいつだ――急いでアゼイ！　あいつよ――ねえどうしたの？　エンジンをかけて――」

「このコーヒー沸かし器が」アゼイが言った。「すっかり煮立っちまってるんだ」

「タイヤのこと？　無理もないわ、あれだけ荒っぽい運転をしてきたんだから。さっきからずっと言おうとしてたのよ。あなたのお仲間の州警察の人たちからも新しいタイヤに変えたほうがいいと言われてることを。ねえアゼイ、あと少しだけ持ちこたえてくれたらよかったのに」

「タイヤじゃなくて、後車軸だ」アゼイはそう言うと、シートに体を預けて腕組みをした。「ケイ、なにか見えたか、男がだれかわかったかね？」

「スピードが速すぎたし、窓がびしょびしょだったから。車の種類さえわからないわ。それにだれも見えなかった。あなたは見えた？」

「車はわかる。あれはレーンのだ。レーンの自家用車で仕事用じゃない。茶色っぽくて、フロントフェンダーにへこみがある」

「まさかレーンが犯人だと言うの！」

「レーンの車だと言ったんだ。彼だとは言ってない。レーンの車にはラジオがついてるんだよ。ふうむ、最寄りの家はここから一マイルほど先だ。歩く気はあるかね？」

「いいわよ」ケイが言った。「あたしの書類かばんを取ってくれる？　持っていく価値があるのはそのかばんと革のコートだけ。ドアはロックできないけど、別にいいわ。見つけた人はこれもゴミの一部と思うでしょうから。それと、そうだ、ドーナッツもあったんだ——だいぶもみくちゃになってしまってるけど、一個食べる？」

「歩きながら食べるとしよう」アゼイが言った。「早く電話をかけたい。ヒッチハイクで町まで乗せていってもらうのもいいかもしれ——」

アゼイが大声で呼びかけた最初の二台の車はただふたりをよけて、そのまま走り去った。

「分別がある人たちね」ケイが言った。「あたしでも、こんなふたりを車に乗せようなんて思わないもの」

次の車は速度を落とすと、二インチほど開けた車の窓から女の声がした。

「アゼイ・メイヨじゃないの。恥を知りなさい！　いい年をして！」

アゼイがそれに答えるより早く、車は行ってしまった。

ケイが含み笑いを漏らした。「誤解されてしまったわね、あたしとだったり、マダム・モウとだったり！　あれはだれ？」

「ニックルビー嬢だ」アゼイが言った。「人間の罪深さってやつを信じてるのさ。だがこっちだって、こんな夜更けに彼女が外でなにをしていたのか知りたいところだよ！」

次に通りかかったのはトラックで、運転手はふたりのために車を止めてくれた。

「さてと」十分後、ふたり並んでビリングスゲートの片隅に立ちながらアゼイは言った。「ドラッグストアに行って、それから電話だ。さようなら、運転手さん、ありがとう！」

彼らがまだ通りを渡りもしないうちに、一台の車が角を曲がってやってくると、ふたりの横に止まった。

「アゼイ、どこにいた？」レーンがたずねた。「ハミルトンといっしょに向こうに行ったが、あんたがいないじゃないか。おまけにあんたの車のタイヤが切られてて――心配したんだぞ！　いったいどこにいた？」

「ホローはコンラッドとあとふたりが見張っています」ハミルトンが言った。「ジェフ・リーチとサラはその子を心配して気も狂わんばかりになっているし、ゼブ・チェイスはひとりで捜索隊を組織して、走りまわっています。ウェストンは我々のあとを追って――どれほど大変な騒ぎだったか！　いったいどこに――」

「ふたりとも」アゼイが言った。「ここ一時間かそこら、ずっと行動をともにしていたのかね？」

「行動をともに？　もちろんだ！　おれたちは――」

「おまえさんの車はどこだ、レーン？　おまえさん自身の車だよ！　この車がいまここにあるのはわかってる！」

「通り沿いのガソリンスタンドだが」

「乗るんだ、ケイ」アゼイが言った。「そこまで連れてってくれないか、レーン」

「いったいどういうことだ？」レーンがたずねた。

「別になにも。ただ、おまえさんの車はそこにないと思うね」

「当てが外れて残念だな」レーンが言った。「ちゃんとある」

レーンは他の車の列から少し離れて止まっているセダンを指差した。

「走行距離はどうなってる？　ガソリンの残量は？」アゼイはそれを確かめるために車から大急ぎで下りると、茶色のセダンに歩み寄った。

「三万ちょっとで、ガソリンタンクはまだ半分か四分の三ぐらいは残っている――いったいなんなんだ。ちゃんとした中古車を買いたいのか？　あんたのオープンカーとなら交換してやるぞ」レーンが言った。「タイヤ代もおれ持ちで――それにしても、だれにタイヤを切られたんだ？」

「おまえさんの車を運転していたやつと同じさ」アゼイが言った。「なあ、こんなふうにいつも車のキーをつけっぱなしにしているのかね？」

「警察官の車を盗むやつなんているはずないだろう」

「テールライトはちゃんと点くかね？」アゼイがたずねた。

「いつも点いてるんだからそのはずだ」レーンはテールライトを点けた。「ほら、な？」

アゼイは前の座席をのぞきこんだ。両側の窓が開いており、座席や床やハンドルがびしょびしょになっていた。

「窓はいつもこんなふうに開けておくのかね？」

レーンは顔をしかめた。「いや、ちゃんと閉めておいたはずだ。それに――アゼイ、水位計を見てくれ――熱くなってる！　だれかが――くそっ、小僧はどこだ。夜間ここにはいつも若いやつがいるんだが」

一同がようやくドラッグストアでその若者を見つけたとき、彼は夜間勤務の店員とおしゃべりをしていた。

「ガソリンが要るんですか？」彼はあくびまじりにたずねた。「え――なんです？」

「今夜、だれかおれの車を使ったか？」

「あなたの部下の警察官でしょう？」若者はレーンを見つめ、またあくびをした。「よくは知りません。今日はすごく忙しくてくたくたなんです。それともあれはコンラッドで、別の車だったかな。ぼく自身は一カ月ほど乗ってませんし、駐車スペースは一日中、満車でしたし、人の出入りも激しくて――」

「ところで」アゼイが言った。「おまえさんはいつからここに？」

「十二時からです。だれかがガソリンを入れに来たり、クラクションを鳴らしてくれれば見えますから」若者はまたあくびをした。「それか――」

「行こう」アゼイがレーンに行った。「ここにいてもどうにもならん。事実は変わらない。我々、つまり、ケイとあっしはおまえさんの車を見た。我々が追っていた車はおまえさんのだと信ずるに足る理由があるんだ。おまえさんがそれを理由と認めればの話だが」

ケイがアゼイにテールライトのことを指摘した。

「それをごまかす方法はある」アゼイが言った。「茶色のセダン、へこんだフェンダー、ラジオ――」

「ブリンリーだ！」レーンが言った。「ブリンリーだよ！」

「ブリンリーがどうした？」

「ブリンリーは茶色のセダンを持ってる」レーンが言った。「フェンダーはへこんでいる――かみさんが今日の午後、電柱にぶつけたからな！　トレーラーとすれちがえずにそうなったんだ。それに車のテールライトは故障している。電柱にぶつかったあと動転してバックしすぎて、テールライトを粉々にしてしまったんだ。おれもその場にいたのさ」

「じゃあ」アゼイが言った。「ブリンリーのところに行ってみよう」

一同がブリンリーの家の前の歩道に車を止めるのと同時に、フェンダーがへこんだ茶色のセダンが車寄せに入ってきた。

かなりラフな服装のJ・アーサーが、驚いた様子でみなに挨拶した。

「またなにかあったのかい？」彼は心配そうにたずねた。「例の杯――明日の賞杯――それのことなら我々が持っている。ウェストンから聞いたのか？　彼に心配をかけたのは申し訳なかった――彼はもう知ってる。じつは、家内が賞杯のことが心配だと言い出してね。いろんなことが次々と起こるものだから、わたしが自宅に持ち帰って、安全のためにベッドの下にしまっておいたんだ――」

「アゼイ！」ケイの叫び声にアゼイはぎょっとした。「この後部座席を見て！　早く！　見て！」

　ブリンリーの車の後部座席に手足を広げて不気味に横たわっていたのは、シルクハットを被り、燕尾服を着た人形だった。

「ああ、それかい？」ブリンリーが笑った。「それ、メアリー・ランドールの人形だろう？　そうだと思ったよ。おっと、家内が玄関に――エイモスのことを心配していてね。わたしも家に入らないと――」

「雨が降っていようがいまいが」アゼイが言った。「犬がいようがいまいが、その場から動かずにあの人形のことを話すんだ！」

「えっ、道に落ちてたんだよ」ブリンリーが言った。「初め、事故でもあったのかと思ったんだ。まるで、だれかがけがをして倒れているみたいに見えたから。だがなにかわかったから、拾って持ち帰ってきたんだ。きっとどこかの若者が盗んで、だれかを騙してやろうと置いておいたんじゃないかな」

「おまえさんどこにいたんだね？」

「エイモス」ブリンリーが頭を振った。「可哀そうなエイモス。うちの可愛い――」

「黒犬」アゼイが言った。「知ってる。エイモスがどうした？」

「いやなに、今日の午後、家内に来客があって、そのひとりがエイモスにクリーム入りチョコレートを丸々一箱分も食べさせてしまったんだ――もちろん、我々はそれをさっきになるまで知らなかったんだけどね。エイモスはクリーム入りチョコレートが大好きで、すっかり具合が悪くなってしまったんだよ。エイモスはぐったりするし、家内がひどく心配するので、町はずれのグレーヴス先生のところに連れていったほうがいいと思ったんだ。グレーヴス先生はエイモスの扱いが上手いし、エイモスのことをよくわかっているからね。そして家内は薬が二錠だったか四錠だったかを覚えられないので、わたしが行ったんだ。その——家に入りたいのかい？　うちの家内はたぶん——こんな雨模様だし、エイモスの状況を聞きたいだろうし、エイモスのことで動転しているから——」

　玄関ホールには、ブリンリー夫人とマダム・モウとウェストンがいた。

「おまえさん、ここでなにをしているんだね？」アゼイがウェストンにたずねた。

「町役場から賞杯がなくなったという電話があって、アーサーに会うためにここに来たんだ」ウェストンが言った。「おれはアーサーにいっしょに行こうかと言ったんだが、アーサーはそれよりも——」

「守っていて欲しいと」ブリンリー夫人が言った。「だれだって、男性がそばにいてくれたほうが心強いじゃありませんか。ただでさえいろいろなことが起こっているんですから、あたくしも不安になりますわ。マダム・モウだってそうでしょうとも。この人はだれにも負けないくらい勇敢ですけど。だから、あたくしはアーサーだけでエイモスを連れていってもらって、ウェストンにここにいてもらったんです。それはそうと、十二分以上かかったわよ、あなた。あなたが車寄せに入ってくるまでに十七分かかったわ。ちゃんと時間を計っていたのよ」ブリンリー夫人はアゼイに説明した。「アーサーったら、グレーヴス先生のところまで十二分で行って帰ってこられるって豪語して、だからウェストンにいてもらうまでもないって言ったんです。だけど、あたくしが言った通り、実際に何事かは起きたじゃありませんか。だってあなたたち、つまりメイヨさんが警察官を連れてやって来たんですから！　あら、どこへ行くんです、メイヨさん！　いつもいつもそんなに急いで！」

レーン、ハミルトン、ケイが、アゼイを追って外に出てきた。

「おれはいまも」レーンはすっかり当惑した様子だった。「よくわからんのだが。あんたはいったいなにをしていたのか、この人形はどうしたのか、あんたの車と切られたタイヤはどうしたのか、おれの車はなんなのか、それから茶色の車とブリンリーが――」

「J・アーサーは」アゼイが歩道を大股で歩きながら言った。「うまく身の潔白を証明したよ。あの犬！　犬でないなら、猫にせよ、白ネズミにせよ、オウムにせよ、ゴールドフィッシュにせよ――グッピーにせよ、その十七分間のおかげでブリンリーはシロだ。出発元と到着先、両方の人間がそれを確認しているんだからな」

「なぜあの人形が落としてあったのかしら、アゼイ」ケイが言った。「本当に若者たちだとか観光客のしわざだと思う？　そう思ってる？　だって、あの池のところでのサミーと彼女のことを思い出してみて。あの人たちすごく気を悪くしてたわ。あなたのタイヤを切ることくらいやりかねないと思う――アゼイ、そんなに急いでどこへ行くの？」

アゼイはブリンリーのセダンのところへ行くと、後部座席から例の人形を取り上げ、パトカーに運んだ。

「さあ早く」アゼイは運転席に乗りこみながら言った。

残りの三人はアゼイが車をスタートさせる寸前に、大急ぎで車に乗り込んだ。

こうなることを予想しておくべきだったとケイが心のなかでつぶやくのと同時に、車はヘル・ホローへ向かう道路に猛スピードで突進した。アゼイが急いでいるときに高性能な車に乗っていたら、こうなることぐらいわかっているべきだった。

後部座席のケイの隣に乗ったハミルトンは落ち着いていた。ランドール邸の前で車から下りるとき、ハミルトンはケイに笑顔を見せた。

「あなたもそのうち慣れますよ」彼は優しく言った。「自分は慣れました。それに、彼があああいう運転をするときには、必ずなにか――」

「その人形を運びこんでくれ、ハミルトン」アゼイが言った。「あっしがもうひとつを運ぶ」

アゼイはビーバーの毛皮の帽子を被った人形に近づくと、それを居間に運び込み、ブリンリーの車から運んできた人形の隣に立たせた。

「さてとレーン」アゼイが言った。「おまえさんが言っていたすぐ転ぶやつ、いつも倒れているやつってのはどれだね?」

「そいつさ」レーンが言った。「首にスカーフを巻いている、あんたがたったいま芝生から運びこんだやつだ。そいつがすぐ転んでいたんだが、おれが直したんだ」

「そして、スカーフと洒落たベスト姿のこっちがブリンリーの車から持ってきた人形だな?」

「そいつは急に倒れるようになったやつだ」レーンが言った。「今日のことだ。おれが明日、直すつもりだったんだ。おい、いったいなにを――なんの真似だ?」

アゼイは芝生から運びこんだばかりの人形の服を脱がしはじめた。

「それじゃないわ」ケイが言った。「あいつがくすねたのは別のやつよ、アゼイ! あなたが脱がそうとしているのはここにあったほうよ。それはあいつがくすねてない人形だから――」

「わかってる」

アゼイはそのまま、いま部屋に持ち込んだばかりの人形が着ていたポケットのなかや、燕尾服の裏地を探り続けた。

「あった!」アゼイは勝ち誇ったように言った。「あったぞ! 受けとれ、レーン! これを受けとって、しっかり持ってるんだ。手掛かりがあったぞ」

レーンとハミルトンは、アゼイが人形の上着の裏地から取り出したふたつの薬莢をぼんやりと見つめていた。

第十八章

ハミルトンがケイを振り返った。

「言った通りでしょう？」彼が言った。「彼にはなにか当てがあるんだとわかってましたよ」

「アゼイ」レーンが言った。「なぜそうと見当がついたんだ？」

「月曜の夜」アゼイが言った。「火事になったスレイドの小屋に行ったとき、あっしはここを突っ切った。そのときこの人形たちにびっくりして、思わず銃を抜いてしまったんだ。だがよく聞いてくれ、レーン。そのとき見たのは三体だけだった。女の人形が二体と、男が一体。翌日そのことを口にしたら、おまえさんは男の人形がすぐにひっくり返るんだと教えてくれた。だから、あっしは最初に見たとき四体目の人形は地面に倒れていたんだろうと考えた。だがそれでも、そのことはずっと気になっていた。なにしろ、そのときは確かに三体しかなかったし、そのあとゼブと車できたときも三体だったからな。おまけにどちらのときも、地面に一体、倒れていた記憶がないんだ」

「だけど、実際に人形は四体よ」ケイが言った。「男が二体と女が二体でしょ、三体しかなかったというのはどういう――」レーンの視線にケイは口をつぐんだ。

「言いかたを変えよう」アゼイが言った。「月曜の夜に初めてここに来たとき、外には三体の人形があったが、地面の上の四体目はなかった。そいつは森のなかにあったんだ。だれかがせっせとそいつの上着やらなにやらを脱がせて、その人形の服を着た。それから——そこの地面は坂になっているだろう？　そいつは人形の服で慎重かつ冷静にそこに身を伏せた。散弾銃を持ってな。しばらくすると、そいつは立ち上がる。通りかかる車や人間にとって、そいつはただの人形にしか見えない。そしてそいつはそこでメアリーを撃つチャンスをうかがった。ちなみにそいつはな、レーン。おまえさんが言ってた弾道上ぴったりの位置にいた」

レーンがゆっくりとうなずいた。「おれもようやく——だから、おれはあいつが庭の横にいたと考えたんだ。そこなら、人形たちが邪魔にならないからな。だが夢にも思わなかった——いや、続けてくれ」

「花火が始まる」アゼイが続けた。「メアリー・ランドールは煙草入れを取ろうと、窓を横切る格好で身を乗り出す。そいつは日除け越しに見える彼女の頭の輪郭に向かって二度発砲する。花火の騒音に紛れて。そいつは逃げる必要がない。だれかが銃声を聞きつけたり、その意味を理解したときは、また地面に倒れた人形になればいいからだ。だが、だれも来ない。ジェーンは雑音まじりのラジオでコンサートを聞いているし、花火の音が轟いている。そいつはもう安全だと思うまでじっと待ち、それから森にとって返して自分の服に着替える。しかしそのとき、おそらくそいつにとってはまずいことにゼブとあっしがやってくる」

「でも薬莢は」レーンが言った。「それについてはどう説明する——」

「少し待て。そいつは、それをポケットに突っ込む——銃にはまた弾を込めたはずだし、その場に薬莢を残していくような迂闊なやつではなかった。だから、そいつはそれを自分の——つまり人形の——ポケットに突っ込んだ。そのとき、ゼブとあっしが来る。そいつは慌てる。慌てて着替え、人形にもとの服を着せ、それから――」

「ちょっと待ってくれ」レーンが言った。「おれが先生といっしょに来たとき、人形は四体あった。それは確かだ。四つめの人形は地面に倒れていたんだ」

「そうだろうとも。いいかね、ゼブとあっしは家のなかに入る。そいつは自分の服を着て、人形に服を着せて帽子を被せる――ほらこれ、安全ピンで留めてあるだろう？　それはさておき、人形に服を着せたあと、そいつは斜面を転がり下りてそのまま去る。人形のほうは元いた場所に戻る。賭けてもいいが、家まで道半ばのところで、そいつはポケットに薬莢を入れたままだと思い出す」

「だったら、なぜそいつはすぐに戻らなかったんです？」ハミルトンがたずねた。「自分ならそうします。即座に」

「彼もそうしたかもしれない。だがここにはレーン、カミングス先生、ウェストン、ゼブ、ジェーン、そしてあっしがいた。それに、それからずっとこの家のまわりにだれもいなかったことは一分たりともなかったんだ。そいつはこれまで人形に触る機会がなかった。なにしろ、上着を脱がせて裏地のなかを探らなければならない。ポケットに穴が開いているからな。そいつにとってはニセの薬莢を置くほうが簡単だったから、そうした。おそらくはプリティマンがここにいるときに。そいつにはジェーンがスレイドにやった銃のもとに誘導するニセの薬莢を置いておくほうが、本物の薬莢を探して捕まったり、薬莢のありかをだれかに悟られるよりはるかに都合がよかったんだ」

「そいつは」レーンが言った。「観光客のふりをすればよかったのに。この二日間というもの観光客たちは、その人形たちをばらばらにしそうな勢いだったからな」

「そうすることができたならそうしていたろうよ。だが、ここはつねにだれかが番をしていた。だれであろうと、なにかを探しているそぶりがあれば疑われる。そいつに薬莢をさっと取り除ける自信があればよかったんだろうが、あっしだってさんざん手探りしなくちゃ見つからなかった。あの上着の芯地は固い。だから、すんなり出てこないかもしれないし、そんなことになったら見とがめられてしまうとそいつにはわかっていたんだよ」

「あたしと遭遇した夜、そいつはなにを探していたのかしら」ケイが言った。

「それについては推測するしかない」アゼイが言った。「だが、やつはサイレンサーを持っていた。とはいえ、やつの狙いが警察官を殺して薬莢を持ち帰ることじゃなかったとしても驚きはしない。たぶんそいつはただ、薬莢を手に入れるチャンスをうかがっていたんだろう。だが、おまえさんやあっしと出くわしてしまった。おそらくは平和的に薬莢を奪還しようと遠征中だったが、万一のために銃を持っていたんだろう」

「じゃあエロイーズのことはどうなる？」

「まずこっちの件から片付けよう。今夜、我らの友人は姿を現した。こそこそ隠れていてもどうにもならないと考えたんだろう。それで車に乗り――」

「おれの車にな」レーンが言った。

「おまえさんの車だ。やつは前もってガソリンスタンドから拝借しておいたんだろう。それにしてもあそこの店員は車を何台もなくしても不思議はない。管理があれじゃあな。とにかく、そいつは大音量でラジオを鳴らしながらやってくる。我々に若者たちか、車でいちゃつくカップルか、観光客か、それ全部かと思わせるために。そして、やつはいつもとはやりかたを変える。つまり、ひっくり返ってる人形をつかむ。もちろん、このあいだひっくり返っていたやつと同じものだと思いこんで。だがそいつが手に入れたかった人形はレーンがすでに直していたから、それは別の人形だった。しかし、そこは機転の利くそいつのこと、その人形の服を隈なく探ってから、その人形をだれかが見つけるように道路に放り出す。そうすれば我々は、単にいたずら好きの若者たちの仕業だと考える」

「じゃあ同じことはしなかったの?」ケイは言った。「もしも目当ての人形を手に入れていたら」

「ああ。そいつは薬莢を手に入れたあとその人形を捨てていただろう。だが、あっしは急に思い出した。レーンが人形を直したと言っていたことを。それで、そいつもうっかり間違えたんじゃないかと考えたんだ。もし、いたずら者が人形をくすねたなら、そいつは一番奥のじゃなくて道路からもっとも近い人形を持っていくはずだ。用意周到にタイヤを切り、自分の作戦が失敗したときに追われないようにするはずがない。例の人形を盗むのは危険だったが、そいつにはそうするだけの理由があったんだ。さて、レーン。メアリー・ランドールはこうして殺された。これがおまえさんの探していた薬莢だよ」

「もうひとつの人形を手に入れようと犯人が戻ってくる可能性はないの?」ケイがたずねた。

「そういうこともあるかもしれない。この人形は元の場所に戻しておいてくれ、ハミルトン、そしてだれかに見張らせるんだ。だが、あっしはたぶん戻ってこないと踏んでる。そいつは自分の散弾銃を処分しているはずだ。レーン、おまえさんが人形が倒れてばかりいるとあれほど何度も言っていなかったら、あっしは若者たちの仕業だと思って気づかずにいただろう。いずれにしても、我々におまえさんの車が使われたと証明することはできん。そうだとわかっていてもな。ケイとあっしは別の二台の車を追いかけていたのかもしれん。ひょっとしたら、サミーがタイヤを切ったのかもしれん。しかし――それでも我々は薬莢を見つけた。これであとはそれに合う銃を見つけるだけでいい」

「確かに」レーンの笑い声は虚ろだった。「それだけでいい。だがおれにわかっているのは、あの薬莢の出どころがジェーンの銃ではないということだけだ。刻印がまるで違っているからな。薬莢から指紋が出るといいんだが。それにしてもアゼイ、どうしてそう思うんだ？　ジェーンの——つまり、スレイドの——銃が盗まれたのに、別の銃が使われたなんて」

「もしかすると、犯人は通販で買ったやつよりも自分自身の銃のほうがよかったかもしれない」アゼイが言った。「もしかすると、それはすべての罪をジェーンに着せてやろうという思いつきだったのかもしれない」

「気になるのは」ケイが言った。「犯人はどうやってそんなにすぐ戻れたのかってこと。レーンの車を拝借していたのに」

「我々の目の前を疾走していったあと」アゼイが言った。「つまり、我々の車軸の故障のあと、そいつはUターンをしたのかもしれん。ひょっとすると、我々の前を通過した最初の車だったのかもしれん。まあ、なんとも言えんが。おそらく、そのときはすでに人形を捨てていたんだろう——レーン、外から何台もの車の音がするぞ」

ゼブ・チェイスが駆けこんできたと思うと、すぐにジェフ・リーチ、ウェストン、ブリンリーが続いた。

「大丈夫かい、ケイ？」ゼブがたずねた。「なにか——頭から血が出てる！　首のところが——」

「それはジャムだよ、ジャムドーナッツの」アゼイが言った。「おまえさんがた、いったいどうしたんだね？」

「ウェストンとわたしは」ブリンリーが言った。「なにが起こっているのか教えてもらいたい。家内にはフィリップスについていてもらっている――そうだ、グレーヴス先生から電話があったよ。エイモスは明日にはよくなるだろうと言っていた。つまり、もしも――」

「ぼくはそこらじゅうを走りまわっていたんだ」ゼブが言った。「きみの痕跡をたどろうとして。そしてサラおばさんのところに戻ったときに、ジェフがブリンリーに電話したら、きみがブリンリーのところにいたと聞いて――なにがあったんだい？」

「ケイとあっしはな」アゼイがゼブに言った。「少し遅れて、史跡をめぐる旅をしているんだよ。もっとも、もうほとんど終わりだ。ケイがここ特有の雰囲気を味わいたいってことで――もちろん今日は暗くて雨模様だったが、ビリングスゲートは夜でも輝いているからな。さあ行こう、ケイ。ゼブが我々とジェフを家まで連れていってくれる」

「あなたの車はどうするの？」ケイがたずねた。

「おまえさんのコーヒー沸かしみたいな車と同じさ。あの状態で盗むやつはいない。アルに電話して修理してもらうよ。アルなら朝になる前にタイヤを交換してくれるだろう。さあ、行こう」

「我々にはなにも教えないつもりか？」ブリンリーは気を悪くした様子だった。「なにも――なにがあったんだ？」

「おやすみ」アゼイが言った。

「なにがあった？　これからどうするつもりなんだ？」

「自分で考える《フィギュア・アウェイ》んだな。それに尽きるし、あっしはそうする。ウェス、文句は受け付けない。早く、ケイ」

リーチ邸に戻ったアゼイは、居間に盛大に散らかっている紙の束に驚いて声を上げた。

「ジェフがやったの」サラが言った。「勘定を計算してるところなのよ。この様子じゃ冬までかかりそうだけど、今度ばかりはしかたないわ。年老いた元入植者たちやら、新たな観光客やら、だれもかれもから半端な金額を渡されて、一九二九年の税金分だとか、これの分だとかあれの分だとか言われるんだから。ウェストンが洒落た伝票を持っていたんだけど、一昨日それも切らしちゃったし。とにかくあなたたちは全員ベッドに行って。わたしはジェフの計算を手伝わないとならないから。ジェフは数えるのに指を使うんだけど、関節炎で指がいうことを聞かないのよ」

「ジェーンはどこにいる？」アゼイがたずねた。

「だいぶ前から二階で寝ているわ。夜になってからはマイクがほぼずっと付き添ってた。マイクにエロイーズのことを話したわ。マイクの反応？　気のない感じでお悔やみのことばを言ってから、彼が今日、着手した予算の話をはじめたわ。あのふたり、声を嗄らして言い争ってた。それがジェーンにとってはよかったみたい。マイクが帰ってからの彼女はこれまで見たことがないほど悲しそうだもの。マイクはね、アゼイ、あなたを信頼するようにジェーンに言っていたし、あの子はあなたを信頼していると思うわ。それにしても恐ろしい！　アゼイ、これからどうするつもりなの？」

「当てて《フィギュア》みな」アゼイはサラに言った。「おやすみ」

　午前四時半ごろゼブはびくっとして、だれかが部屋のなかを動きまわっている気配で目を覚ました。ゼブが照明を点けると、きちんと服を着たアゼイが大きな編みこみラグの外縁に沿ってぐるぐる歩きまわっていた。

「いったいなにを――ずっと起きていたんですか？」

「眠ってくれ」アゼイはそう言うと、絨毯に沿って歩き続けた。

朝、アゼイが朝食を食べていると、ゼブが食堂に下りてきた。

「すばらしいお天気よ」サラが言った。「本当によかった。週末はきっと大成功のうちに終わるわ。わたしは今日、ベッシー・ブリンリーやフィルブリックさんといっしょに町役場で銀杯を手渡さなければならないの。それからヨット競争を見物して、夜は大舞踏会がある。それで最後の気力も使い果たしてしまうことは確実だわ。教会の日とすべてが終わるのが待ち遠しい。たとえ、ビリングスゲートが黄金にまみれるためであろうと、わたしは二度とこんな一週間を過ごしたくはないわ！」

「いつですか」バーサが不安げにたずねた。「ジャムはいつですか？　つまりその、表彰式は？」

「三時よ」サラが言った。「それでね、みなさんに言っておくわ。今回の食事のあと、次は月曜日までバーサとサリーが用意してくれる食事はありません。ジェフとわたしは名士たちと昼食をともにするので、あとのみんなは自分たちでなんとかしてね。ゴルフクラブでビュッフェスタイルの料理があるから、わたしたちといっしょに来てもいいし、来なくてもいいわ。明日は神の日だから、みんなきっとなにかにありつけるでしょう。ジェーン、あなたはヘル・ホローに行ってはだめよ」

「絶対にだめだぞ！」アゼイも言った。

「行きません、マイクにも行かないように言われましたし。ずっとマイクと過ごすつもりです」

「それは賢明な判断ね。そうでしょ、アゼイ？　マイクといるのに飽きたらジェフかわたしのところにいらっしゃい。ゼブ、あなたは一日中、店番なのかしら？　土曜日だからあなたは――」

「そう、土曜日です」ゼブが言った。「これがこの仕事の一番つらいところですよ。土曜日でも週末を楽しむことなく働き続けなけりゃならないところが。これには慣れません。それでも店には行かなきゃ。昨日はマットのせいでうんざりするほど時間を取られましたよ。本当に時間を返せと思ってしまい――ケイ、きみはなにをするんだい？」

「あたし？　短いコラムを書く準備をしないと。アゼイ、昨夜の新聞にウィンの写真が載っていたわ。ウィンにあげられるように切り抜いておいたから、そうしたければあなたから渡してあげて。あら、なにをしているの？」

「考えてるんだ」アゼイがなんだか不機嫌そうに言った。「ひたすら考えてる。延々とな」

考え続けていたアゼイは最初に野球場へ行ったが、そこではすでにスポーツ種目が行われていた。アゼイは勧められるままに蹄鉄投げのところに連れていかれ、自分でも驚いたことに、ウェストンやマイク・スレイドを抑えて優勝した。

「さすがですね」ゼブ・チェイスがランニング用の短パンとセーター姿で、アゼイの傍らに現れた。「次はぼくといっしょに一マイル走りましょう、ターザン」

「おやおや」アゼイが冷やかした。「勤勉なビジネスマンのおまえさんが、土曜日にそんな格好をしているとは！　チェイス家の豆のことばかり考えている、有能なチェイスのおぼっちゃまがね。いったいどうした！」

「会社の名誉のためなんです」ゼブは着ていた色あせた赤のセーターをめくりあげると、ランニングシャツに印刷されている六インチ四方の文字を見せた。「ほらね、チェイスのベイクトビーンズって書いてあるでしょう。これがぼくです。気が利いてるでしょう？　マットにこの服を見せたら、ぼくを解放してくれましたよ。最高だって。それにケイが言ってくれたんです。もしぼくが優勝したら――」

「勝つんだろ」

「確実に勝つとは言えません。パーディがいますから。元上院議員のむっつりさんといっしょにね。パーディはそのむっつりさんの娘と結婚するんです――少なくとも、その娘さんはそう考えています し、だから賞杯があんなに大きいんです。むっつりさんが寄付したんですよ。ぼくは少しばかりパーディに借りがあって――そうそう、ケイが言ってくれたんです。もしぼくが優勝したら、ぼくたちにいくらでも紙幅を割くって。そうなったら父は大喜びするでしょう。学校時代も、豆について修行中だと言うように、父からそれは口うるさく言われてましたから――四十一番？　四十一番はぼくです、待って！」

マイク・スレイドが駆け寄ってきた。

「ちょっと綱引きに参加してくれないか。地元民対訪問客の対戦なんだ。それから、ウェスがソフトボールでピッチャーをやってくれって――」

「なにを寝ぼけたことを」アゼイが言った。「蹄鉄投げでもう力は使い果たした。するべき貢献はもうしたぞ」

「それが協力かい？　そんなの――」

「断る」アゼイが言った。「当然だ。あっしにはやらなきゃならないことが――」

「アゼイ！」ウェストンが走ってきた。「マイクから聞いたか？」

「聞いたが、やる気はない。ウェス、ずいぶん元気そうだな！　そんなに駆けまわってくれないのか？　お」

「だれかがやらなきゃならないんだ！」ウェエストンが言った。「本当にやってくれないのか？　おーい、カールーザーズ！　スレイド、カールーザーズを捕まえてくれ。それからゼブ・チェイスにピッチャーをやってもらわなきゃならないと伝えてくれ――」

ウェストンはマイクのあとを追って走り去った。

アゼイはにやりと笑うと、町役場のほうへぶらぶらと歩いて行った。展示室では、ブリンリー夫人とサラと半ダースほどの町のご婦人たちが、各賞を獲得した番号と出場者の名前を一致させていた。

「これだわ！」ブリンリー夫人が嬉しそうに言った。「これよ——ほら、みなさん！　このジャムの瓶をご覧になって！　これが優勝よ——なんてことでしょう！　これがこのコンテストの最優秀賞、全部のなかで一番優れたジャム、つまり最高のビーチプラムジャムなんです！　驚きですわ！　三つもの賞を獲得するなんて！　つまり、賞杯が三つと高額の賞金と——」

「何番？」サラがたずねた。「三十番ね。ええと、あら、なんてすばらしいんでしょう！　それはバーサの番号だわ。うちのバーサよ。ロングポイントそば生まれの料理人バーサよ。きっと大喜びするだろうけど、当然の結果だわ。とても腕のいい料理人だしジャムは美味しいし——」

ブリンリー夫人が鼻を鳴らした。「あら、でもあたくしに言わせてもらえば、このジャムはそれほどすばらしくは見えないわ。あの審査員たち——主人には言ったんです。審査員の人選が最悪だって。そのうちのだれかを見つけたら、面と向かってそう言ってやるわ！　それが男だろうと女だろうとね。もちろん、面倒を起こすつもりじゃありませんけど——ええ、もちろん、そんなつもりは！　いつも言ってるんです。絶対に勝ってやるという気概と、負けたときに潔く引き下がる気概がなければ、なにかに応募する資格などないって。つまり、美しく負けを認めることができないなら勝負ごとに出てはいけないんです。でもあたくしは農協、教会のバザー、それから郡の品評会で優勝したのと同じジャムを出品したんですのよ——審査員のみなさんの考えに文句を言うつもりはありませんけど、あたくしはいつも——」

「よくわかるわ、ベッシー」サラがとりなすように言った。

「だけど、最初に会った審査員には」ブリンリー夫人は不気味な口調で言った。「その人には、絶対に言ってやるわ——」

アゼイはそっと部屋から抜け出した。

アゼイは綱引きを見物し、ゼブが一マイル走で鼻一つの差でパーディを打ち負かすのを見届けると車に乗り込み、ゆっくりと外浜にある自分の小屋へ向かった。小屋に着くと、いとこのシルが陽気にアゼイを出迎えてくれた。

「やあアゼイ。ウィンに用かい？」

「ウィンの様子はどうだね？　手がかかるかい？」

「手なんかまったくかからないよ」シルが言った。「とても行儀よくしてる。大人しいじいさんさ。眠ってばかりで——」

「酔っぱらってかね？」

「いいや」シルが言った。「おれの考えを言おうか、アゼイ。あのじいさんは死ぬほど腹が空いてたんじゃないかな。なにしろ食事をして、そのあと眠り、しばらくするとひょっこり起き上がっておれがいるのを確認し、それからまたなにか食べて、終わると眠っちまう。とんでもない飲んだくれだと聞いていたが、それほど酒は飲まないぞ。それに、なにを飲んでもまったく変わらないみたいだ。あのじいさんはあんたのことを四六時中、考えているみたいだよ。ちょっと行って呼んでくる。そういや、先生《ドク》は定期的にじいさんの肩を診に来てくれてるよ」シルはそう付け加えた。「初代のビリングスが末代のビリングスと同じくらいしっかりしていたのなら、いまのビリングスゲートのことも合点がいくってさ」

　ウィンはアゼイの手を取り、勢いよく上下に振った。「シルはいいやつだよ」ウィンは言った。「ごちゃごちゃ余計なことを言わない。腹が減ったら、食べさせてくれる。ところでなにしにここへ？」

「おまえさんの写真だよ。ボストンの新聞の切り抜きだ」

　ウィンはそれを眺めていたかと思うと、遠くにかざした。

「これがわしかい？　本当に？」

「本当だとも。下になんて書いてあるか見たかい？」

「なんとまあ」ウィンが言った。「こいつは驚いた。ふーん、じゃああれはまだ続いてるんだな？」

「おまえさんは、戻りたくないんだろう？」

「自分がこんなに立派に見えるとは知らなかった」ウィンが言った。「なかなかいいじゃないか。思っていたほど間抜けな姿じゃないな」

「ものすごくいかしてるよ」アゼイが言った。「閉会式に参加するかね？　シル、この車を使ってあっしの家から適当にウィンの服を見繕ってきてくれないか。あっしの服でサイズは合うだろう。白いスーツをどれか一揃い頼む。ここで待ってるよ」

　アゼイは小屋の前の素朴な木のベンチにウィンといっしょに腰を下ろした。

「ウィン」しばらくしてアゼイが口を開いた。「ビリングスゲートのことはどれくらい知っているんだね？」

「絶えず情報が入ってくるよ」ウィンがパイプをふかしながら言った。「いろんなことを耳にするし、いろんなものを目にする。みんなわしを老いぼれだと思っているから、他の連中には言わないようなことも、わしの前では口にするのさ。なにを知りたい？」

　アゼイは頭を掻いた。「じつはな、ウィン、なんて言うか、町に厄介ごとが起きたとしよう。町の運営に関わる問題だ。だれの責任かな？」

「サァラ・リーチ」ウィンは考えこんだのちに言った。「そしてベッシー・ブリンリーだ、あのおせっかい女の」

「メアリー・ランドールについてはなにか知ってるかね？」

「ヘル・ホローの？　いい人だよ、話がわかる。人が腹を空かせているとちゃんとわかってくれる。頼まれてよくゴミ置き場漁りをしてるんだ。古いバター桶に一ドル、箱入りのナイフに五十セントくれる――」

「彼女を嫌っていたのはだれだろう、ウィン？　いやつまり、彼女のことを嫌っているのはだれだろう？」

　ウィンはアゼイの使った過去形に気づいた。「おや、嫌っていただって？　あの家は面倒なことになってると思ってたんだ。娘が母親を毛嫌いしとる。あの性悪女が。あの女は、もうひとりの娘のことも嫌ってたよ。もめてるのを見たことがある」

「だれがだい？」アゼイは混乱して聞き返した。

「あの性悪女はメアリー・ランドールとも娘っ子とも喧嘩してた。物を投げてたよ。どうしようもない女だ。わしが貯氷庫に行ってたときにちょくちょく見かけた。知ってるか？　あの女、夜になると出かけてた。それもしょっちゅう」

「ウィン」アゼイが言った。「それはどういう意味だね？　メアリー・ランドールの娘のエロイーズのことか？　それをはっきりさせたいんだが」

「太った女だ」ウィンが言った。「やたらとおしゃべりで、よく夜に出歩いてた。だれかと会ってたのさ。だれかは知らんがね。男のほうは奇妙な笑い声を立てて、女のほうは池のまわりを歩いて東の道路まで行き、車で立ち去るんだ」ウィンは半ダースもの威勢のいいアングロサクソンの名詞を使って、エロイーズをどう思っているかを明らかにした。「ブリンリーっていう太った男を知ってるかい？　一度、あの女がそいつといっしょに海岸にいるのを見たことがある」ウィンはそう言うと、J・アーサー・ブリンリーもエロイーズとどいっこいどっこいだという考えを表明した。

「ではそれが」アゼイが言った。「もうひとつの小道に対する回答というわけだな？　つまりそれは、エロイーズの秘密の小道だったわけだ。なんてこった！　それに、例の笑いはエロイーズの恋人の合図だったとは――人々がうろついてるようだとジェーンが思ったのも無理はない！　ウィン、サラとベッシーについてもっと教えてくれ」

「ブリンリーのかみさんはサァラを嫌っとる」ウィンが言った。「妬んでるんだ。知ってるかい？　あいつはブリンリーにジェフ・リーチの帳簿を差し替えさせた。間違いがあったんだ。ジェフは帳簿付けが苦手だが、ブリンリーは得意なんだ」

「ウィン！　なぜそんなことを知ってるんだ？」

「この春は寒波に襲われた」ウィンが言った。「フィルブリックのところを出なくちゃならなかった。フィルブリックが来たんで町役場に忍びこんだんだ。そこで一週間かそこら暮らしているあいだに、いろいろな話を聞いたよ。ブリンリーはジェフを面倒から逃れさせるために帳簿を直していた。あいつは評議会のトップになり、それから州議会議員になり、国会入りしたいのさ。ウェストンの帳簿も修正してた」

アゼイは目をぱちくりさせた。「ウィン、なぜそれをだれかに伝えなかったんだね？」

「ひいじいさんがよく言ってた。いろんなことに首を突っ込めば、自分の首を絞めることになると。だれもわしの言うことなんか信じないのに、そんなことをしてなんになる？」

「ウィン、あっしも信じられないよ！」

「わしだって最初は信じられなかった」ウィンが言った。「抜け目のないやつさ。わしはちゃんとわかってる。ひいじいさんが言ってたからな、目つきが鋭くて、腹の出たやつには気をつけろって。おまけにそいつが口やかましいかみさん持ちなら、余計に気をつけろとね。喉が渇いたよ」

シルが戻ってくる前に、アゼイはウィンにもう一度、最初から質問し直して確かめた。しかし、ウィンの話が揺らぐことはなかった。

シルの助けを借りて、アゼイはウィンを白い麻のスーツに着替えさせると、彼の髪を梳かし、髭を剃ってやった。

「これでよし！」アゼイが満足げにウィンの青いタイをポンポンと叩いた。「まるでJ・P・モーガン（アメリカの金融資本家）みたいだよ、ウィン。ケイの友だちにまたおまえさんの写真を撮ってもらうよう頼んでおこう。シル、車で家まで送るよ。正装して、おまえさんの車でウィンをビリングスゲートまで連れていってやってくれ。それからマイク・スレイドを探して、ウィンが立派にプログラムを終えられるようにしてやって欲しい。ウィン、あっしはおまえさんの内臓が錆びついて欲しくはない。だから気楽にやってくれ。いいな？」

「アゼイ、わしの顎に切り傷ができてる！」ウィンはしげしげと鏡を見つめていた。「写真でもわかるかな?」

「急に見た目を気にするようになったじゃないか」アゼイが言った。「自意識過剰だぞ! シル、ウィンを頼む。またな」

「おまえはどこへ行く?」シルがたずねた。

「言うならば」アゼイが言った。「考えるのをやめ、別の人間の知恵を借りようと思う。これからちょっとボストンまで行って四、五時間で帰ってくるよ。じゃあな」

食事どきになってアゼイはリーチ邸に戻ってきたが、玄関に着くまでバーサは週末休みを取るのだと言われていたことをすっかり忘れていた。

しかし車に戻りかけたアゼイに、バーサ自身が二階の窓から声をかけてきた。

「アゼイさん! アゼイ・メイヨさん! お食事でしたら、台所のドアから入ってくださいな!」

アゼイはにんまりすると、戻ってきた。

「食べるものならたくさんあるんです」バーサが言った。「冷たいものばかりでよければですけど――あたしの賞杯たちを見てください! 三つもあるんです!」バーサは自慢げに台所のテーブルに並んだ銀杯たちを指差した。「それから五十ドルの賞金まで! そのお金をあげたら、母はおいおい嬉し泣きをしてました。もちろん期待はしていましたけど――きっとブリンリー夫人が優勝するんだろうなと思っていたんです。いつもそうなんですから! だから、こうなったのはあなたのおかげです!」

「あっしは審査員のひとりに過ぎないよ」アゼイが指摘した。「四人の女と四人の男のうちのね」

アゼイはあえて説明しようとは思わなかった。状況を操作するために最初に自分の結論を出して、他の審査員たちが同じ結論になるように仕向けたり、ケープコッド住民として目の前に美味しいジャムがあればちゃんとわかるんだと自分の能力についてやたら吹聴したこと、審査員のうち少なくとも五人は帰還した入植者たちで、彼らは自分たちがちゃんとしたケープコッド民だと証明しようと必死だったことなどは。

「あなたがうまくやってくれたんでしょう」バーサが言った。「だから、ぜひあたしのジャムをもらって欲しいんです。母に話したら、母もぜひ差し上げろって――」

「それはできんよ」アゼイが言った。「おまえさんはそれを炉棚に置いて、求婚者たちに見せびらかすといい。まだ決まった人がいないなら、結婚相手を見つけるんだ」

「いいえ」バーサは言い張った。「あなたにもらって欲しいんです。あら、審査のときにこのジャムになにかしたんですか？　加熱したとか。このジャム、あたしが置いてきたときとは様子が違うみたいなんですけど」

「あっしがいたときには、そのジャムの瓶にそんなことはしていなかったが――」アゼイが言った。「とにかく、あっしはもらえんよ――」

「そんなこと言わないで。いまここで食事に召し上がってくださいな」バーサが言った。「冷たいローストビーフといっしょに。さあ」バーサはパラフィン紙を外すと、ジャムを皿に出した。「やっぱり見た目が変だわ」バーサは言った。「審査が終わってから、このジャムになにかしたに違いありません」

「そんなことをしてもらったら悪いよ、バーサ」アゼイが言った。「だが、おまえさんの気持ちはありがたく受け取るよ」

バーサがローストビーフを切ってくれるのを待っているあいだ、アゼイはパンにジャムを塗った。

「どうですか?」バーサがたずねた。「どう――いったい――いったいどうしたんです?」

アゼイは片手で口を押えると、部屋から駆け出していった。

バーサは目に涙をためると、ティースプーンを手に取ってジャムを味見した。アゼイが戻ってきたそのとき、今度はバーサが台所から走り出てきた。

「そのう」アゼイは戻ってきたバーサに声をかけた。「それで? いや、あんな態度を取って済まなかったが、おまえさんも同じことをしていたのを見たから――」

「アゼイさん!」バーサが言った。「あれはあたしのジャムじゃありません! あんな焦げくさいまずいものを作ったのはあたしじゃありません! 石炭入れを掃除して、その石炭くずを焦げた砂糖で煮たんじゃあるまいし! 今日の午後も、これはあたしのじゃないと思ったんです。見た目が違っていましたから。だけど番号が付いていて、それが自分の番号だったし、瓶が同じだったから――アゼイさん、いったいなにがあったんでしょう――どうしてこんなことが?」

「さっぱりわからん」

「だけど、あなたは味見したんでしょう――審査員のみなさんは味見してますよね?」

アゼイはうなずいた。「出品者はふたつの瓶を提出し、それぞれ同じ番号を付けられた。そして審査員たちは片方の瓶から味見をし、もうひとつの瓶を光にかざしてよくよく見る。それこそ隈なくな。バーサ、これは審査員が今日の午後、味見をしたおまえさんのジャムじゃない! おかしいぞ。出したジャムを瓶に戻して、もう一度よく見せてくれ」

アゼイはそれを光にかざした。「やっぱり違ってる。バーサ、さっきのパラフィン紙を見せてくれ。

ふうむ。保存食の棚に入っている瓶入りのビーチプラムをひとつ持ってきてくれないか」

「同じ瓶ですよ」バーサが言った。

「いいや。いまここにあるのは青みがかったガラスだ」

「全部同じ種類の瓶なんですよ！」

「パラフィンも違っている」アゼイが言った。「こっちと同じだけ真っ白じゃない。バーサ、ちょっと考えさせてくれ」

「それで」十五分後、バーサが言った。「あのまずい代物はどこから紛れこんだんですか？　どうなさったんです、アゼイさん、さっきちゃんと吐き出さなかったんですか？　顔色が悪いみたい――」

「わかった気がする」アゼイがのろのろと言った。「それの出どころがわかった気がする。だが、まだ確信は持てん。昨日は無数のジャムの瓶を見たからな。バーサ、これをもらうよ――」

「こんなものを？　とんでもない！　こんなものはそのままゴミとして捨てるべきです！」

「だめだ」アゼイが言った。「バーサ、おまえさんに頼みがある。あっしはこれからこのまずい代物を持ち出すが、おまえさんはこのことをだれにも話してはいけない。このラベルは剝がして、別のジャムの瓶に貼るんだ。たとえなにがあっても、だれにも言わないように！」

「そんな――脅かさないでください」バーサが言った。「どうして――どうしてそんなに念押しされるんです？　そんなまずいものをどうするんですか？」

「おまえさんはなにがあったか知っているんだろう？　メアリー・ランドールやエロイーズのことを」

バーサはうなずいた。「奥様から聞きました。でも、だれにも話してません。それがこのことどんな関係があるんですか?」

「謎のひとつは解けた」アゼイが言った。「ふたつめの謎も見当がついた。そしていま、運がよけりゃこのまずいジャムがふたつの殺人事件の謎を解き明かしてくれそうなんだ。しかも、今夜あっしが眠る前に!」

第十九章

ハミルトンは町役場の広間に入ってすぐのところに立ち、アップジョンズ・メリーメイカーズ楽団の演奏に合わせて小声でハミングしていた。

ハミルトンは祭りの最後を飾る舞踏会に一参加者として出席したいと願っていたのだが、アゼイ・メイヨのことを考慮に入れていなかったのだった。

ハミルトンはさっきゼブと踊っているケイ・セイヤーを見つけたところだった。ハミルトンはケイに片目をつぶって見せると、顎をしゃくって廊下を示してから、自らの人生で大事なことは梁を支えることだけとでも言うように、壁にもたれかかった。

あの娘はわかったはずだ。彼女ならわかるはずだとアゼイが言っていたのだから。

ダンスが終わると、ケイはぶらぶらとハミルトンのところにやってきた。

「こんにちは、おまわりさん」ケイは興味津々で見守っている人々を見て、彼らの好奇心を満足させてやった。「あたしの書類かばんは見つかりましたか?」

「もちろんです」ハミルトンが言った。「いっしょに来て、確認していただけますか?」

ハミルトンはケイを裏へと案内した。「これを」ハミルトンが言った。「アゼイからあなたへのメモです。読んだら、それをゼブ・チェイスに渡してください。わたしはここであなたを待ちます。上着を取ってきてください」

「まだ帰らないんだろう?」数分後、ブリンリーがケイにたずねた。「わたしと踊ってくれる約束はどうなるんだい?」

「仕事の電話があって」ケイは明るく答えた。「雇われの身ですから仕方ありません。それにしても本当にすばらしいパーティですね、ブリンリーさん。これを計画したあなたの手腕はみんなから称賛されるべきです」ケイは微笑んだ。「急いで行かなければなりませんが、戻ってきたら踊りましょうね——まあ、ないけど!」ケイは廊下を急ぎながら心のなかでそう付け足した。J・アーサーといっしょに踊るなんて、だれにとっても罰ゲーム以外のなにものでもないと思いながら。

ゼブはいらだちを募らせながら、去っていくケイを見つめていた。しかしポケットに入っているアゼイからのメモは断固としたものだった。アゼイがゼブの助けを必要とするときは、ちゃんとそう伝える。それまでは手出し無用だと言うのだ。

「アゼイは本当になにかつかんだの?」ハミルトンの運転する車でリーチ邸に向かいながら、ケイはたずねた。

「このことをみんなにわざわざ言うつもりはありませんが」ハミルトンはケイに言った。「あの人、判断力が鈍りつつあるんじゃないかなあ。今日の午後なんてビーチプラムジャムの瓶を持ってホローにやって来るし——」

「なにを持ってですって?」

「聞こえたでしょう。それで活動開始ですよ。アゼイが——」

「活動開始」ケイが感慨深げに言った。「活動開始か。なるほど。昨夜もそういう姿を目の当たりにしたわ。あら、なにを持っているの――なにをしているの？」

ハミルトンがにっこりした。「着替えてきてください。あとで説明します」

「鍵を持っていないの。サラおばさんが――」

「おっと、忘れてた。わたしがひとつ持っています。今夜、我々はなんとここに忍びこみましてね」

「なんですって？」

「窓から入って、スペアキーを奪ったんです。さあ急いで。アゼイさんが待ってます」

古い屋敷の暗さと静けさのせいで、警察官が呼べば聞こえるところにいてくれてよかったとケイは思った。急いで着替えると、彼女は車に駆け戻った。

「続きを話して！」

「ああ、ブリンリー邸にも忍び込みましたよ――あの忌々しい犬がレーンに嚙みついて、レーンは死ぬほど怒ってました。ここには二度来たんです。アゼイさんは町役場にも侵入したんですよ、階下にはあんなに大勢の人々がいるというのに――」

「だけど、あそこには新しい錠が取りつけられたって、アゼイが言っていたわ。プリティマンが侵入してそうなったって。そういえば、ターシャスはどうなったの？」

「彼なら問題ありません。今夜、アゼイさんが電話していました。理由はわかりませんがね。そう、鍵ぐらいアゼイさんにはどうってことありませんよ。以前、元泥棒だった友だちと同じ船に乗っていたことがあるとかで、いろんなテクニックを教わったらしいです。しかもその友だちを助っ人に連れてきたので――」

「友だち？」

ハミルトンは肩をすくめた。「アゼイさんがボストンから連れてきたんです——」

「ボストンから？」

「ええ。あの人、今日はボストンに行ってたんです。知りませんでしたか？　わたしはその男のことを知らないし、彼が何者かはだれからも教えてもらっていません。ともあれ、アゼイさんがそれをしているあいだに、我々はヘル・ホローを徹底的に捜索しました——おっと、うっかり忘れるところだった。我々はあなたの友だちのカメラマンを足止めし、フィルブリック将軍を誘拐もしたんですよ」

「バックを——なんのために？　それに将軍ですって——」ケイはかぶりを振った。「ハミルトン、ほらを吹くにもほどがあるわ！」

「嘘じゃありません」ハミルトンが言い返した。「将軍は嫌がらずに来てくれました。むしろ、喜んでいる様子です。レーンとわたしは妨害工作のほうを担当しました。お友だちのレインコートと展示の写真を盗んで——」

「嘘だということはわかっているわ」ケイが言った。「バックが持っているのはネガだけで、写真なんか——」

「写真です」ハミルトンが断言した。「優勝者たちのために地元の人間が現像したんです。昨日、撮った写真です。レーンとわたしはロングコートを着て、ハンカチで覆面をして、彼の借りている部屋の前で車に乗っているところを拉致し、縛り上げました。その直後に、今度は警察官として現れて、彼を解放し、取り上げたものをすべて返しました。アゼイさんがすでに目当てのものを見つけていたからです。そのとき、アゼイさんは茂みに隠れていたんですよ。とにかく、バックは我々のことをすばらしく有能だと思ってますよ。ちなみに、アゼイさんが手に入れたかったのは大量のジャムとサヤインゲンの写真だったんです、まったくなんのためなんだか！」

「ジャムですって！」ケイが言った。「いかれてるわ――急ぎましょう。訳がわからなくて耐えられない！」

ランドール邸に入ると、アゼイが心ここにあらずといった様子でケイを出迎えた。

「おまえさんか。そろそろだと思ってた。外で待っていてくれ、ハミルトン。座るんだ、ケイ。最後まで黙って聞いてもらいたい。おまえさんに頼みがある」

蒼白な顔でケイがポーチに出てきたのは、それから少しあとのことだった。

「教えてもらえましたか？」ハミルトンが待ち構えたように声をかけてきた。「あの人は――ちょっと――コルクの端に火をつけていますよ！　それで、教えてもらえたんですか――」

「ハミルトン！」アゼイの声には士官のような迫力があった。

「はい、すぐに！」ハミルトンは家のなかに駆けこんだ。

「町役場へ行ってくれ」アゼイは言った。「最後のダンスの前に、この手紙をリーチ夫妻、ウェストン、ブリンリー夫妻、ウィン・ビリングス、マダム・モウ、ジェーンとスレイドに渡して欲しい。こっちの手紙はゼブに渡して、ゼブがすぐに出発するのを見届けるように。残りの者たちを探してリーチ邸へ連れていき、みなが出発するのを見届けてそこに待機していてくれ。その後どうするかは、レーンかだれかに連絡させる。全員を見つけて目を光らせておくんだ。わかったな？　さあ行け！」

最終的にリーチ邸の居間に集まったメンバーのなかで、ハミルトン以上に当惑している者はいなかった。

ようやくレーンがやってきた。

「全員揃ってますか？　どうぞこちらへ」

レーンは一同をそれぞれの車に誘導すると、ハミルトンに指示を耳打ちし、ヘル・ホローまで行くあいだ隊列のしんがりをつとめた。

「さあ」レーンは言った。「みなさんなかへどうぞ――」

「どうして？」サラが刺々しく言った。「これはいったいなんの真似？　どうして――」

「アゼイの指示なんです、奥さん」レーンが有無を言わさぬ口調で言った。

すぐにアゼイ自身が姿を現した。

「お待たせして申し訳ない」アゼイが言った。「だが全体的に見て、全員に集まってもらったほうがいいと思ったんだ。ちょいとはっきりさせなければならないとがあるんでね――」

別の人影がアゼイの背後から現れた。

「うわっ！」ブリンリーが声を震わせた。「パターソン！」

「監査人！」サラの声がいっそう苦しげになった。

「みなさんお入りください」アゼイが落ち着き払って言った。「問題をいくつか解決できるかもしれません」

リビングに集まった全員に細やかに椅子を見つけてやっているアゼイを見たサラは、うちの灰色の猫がネズミ穴の前で待ち構えているときのようだと思わずにはいられなかった――落ち着き払って、何気ない様子でゆったりと構えている。

「さて」アゼイが言った。「まずは不足分の件から片付けてしまいましょう」

サラとジェフは目を見合わせた。

「わたしの責任だ」間髪入れずにジェフが言った。「わかっている。わたしは年を取り過ぎた――わたしは――もうその現実に向き合うべきなんだろう。その額がいくらだとしても、わたしが弁償する、パターソン。そのあとで辞職し、わたしの席はだれかに譲る。名誉にかけて誓うよ。サラとわたしは会計の数字のことでずっとあくせくしてきた。なんだね、ベッシー？」

ブリンリー夫人は非難口調でなにかつぶやいていた。

「あっしなら」アゼイが言った。「そんな悦に入った顔はしないでおきますがね、ブリンリー夫人。パターソンはおまえさんとJ・アーサーのことも調べてくれたんでね」

J・アーサーががっくりと肩を落とした。彼はひとまわり小さくなったように見えた。

「アゼイ」ウェストンが言った。「どれのことを言ってるんだ？　おれは、徹底的に帳簿を調査してきたし、彼らのことも調査してきた、それに――」

「全部、ブリンリーのだ」アゼイが言った。「パターソンはジェフのと同様、おまえさんの数字にもあえて手出しはしなかったよ、ウェス。ところでブリンリー、スレイドへのあの手紙はおまえさんが書いたんだろう？」

「わたしは――ああ、書いたとも！　だがジェフとサラはどうなんだ？　ふたりは月曜の夜どこにいた？」ブリンリーが言った。「メアリー・ランドールが殺されたときにどこにいたんだ？　だいたい――」

「あの人たちのほうがずっと怪しいわよ！」ベッシーが悪意の感じられる口調で言った。「あの人たちのほうがよっぽど――だいたいどこにいたのよ。それに、なぜ主人とあたくしがうるさく追及されなくちゃならないの――」

「ベッシー」サラの声は氷のように冷ややかだった。「わたしなら、それ以上言わずにおくわ！」

「ジェフ・リーチはなにかを試したり、切り盛りするには年を取り過ぎてるのよ！」ベッシーが言った。「自分が耄碌《もうろく》しているのをうちの人のせいにして！　この老いぼれの――」

サラ・リーチが立ち上がり、わずかなことばで長年ベッシー・ブリンリーに言いたかったことを告げた。だがそのことばに打ちのめされることもなく、ベッシーも立ち上がった。ブリンリー夫人は声を張り上げ、サラ・リーチを圧倒した。

アゼイがブリンリー夫人を黙らせた。

「我々はみなさんより事情に通じているわけではない。ですから、みんなでこの不足分について考え、動機の問題について検討しましょう――ベッシー・ブリンリー、黙りなさい！　初め、状況は町を敵にしていたようでしたが、次にメアリー・ランドール、それからジェーン――つまり、多くのことをジェーンに押しつけていたのに、今度はその敵意がエロイーズに向かったようでした。実際のところ、考えられる動機はふたつしかありません。ひとつは金――つまり、町のお金目当てで、もうひとつは純粋な憎しみです。最初がお金で、憎しみは後から現れます。お金が動機になったのは、だれかが野心を抱いたからであり、憎しみのほうは大部分においてジェーン・ウォレンが原因です。外でいったいなにがあったんだ、ハミルトン？」

「なにも聞こえませんでしたが」ハミルトンが正直に答えた。

「見てきてくれ――」

ハミルトンが外に出ていった。戻ってきたとき、その顔からは血の気が引いていた。

「アゼイさん――あの人形が！　アゼイさん、見てください――窓から外を！」

その場にいた全員が玄関に突進し、月光に照らされていつも以上に不気味な四つの人形のほうに顔を向けた。

「どの人形？」サラが言った。「どれが――あっ動いてる！」

「そんな馬鹿な」ジェフが言った。

しかし、一体の人形が本当に動いていた。

それは倒れたかと思うと、ひとりでに直立して元通りになった。顔はチョークのように真っ白で、まったくののっぺらぼうだ。それは突然くるりと向きを変えると、奇妙に揺れながら家の裏を走りまわった。

「台所だ、レーン！」アゼイが怒鳴った。「止めるんだ、そっちだ！　家のなかを通って――」

アゼイはマダム・モウの疑いの目を避けて台所へ走っていき、残りの者たちはアゼイのあとを大慌てで追いかけた。

「明かりをつけろ、ハミルトン！」アゼイが命令した。「それは――いや、つかないならろうそくを灯せ、そして――なんてこった！」

ビーバー帽を被っていた人形が影も形もなくなっていた。だが地下室への階段の上部に、奇妙なまぶしい光が現れた。なにかのにおいがして、マイク・スレイドはぼんやりと花火を連想した。

「いったい」アゼイが口ごもった。「これは――」

「ジェーン！」それは地下室から響いてくるエロイーズ・ランドールの声だった。「あたくし、本当に思うんだけど――つまり、言うまでもなく――」

マイク・スレイドがまばたきした。目の前に見えたような気がしたのだ。裾が不揃いの古い格子柄のスカートと袖に穴の開いたぶかぶかのカーディガンを着たエロイーズの姿が。

「エロイーズ！」マイク・スレイドはそう言うと、ブリンリー夫人を支えるために片手を差し伸べた。

「もちろん、ジェーンが心から望むなら——だって、はたからはわからないものでしょう？　そうでしょ、ウェストン？　ウェストンの考えでは、少なくとも昨日あたくしを殺した気でいると思うんだけど、でもウェストン——どこにいるの？　ウェストン——」

サラがさっとあたりを見まわした。ウェストンはさっきまでサラとジェフの背後にいたのだ。

「ウェストン！」サラが言った。「ウェストンがいない！　彼が——いなくなったわ！　ここにいたのに、いつのまにかどこかに——」

「オーケー」アゼイが言った。「明かりだ、ハミルトン。だめだ、マイク。追うんじゃない。地下室から上がってきてくれ、ケイ。ゼブ、納戸から出てくるんだ——」

「アゼイ」サラが言った。「あなた——まさか、ウェストンが犯人だと言うんじゃないわよね？　それなのに——みすみす彼を逃がしたの？」

外から聞こえてきた数発の銃声がサラの質問に答えた。

そのすぐあと、レーンが入ってきた。

「もう少しで逮捕できそうだったんだ」レーンが言った。「だが彼はこう言った。絶対におれを生きたまま捕まえることはできないぞ、と。そして彼の言う通りになった。彼は銃を持ってた。例のサイレンサーは彼の車のなかにあった。これだ。あんたに渡してくれと言ってたよ——」

アゼイは顔を背けた。マダム・モウはウェストンがアゼイのいとこだったことを思い出した。一瞬ののち、アゼイはまたこちらに向きなおった。それまでにも増して冷静そのもので。マダム・モウは思った。それでこそニューイングランド人だわ。

「諸々の手配を頼む、レーン」アゼイが言った。「ケイ、よくやった。おまえさんのモノマネは表彰ものだった。ゼブの顔の小麦粉を洗い流してやれ。見るとゾッとするからな。すまなかった、みんな。こうするしかなかったんだ。我々はあいつに告白の機会を与えた。あいつの想像力を試さなければならなかった――どうした、サラ?」

「椅子を」サラが言った。「それから水を一杯お願い。アゼイ、わたしはとても――とても信じられないわ!」

サラはケイがゼブの顔から分厚い粘土状の小麦粉を洗い流してやるのを見つめた。例の人形の服がゼブの体から垂れ下がっている。フィルブリック将軍が地下室から上がってきた。

「効果てきめんだったかい?」フィルブリック将軍がたずねた「うまくいっただろう? 下から見たらいい感じだったぞ」

将軍はふたつの鍋を流しに運び、平然と洗いはじめた。すでに彼の脳裏には新聞の見出しが浮かんでいたのだ。『花火会の大物、殺人犯逮捕に貢献。フィルブリック花火会社が探偵を援護』と。

「アゼイ」サラが言った。「頭がおかしくなりそう――早く説明してちょうだい。それからジェフにも椅子を。震えているわ――」

「あれはウェストンの仕業だったのか?」ジェフが苦しそうにたずねた。「ウェストンの?」

「無理もないと思う」アゼイが言った。「おまえさんが、年のせいだと考えたのは。おまえさんを間抜けに見せかけるために、ブリンリー夫妻がずっと小金をくすねていたんだ。ウェストンはそれを知っていて、さらに巧妙な横領をやっていた。今夜、我々はあらゆる帳簿を集めた――町役場、おまえさんたちの家、ウェストンの家、ブリンリーの家から。ウィン・ビリングスが言っていたんだよ。この町がそこまで赤字超過になるとは思えないって。だからあっしはボストンへ行き、今日はパターソンに来てもらった。その時点では三人の行政委員のうちだれのせいなのかわからなかったんだ。パターソンがこれらをすべて修正するのに数週間はかかるだろうが、いずれにしてもウェストンは十万ドル余り横領していた。また、彼の計算結果から判断すると――」

「なんだって？」ジェフが言った。「十万ドル？」

「何年もかけてやったのさ。ウェストンは今週さらに多くの金を手に入れるつもりだった。ついでに明日の夜の蒸気船のチケットも二枚手に入れていた」

「それなら当然」スレイドが険しい顔で言った。「このふるさと祭り《オールドホームウィーク》の成功を願うわけだ！」

「チケットを二枚ってどういう意味？」サラがたずねた。「なぜ二枚なの？」

「あいつの分と、エロイーズの分だ」

「あいつの分と――エロイーズの？」サラが言った。「エロイーズのですって？　そんなこと――考えたこともなかった。だれもがそれは違うと思っていたのよ」

「違っていなかったのさ。ジェーン、エロイーズはおまえさんを憎んでいたんだろう？　そしてエロイーズはメアリーのことも憎んでいた。それをなんと呼ぶかはカミングス医師に聞かなければわからんが、よくある抑圧の一種だろう。エロイーズは長年、それでもなんとかやっていた、しかしずっと独身だったせいでうぬぼれているところがあったんだ」

「じゃあ夜間のあれはエロイーズとウェストンだったのね！」ジェーンが言った。「メアリーにはわたしがマイクと会っているのだと言っていたくせに！」

「エロイーズはウェストンから金を奪い、船に乗るために、あいつの計画を聞きだした」アゼイが言った。「エロイーズはおそらくこう言ったんだろう。自分も行く、と。ふたりは明日すべてを片付けてすぐに逃げるつもりだった。そのあいだに、エロイーズはすべてを一掃したらどんなにせいせいするだろうと考える。そんなときに土曜日になり、ターシャス・プリティマンがメアリーの保険証書を持ってくる。プリティマンに電話して確認したが、エロイーズは証書を見たそうだ。保険の受取人がジェーンになっているのを見て、それで――」

「わたしが？」ジェーンが言った。「ええっ！　証書があるのは見たけど、わたしは一度も見もしなければ、たずねもしなかったの。ちっとも知らなかった！」

「それが最後の一藁になったんだ」アゼイが言った。「エロイーズにとっては。彼女はウェストンに電話をすると、母親に知られたと告げた。ふたりはメアリーを殺さなければならなくなった。メアリー殺しは予め計画されたものではなかったんだろう。だからウェストンはあっしを呼び寄せて――」

「いったいなんのために？」サラがたずねた。「それに発砲事件、火事、さまざまな妨害行為はなんだったの？」

「手品師はなぜ美女を自分の一座に加える？」アゼイが言った。「なぜ奇妙な口上を述べる？　そうすれば、鳥が籠のなかに入り、消えてしまったときに人は二倍、驚くからだ。ウェストンがあっしを呼んだのもうなずける。だれも警察に助けを求めた人間を逮捕しようとは思わないからな。ウェストンは大切なときに人々の目を町の収支から逸らそうとして、さまざまな妨害工作を開始した。だれかが疑惑を抱いたら、これらの脅威がそれらの矛先になるというわけだ。妨害行為はこうして始まった。そんなときにエロイーズから母親に知られたと告げられる――メアリーを殺さなければ、となる」

「メアリーは、本当に知っていたの？」サラが言った。

「最初はそうだと思った。メアリーがあっしに会いたがっていたとジェーンから聞いたからな。だがいま考えると、メアリーは夜のあいだここでなにが起こっているのか突き止めてほしかったんだろう。いずれにせよ、それはエロイーズにとっての好機となった。エロイーズには汚れ仕事を頼む相手がいたし、あらゆる妨害工作によって殺しのための下準備を整えたも同然だった。ふたりは花火の音を利用しようと計画した。そして、ウェストンが計画を遂行した。エロイーズのために――」

「マクベス夫人というわけね」ケイが言った。

「ある意味ではな。とにかく、ウェストンは火事の現場からここへ来て、また住宅地区へ行ってからレーンやカミングス先生といっしょにここへ戻った。フィルブリック将軍から聞いたんだ。ウェストンがどんなふうに火事の前とあとにひょっこり姿を現したり、またいなくなったりして、自分には〈町の仕事〉があるんだと言っていたかを。自ら起こしたスレイドの家の火事のあと、ウェストンはここに来て、人形のふりをしてメアリーを撃ち、また住宅街へ取って返した。さらにウェストンはジェーンがスレイドに贈った銃を盗んだ。必要に応じて証拠を捏造するために。使ったのは自分の銃だったくせにな。我々がそれをどこで見つけたか知ってるかい？」

「知っている」ジェフが言った。「少なくとも察しはつく。町役場の彼の机のうしろに掛けてあったんだろう」

「その通り」アゼイが言った。「銃を隠すのに最適の場所だ。みんなの見えるところに置いておくというのはな。だからウェストンはターシャスが侵入したときあれほどいら立っていたんだよ。なんの問題もないと確認できたあとは、冷静になったが。我々が人形の服のなかから見つけ出した薬莢と、あいつの銃は一致している。だからウェストンはさまざまな証拠を植え付けなければならなかったんだ。スレイド、おまえさんがあいつの思い通りの反応をしなかったからな。おまえさんが怒り狂ったので、あいつは次の手を打たざるを得なくなった。そして例のメモをおまえさんのアトリエに置いたんだ。あれを書いたのはブリンリーだったのに」

「例の笑い声ですが」ゼブが言った。「あれはどうなるんです?」

レーンが小さな、奇妙な形の金属製の物体を渡した。

「これだよ」アゼイが言った。「ここにあるこれが、エロイーズへの合図だった――そしてもっとあとでは、我々を欺くために使われた。これはどこで手に入れたんだね、ハミルトン?」

「ウェストンのポケットです。あなたがエロイーズの所持品のなかに見つけたのと同じものでした」

「うってつけの合図さ」アゼイが言った。「人々の注意を引きつけたりしないからな。さて、話を戻そう。ウェストンは薬莢とジェーンの銃を証拠として置いておいた。だが我々はそんなものに騙されない。ウェストンはここに来て、人形のポケットから自分の薬莢を回収しようとする。だが、ケイとあっしと警察官たちにそれを阻止される。ウェストンはだんだん怖くなる。たぶんエロイーズは自分を裏切っているし、じつはメアリー・ランドールはなにも知らなかったのだと気付きはじめていたんだろう。そして、例の追いかけっこはおまえさんがた、ジェフとブリンリーが無実であることを示している。体力的な面からな。さて、いよいよ一昨日だ」

「歴史の日だ」ブリンリーが反射的に言った。

「審査が行われた日でもあった」アゼイが言った。「ホールで行われた展示会と品評会の。そして史跡をめぐる旅も行われた。ウェストンはその途中で抜け出すと、エロイーズに忍び寄った。エロイーズに会いに来て、彼女が地下室に下りるのを見て、いまがそのとき、エロイーズを消す絶好のチャンスだと気づいたんだ。そしてあいつはそれを実行した。その夜、ウェストンは最後にもう一度、人形のポケットから薬莢を回収しようとした――そう、我々が追いかけたレーンの車に乗っていたのはウェストンだったんだよ、ケイ。あいつは車を乗り捨てるとすぐにブリンリー邸に向かい、エイモスを使ってうまくアリバイを手に入れた。ウェストンはあっしをきりきり舞いさせた。ジェフとレーンとブリンリーはウェストンから電話があったと言っていたので、我々はその電話について調べてみた。ウェストンは途中から電話をかけていた。自宅からではなくね。こういうわけさ」

「そうかもしれない」ケイが言った。「だけどジャムは――ビーチプラムジャムは？　あれはいったいどういうこと？」

アゼイは微笑んだ。「審査終了後、あのカメラマンは入賞作をすべて、野菜もジャムも残らず別の部屋に運んで写真を撮ったんだ。バーサのジャムもそのなかのひとつだった。カメラマンとウェストンはそれらを手押し車で別室に運びこんだ。大きな旗と賞杯を背景にして写真が撮れるように――ウェストンが賞杯を動かすのを認めなかったんだ。フィルブリック将軍の話によれば、そのカメラマンはレインコートを着ていたが、しばらくしてそれを脱いだ。カメラマンはバーサのジャムをレインコートのポケットに入れっぱなしにした」

「それがなんなの？」ケイがたずねた。

「大急ぎでエロイーズに会いに行こうとしていたウェストンは、自分のと間違えてカメラマンのレインコートを手に取ってしまう。この二枚は本当によく似たコートなんだ。この家の台所で、地下室への階段の一番上にいたエロイーズは、なにかが起こっていることに気づきウェストンに大ばさみを投げつける。そしてそれはレインコートのポケットに命中する。ジャムが飛び出す。我々がカメラマンのバックのコートを手に入れてみたら、ウェストンがすでにきれいにしたあとだった。だからバックは気づいていなかったが、レーンが我々の主張を証明するに足る痕跡を見つけてくれた。ウェストンは優勝したジャムを持っていなくてはならない。だからあいつは地下室へ行き、保存食が並んでいる戸棚からジャムの瓶を取った——本棚を保存食の棚として使っているんだ——そしてあとからバーサのジャムの瓶についていたラベルをそれに貼る。そして、それを品評会に持ち帰る。バーサがそのジャムをあっしにくれなければ、そのまま何事もなく終わったはずだ」

「なぜそのジャムの出どころがここだとわかったの？」ケイがたずねた。

「考えに考えたよ」アゼイは正直に言った。「その結果、あれほどまずいジャムを作れる唯一の人物として思いついたのがエロイーズだった。地下室にあった保存食のことが頭に浮かび、大急ぎでここにやって来て見つけたんだ。バーサのジャムのはずのものがこの地下室の保存食のなかに並んでいるのを。証拠としては小さなものだが、品評会の審査、あるいは町とつながりのある人間がここにいたことの証明にはなる。そしてその人間はあのカメラマンではない。彼はその日の午後ずっと町役場にいたからな。それから、ブリンリーとジェフがいたことも覚えている。その時分パターソンは、おまえさんたちのどちらかだと確信していたんだよ。だが、あっしはおまえさんたちふたりがいたことを覚えているんだ——これぞ妻がいることの利点だな。ウェストンは最初、史跡をめぐる旅のガイド役として出発したが〈町の仕事〉があるという理由で抜け出した。そしてここに来て、またそのツアーに加わったんだ。そしてもうひとつ、ウェストンが独身だということを思い出してくれ。あいつがジャム入れ替えがいかにまずい手か気づくはずがない。ブリンリーやおまえさんとは違うんだよ、ジェフ」

「わたしにはまだピンと来ない」ジェフが言った。「だが――腑に落ちるところもある。今回の問題は明るみに出して、祭りや町は台無しになってもしかたがないと彼が主張すればするほど、それはアゼイ、きみやそれ以外の人々を秘密を守る方向に駆り立てるようだった。そして、彼はエロイーズという切り札を持っており、彼女の母親は町の力になるため、それを内密にしておくことを望んだだろうと言わせる。ウェストンは悲嘆にくれたり絶望してみせることで、我々を無理やり沈黙させたんだ。それに彼は、アゼイ、きみがもっとも疑いをかけなそうな人物でもあった。だからすべての事情が明らかになるころには、彼はすでに逃げてしまったあとだったはずだ。ウェストンは策士だった。数学的頭脳の持ち主だったんだ――だが、なぜ彼はあそこまでジェーンを陥れようとしたんだろう？」

アゼイは微笑んだ。「ジェーン」彼は言った。「ウェストンが初めてここに来たとき、あいつはエロイーズに会いに来たとはっきり言っていたのかね？」

「いいえ、言ってません。でも――」

「おまえさんはそう思ったかもしれないが、あいつはおまえさんに会いに来たんだ」アゼイが言った。「ああ、そういうことなんだよ。ウェストンの家で、我々はおまえさんの写真を四枚見つけた。あいつはおまえさんに会いに来たのに、手に入ったのはエロイーズだったのさ。これで事情がなんとなくわかるんじゃないか？　おまえさんはごく自然にウェストンをエロイーズに引き渡し、そのあとのことはエロイーズがなんとかした。エロイーズはおまえさんを憎んでいたし、その頃には、あいつもそうだったんだろう。それに思い出してみるといい。我々が徒歩で、それから車でやったあいつとの追跡劇を。あいつは――あいつの考えかたはやっぱりメイヨ家の人間だ。そして今日あいつが野球場を駆けまわったり、綱引きで勝ったりなんだりするのを見て思ったんだ——なるほど、おまえだったのかと。ウェストンが始めたことに、エロイーズが仕上げをした。そして、ウェストンにとってはエロイーズが命取りになった。すべては町の金と憎しみのなせるわざだったんだ」

日曜の夜、花火がビリングスゲートのふるさと祭り《オールドホームウィーク》を締めくくった。

アゼイは人混みから少し離れた場所で、大きな十字型の火花とその周囲の小さな火花が次第に消えていく様子を見物していた。アップジョン楽団が『美しきビリングスゲート』を演奏しはじめ、もう疲労の限界ながら、もう少しがんばると決意した表情のマダム・モウが歌いはじめた。その心のこもった歌を聞きながら、アゼイは初めて大部分の歌詞を聞き取ることができた。

「そのさすらう足が我が身を異国または海
どこへ誘おうとも
我らの思いはますます故郷へ向かう
ああビリングスゲートそなたのもとへ」

アゼイはケイとゼブがそっと人混みから離れてゼブの車へ向かうのを見た。ジェフ、サラ、そしてブリンリー夫妻は特別観覧席のスポットライトのそばに立っており、彼らの作り笑顔にアゼイは土曜日の昼興行《マチネー》の幕が下りるときの花形役者たちを連想した。

アップジョン楽団が立ち上がり、国歌の演奏に突入した。彼らは国歌をすでに二度通して演奏しており、いまさらという感じがあった。そして、野球場の端いっぱいに風を受けてはためいているのは、フィルブリック社の特注品である巨大なアメリカ国旗だった。マイク・スレイドがこの場にいるなかで国歌の三番の歌詞を知っている唯一の人間であることに、アゼイは気づいた。それ以外の全員は恥ずかしそうにハミングしていた。

「ビリングスゲート、玉やー！」アゼイはそう言うと、自分の車に歩いていった。

今日の新聞各紙にメアリー・ランドールやその他の事件についての記事は掲載されなかった。しかし、明日の新聞には掲載されるだろう。そろそろここから立ち去らなければ。

三十分後『ロックンロール号』がアゼイの波止場から出発した。

船の舵輪を持ったアゼイが、いとこのシルに話しかけた。

「ウィンを船室に連れていって、寝台で横にならせてやってくれ」

「寝たくない」ウィンが言った。「ここで見ていたい。もうずいぶん長いこと、この港から出てなかったからな」

「青魚を捕まえられないぞ」アゼイが脅すように言った。「多少でも眠らないと！」

「なにを言ってんだ」ウィンが言った。「青魚ぐらいだれにだってとれるさ！」

訳者あとがき

名探偵アゼイ・メイヨのデビュー作にしてミステリ作家フィービー・アトウッド・テイラーのデビュー作でもある『ケープコッドの悲劇』。この本が二〇一三年に日本で翻訳出版されてから七年、このたびめでたくメイヨ探偵シリーズ作品である本書『ヘル・ホローの惨劇』が出版のはこびとなりました。

その『ケープコッドの悲劇』の原書『The Cape Cod Mystery』がアメリカで出版されたのが、ウォール街から始まった深刻な経済恐慌のさなかである一九三一年でした。そして本書の原書『Figure Away』が出版されたのは一九三七年です（なんとまだ第二次世界大戦が起こる前になります）。『The Cape Cod Mystery』から『Figure Away』までに六年という歳月が流れているわけですが、そのあいだに同シリーズは『Death Lights a Candle』（一九三二年）、『The Mystery of the Cape Cod Players』（一九三三年）『The Mystery of the Cape Cod Tavern』と『Sandbar Sinister』（一九三四年）『The Tinkling Symbol』と『Deathblow Hill』（一九三五年）、『The Crimson Patch』と『Out of Order』（一九三六年）と八作も発表され、著者の多作ぶりが発揮されています。

デビュー作『ケープコッドの悲劇』のときは、なんでもこなす器用で顔が広くて頼りになる友人（そして使用人）というイメージだったアゼイも、いくつもの事件を解決した今では、すっかり「探偵」役が板についています。

アゼイの変化は探偵らしくなっただけではありません。船員なまりやケープコッドなまりが、以前より薄れているような印象を受けます。それから『ケープコッドの悲劇』のときは、船員時代のなごりと思われる嚙み煙草（船倉、鉱山、森林など火気厳禁の場所で使用されることが多かった）の愛好者でしたが、本作ではパイプ煙草に変わっています。嚙み煙草は公共の場でつばを吐きださなければならないので、中流や上流の人と多くつきあううちにマナーの観点からはばかられるようになったのではないでしょうか。キャラクターの成長が感じられます。

もちろん変わらないところもあります。豊富な人脈、圧倒的な行動力、少々、強引とも思えるやりかたと機転でどんな障害も乗り越えてしまうこと、金払いのよさ、信用できる人間とそうでない人間を即座に見抜く洞察力など。そんなアゼイのかますはったりには「そんなことして大丈夫？」とハラハラせずにはいられませんが、第二次世界大戦前のアメリカという時代背景と、ボストン市民の避暑地だったケープコッドの土地柄を加味しつつ、楽しんでお読みいただければと思います。

ちなみに、アゼイ・メイヨシリーズは本作のあとも一九三七年の『Octagon House』から一九五一年の『Diplomatic Corpse』までさらに十二もの作品が発表されています。ケープコッドの破天荒な探偵アゼイ・メイヨの活躍を、また日本でご紹介できる日が来ることを願いつつ、訳者あとがきを終わりたいと思います。どうもありがとうございました。

期間限定のクローズドサークル

羽住《はすみ》典子（ミステリ評論家）

二〇二〇年一月のはじめ、中国の武漢市で、原因不明の肺炎患者から新型コロナウィルスが検出された。それ以降、日を追うごとに感染者数は増え、重症化して命を落とす者も後をたたない。世界保健機構は緊急事態宣言を発表し、感染の拡大を防ぐため、各国で中国の入出国禁止が発令された。日本でも陽性反応の出た患者が確認され、警戒から首相は小中高の休校を要請、大勢の人が集まるイベントも余儀なく中止や延期となっている。

ウィルスの感染経路が分からず、予防は通常の風邪と同程度しか対処がない。早期にマスクが入手困難となっただけでなく、紙類が不足するというデマが飛び交い、オイルショック時のようにトイレットペーパーやティッシュペーパーの買い占めが発生した。同年三月現在、不要な外出の自粛モードはまったく治まっておらず、今後の経済的損失は計り知れない。その後、国内では四月七日に緊急事態宣言が発令された。

一九三七年に発表された本書『Figure Away』でも、町中をあげてのオールドホームウイーク「ふるさと祭り」が中止の危機に陥る。原因は、現在のようなウィルスではなく、何者かによる嫌がらせだ。舞台は、アメリカ合衆国の北東に位置する、マサチューセッツ州の東端にあるケープコッド。腕を曲げたような地形をしている高級リゾート地だ。その一角にある人口約千人の小さな町・ビリングスゲートで謎の殺人事件が起きる。

探偵役は地元で何でも屋のような暮らしをしているアゼイ・メイヨが務める。年齢は六十歳くらいで、数多の職業を経験してきた元航海士だ。ヨット帽がトレードマークで、愛車は青いオープンカー、いつもパイプを加えている町の人気者である。P．A．テイラーのデビュー作『ケープコッドの悲劇』（論創海外ミステリ101）から登場する代表シリーズ探偵で、「ケープコッドのシャーロック」という異名を持つ。

ふるさと祭りが始まる前日の月曜日、アゼイは行政委員であるいとこから、開催期間だけ名誉警察署長になってくれと頼まれた。彼の話によると、誰かが町役場を燃やそうとしたり、特別観覧席が倒壊するように切断されたり、町の鍵を一つ残らず盗むという噂が流れたりしているらしい。おまけに散弾銃も消え、行政委員たちの命が狙われていると言い出す。祭りの効果で町が「古風な趣のある町」として世間に知られれば、マスコミからの報酬や観光客の増加で借金が返せるかもしれない。けれど、警察が出てきて大騒ぎになったら祭りは中止となる可能性が高く、これまでの準備も無駄になる。「何か悪いことが公になったり起こったりしないように見張っているだけ」と懇願され、気乗りしないながらもアゼイは依頼を引き受けた。

会場を視察中、海岸近くにある森で小火が発生したという騒動が起きる。現場は「ヘル・ホロー」と呼ばれている低湿地帯だ。夜になると沼地や小さな水たまりから霧が発生し、おばけが出ると言い伝えられている。幸い大事にはならず、会場では予定通り花火も上がっている中、骨董品商を営む女性が何者かに自宅で銃殺された。凶器は鹿狩り用の散弾銃で、窓越しに撃たれているが、薬莢が見つからない。目撃者もおらず、唯一動機のある人物は死亡推定時刻に観覧車に閉じ込められていたというアリバイがあった。

いとこが危惧していた「最悪かつ悲惨な状況」が起きてしまった。事件は一連の嫌がらせなのか、それとも別の人間によるものなのか。騒ぎになってはならないと関係者たちが結託し、祭りの間は事件を秘密にすることになった。早期解決に向けて、アゼイは単独で聞き込みをしながら真相を追い求めるが、さらなる殺人事件が起きてしまう。

日本でテイラー作品が本邦初完訳されたのは二〇一三年で、長編十作目にあたる本書は二冊目の和訳作品となる。前作『ケープコッドの悲劇』は、五十歳女性の一人称で語られていた。そのため、かつていなせな若者であったであろう、アゼイの風貌が客観的描写によって詳細に伝わってくる。リゾート地で起きた殺人事件に現地の主婦が巻き込まれるコージーミステリとしての面白さはあるが、論理的な流れを重視する推理小説としてみると、アゼイの切れ者度合いは若干弱めで、推理力も飛んでいるような印象を残す。

ユーモアはそのままの本書で、主人公であるアゼイが視点人物となり、三人称の形式を用いて物語は進んでいく。それによって彼の嗜好がはっきり分かることによる伏線もさることながら、ワンクッション置かずに直接事件に巻き込まれていくため、推理の道筋が自然なものに感じさせられる。ほかの登場人物が見つけたら違和感の生じそうな手がかりも、うまくピースにはめ込んでいるのが見事だ。『ケープコッドの悲劇』が、クイーンや乱歩の名作リストに選ばれたことには首を傾げずにいられなかったが（ただし、乱歩が読んだ作品は同タイトル同作家の別作であると判明している）、本書ならば後世でも評価される名探偵だということが頷ける。デビュー作と読み比べると、新人だったテイラーの筆力が確実に上がっていることも分かるだろう。

アゼイの推理のみならず、奇妙な集団心理も、本書の読みどころである。通常ならば、祭りの中止を促すような嫌がらせが起きた場合、町の代表者たちは躍起になって犯人探しを行うはずだ。準備段階からおかしな出来事が起きているのだから、他所者の仕業ではないことも分かっている。殺人事件も起きたのなら、なおさらだ。けれど、アゼイのいとこをはじめ、祭りの主催側は「町の利益」のために、あえて事件の謎解きを放棄している。個人の安心安全よりも、町全体の豊かさのほうが大切なのだ。実はこの集団心理が、「犯人は必ずこの町の中にいる」という期間限定の特殊なクローズドサークルを作り上げてもいる。

集団の目的を成し遂げるためには殺人事件の通報ですら後回しにするといった状況は、時代や国は異なるが、古野まほろの某作品でも登場した。ただし、古野作品では被害者とその周辺の人たちの願いを叶えるために、少しの時間、通報を遅らせただけである。一風変わった集団心理ではあるが、ちゃんと故人の遺志を尊重していて、本書のような「祭りのために」というわけではない。

そもそも、「町おこし」を優先したために犯人が捕まらなかったら、被害者も浮かばれないだろう。序盤から中盤にかけては、「何が起きているのか?」とホワットダニットの形式を用いているが、これはイベントのために「個」がすでに殺されていることを意味している。骨董品商殺しのトリックが成立したのも、実はこの「個」が「集団」の中に埋もれてしまっているからなのだ。発端となる祭りの妨害があっても開催に動くという心理は、犯人側から見ても「個」を無視されている。極論ではあるが、クローズドサークルの中では、勝手な行動をした者は、なぜか被害者になりやすい。規模も期間も異なるが、命が惜しければ集団に従えという心理は本書にも通ずるものがある。

この歪んだ心理には、一九二九年に起きた世界大恐慌が大きく関係しているように感じられる。登場人物の一人は自殺で家族を失っているし、ほかの者たちもお金に細かい。人間の温かさよりも、無機質なお金のほうが価値があると考えている人のほうが多いように感じられる。容疑者よりも胡散臭い人物ばかり登場し、人間の欲をユーモラスに描く。その醜さを殺害現場付近のヘル・ホローが象徴している。

しかし、これが、リゾート地の裏側なのだ。お金持ちが訪れる場所に住んでいるからといって、必ずしも優雅に暮らしているわけではない。何しろ、会場に展示している骨董品は流動的で、キルトや毛布は毎日自宅に持って帰っているくらいだ。ここまで生々しい描写が書けるのは、おそらく、現実のケープコッドの人々が、救いようのない貧困を経験したからだと考えられる。行政職員たちが利益にこだわり続けるのも、二度と貧しい暮らしをしたくない、あるいは住民たちにさせたくないという思いがあるのなら納得がいく。だからといって、現実に本書のような状況が起きたらたまったものではない。

七十三年後の現在、フィクションのような出来事が世界中で起きている。確実にやってくる恐慌の後は、せめて個人が安全に暮らせるようになってほしいものである。

〔著者〕
P・A・テイラー
フィービ・アトウッド・テイラー。別名義にフリーマン・ダナ。1909年、アメリカ、マサチューセッツ州生まれ。バーナード・カレッジを卒業後、31年に作家デビュー。避暑地ケープコッドを舞台にした〈アゼイ・メイヨ〉シリーズを精力的に発表する。詳しい経歴は不明。1976年死去。

〔訳者〕
清水裕子（しみず・ひろこ）
1967年、北海道生まれ。英米文学翻訳家。訳書に『ケープコッドの悲劇』、『ハーバード同窓会殺人事件』、『灯火が消える前に』（以上、論創社）など。

ヘル・ホローの惨劇《さんげき》
――論創海外ミステリ　254

2020年7月30日　初版第1刷印刷
2020年8月10日　初版第1刷発行

著　者　P・A・テイラー
訳　者　清水裕子
装　丁　奥定泰之
発行人　森下紀夫
発行所　論 創 社
〒101-0051　東京都千代田区神田神保町2-23　北井ビル
TEL:03-3264-5254　FAX:03-3264-5232　振替口座 00160-1-155266
WEB:http://www.ronso.co.jp

組版　フレックスアート
印刷・製本　中央精版印刷

ISBN978-4-8460-1941-9
落丁・乱丁本はお取り替えいたします